Niklaus Stöckli

Eine ungarische Zeit

1

Ich war das kranke Kind. So wurde ich gerufen: krankes Kind.
Daneben verlor sich mein wirklicher Name.
«Das kranke Kind? Welches ist das?», fragte einer, der eines
Morgens im Kindergarten auftauchte, uns Kindern mit ernster
Miene musterte und vor dem Schwester Silvia viel Respekt
zeigte.
Sie zeigte mit dem Finger auf mich: «Das kranke Kind, das dort.»
Ich sehe mich in der Küche auf meinem Stuhl, auf dem ich
immer sass, solange ich bei dir und Vater lebte, und auch später,
wenn ich euch besuchen kam, die Hand auf mein rechtes Ohr
gedrückt, vor mir eine Tasse heissen Tee, ich weinte. Die tief
hinabgezogene Hängelampe erhellte nur die Tischfläche, dein
und Vaters Gesicht waren unsichtbar, verborgen irgendwo oben
im Dunkeln. Es muss Winter gewesen sein, nur im Winter
brannte bereits das Licht, bevor ich ins Bett musste. Mein Ohr
schmerzte wie verrückt.
Weisst du, das ist meine früheste Erinnerung, ich ging noch
nicht einmal in den Kindergarten.
Wie lange war ich nach der ersten Mittelohrentzündung gesund?
Vielleicht ein Jahr? Wahrscheinlich weniger. Auf jeden Fall
erkrankte ich daran noch mindestens zweimal, nebst Lästigem
wie Erkältung, Grippe, Durchfall.
Ich besuchte erst seit wenigen Wochen den Kindergarten, als ich
im Laufe eines Morgens so heftige Ohrenschmerzen bekam, dass
mich Schwester Silvia nach Hause brachte. Sie hielt mich fest an
der Hand und liess mich erst los, als du mich im Empfang
genommen hattest. Schwester Silvia war eine hagere, alte Nonne,
sie war nett, aber distanziert zu den Kindern. Umso verblüffter
war ich, dass sie mich nicht einfach nach Hause geschickt,
sondern mich bis zu uns ins Hinterdorf begleitet hatte.
Im zweiten Kindergartenjahr kam ich zu Schwester Silvestra, die
ich liebte. Aber mein Schuljahr begann mit Verspätung. Denn
ich erlitt ein weiteres Mal eine Mittelohrentzündung und blieb
für längere Zeit zu Hause. Und im Winter darauf hatte ich eine
Hirnhautentzündung und blieb noch länger zu Hause.

Eines Morgens war ich erwacht mit einem merkwürdig steifen Hals, und der blieb so steif, auch nachdem ich aufgestanden war, gefrühstückt und das Haus verlassen hatte.

«Schau dort!», sagte Hansi.

Ich versuchte den Kopf zu drehen, aber es ging nicht Es musste merkwürdig ausgesehen haben, wie ich mit blockiertem Hals dastand und es nicht schaffte, den Kopf zu bewegen. Hansi lachte, ich halt auch. Schmerzen hatte ich keine, aber die Versteifung blieb.

Dann hatte ich den Eindruck, Vater würde plötzlich so laut reden und du auch, ihr würdet mich von Tag zu Tag lauter anschreien.

«Warum redest du so laut?»

«Was hast du auch? Ich rede doch gar nicht laut», gabst du zur Antwort.

Und dann setzten die Kopfschmerzen ein. Damals lernte ich Kopfschmerzen ertragen und wurde darin zu einem wahren Meister.

«Das müssen wir ernst nehmen», sagte der Arzt, und mit einem geheimnisvollen Unterton: «Hirnhautentzündung.»

«Was ist das, Hirnhautentzündung?», fragte ich Vater.

«Eine gefährliche Krankheit. Aber frag Mutti, die weiss es besser.»

Frag Mutti! Das war die Antwort, die ich oft von Vater erhielt. Wusste er es tatsächlich nicht? Oder wollte er sich nicht mit meinen Fragen befassen? Oder scheute er davor zurück, mir eine Antwort zu geben, die sich dann in deinen Augen als falsch erweisen könnte?

Ich fragte dich.

«Das verstehst du noch nicht.»

Ich hielt mich aber für gescheit genug, um eine Erklärung über Hirnhautentzündung begreifen zu können. Schliesslich war ich es ja, der krank war, und ich spürte die Symptome. Was in mir war da krank? Und warum? Und vor allem: Wie gefährlich war eine Hirnhautentzündung? Doch ich habe geschwiegen und nicht weiter auf einer Antwort beharrt. Ich getraute mich nicht nachzufragen, denn das hättest du bestimmt als Anflug von Aufmüpfigkeit verstanden.

Die Penizillin-Tabletten versetzten mich in einen
Dämmerzustand, so dass ich mich heute an den genauen Verlauf
der Krankheit nicht mehr erinnern kann.
«Sei brav und schluck die Tabletten», hast du gesagt, «sonst muss
du ins Spital.»
Also schluckte ich, zusammen mit Hagebuttentee, den ich
mochte.
Ich lag im Bett, tagelang, wochenlang, meistens war ich allein,
was langweilig war und oft auch traurig, aber ich nutzte die Zeit,
um über alles Mögliche nachzugrübeln. Ich versuchte mir
vorzustellen, was in meinem Körper geschah, jetzt, wo ich krank
war, und was notwendig wäre, um gesund zu sein, so wie die
anderen Kinder, zum Beispiel Hansi. Oder wozu es gut sei, dass
es in der Nacht dunkel war. Oder ob mein wirkliches Leben im
Traum oder während des Tages stattfand. Oder ob mehr
Menschen starben als zur Welt kamen, und falls tatsächlich mehr
sterben würden und schliesslich alle tot waren bis auf einen,
wahrscheinlich mich, wie es dann wäre, als letzter Mensch auf
der Welt zu sein. Oder warum gerade du meine Mutter warst und
Vater mein Vater und ich nicht zum Beispiel das Kind von
Hansis Eltern und er dafür euer Kind.
Schliesslich war die Krankheit vorbei. In meinem Gedächtnis ist
dies schlagartig geschehen. Vermutlich war das nicht so. Doch
ich ging nun wieder in den Kindergarten, zu Schwester Silvestra,
der Grünen. Nie hat sie mich das kranke Kind genannt, obwohl
sie sich für meine Krankheiten interessierte, wie überhaupt für
alles, was mich betraf. Sie forderte mich auf, Zeichnungen davon
anzufertigen. Das machte ich und erklärte ihr, was sich in dem
braunen Glasfläschchen auf dem Stuhl neben meinem Bett
befand - Penizillin, warum mein Hals so dick war – wegen der
Versteifung, was die Beulen auf meinem Kopf bedeuteten, die
ich ja gar nicht gehabt hatte - sie waren stellvertretend für meine
Schmerzen. Sie hörte mir aufmerksam zu. Aus ihrer Sicht war
das nicht belangloser Kinderkram, was ich zeichnete und
erklärte. Sie nahm mich ernst. Das tat mir gut.
Gegen Ende der Kindergartenzeit begann mein Kopf von
Neuem zu schmerzen, nicht jeden Tag, zumindest nicht am
Anfang, heftig waren die Schmerzen nicht. Ich fand es nicht

weiter schlimm, ich war trainiert, Kopfschmerzen zu haben. Ich habe dir nichts davon erzählt.

Ich verliess Schwester Silvestra und wurde ein Schüler. Die Kopfschmerzen verliessen mich nicht, sie waren zu einem lästigen Dauerzustand geworden.

Dann schlugen sie eines Tages zu. Ich spielte mit Hansi hinter unserem Haus. Wir waren Hasen, mümmelten Gras und hüpften das Wiesenbord hinauf. Plötzlich fuhren mir die Schmerzen in den Kopf wie Würmer, die sich einen Weg durch mein Gehirn bohrten. Ich zuckte zusammen, konnte mich nicht mehr auf den Beinen halten und stürzte den Abhang hinab, unten blieb ich wimmernd liegen. Hansi lief schreiend in seine Wohnung hinauf und kehrte mit seiner Mutter zurück. Sie hob mich hoch und trug mich auf ihren Armen zu dir. Der schlimmste Schmerz hatte sich inzwischen verflüchtigt, ich nahm wahr, was um mich herum geschah, ich hätte eigentlich selbst gehen können, aber ich blieb auf den Armen von Hansis Mutter liegen.

Hansi war vorausgerannt und hatte, ohne zu läuten, unsere Haustüre aufgerissen. Durch die offene Küchentüre blicktest du ihn erstaunt an. Und erst dann bemerktest du deine Nachbarin und mich auf ihren Armen. Dein Gesicht wurde grau, deine Lippen schmal, du tratst in den Gang hinaus, doch du grifffst nicht nach mir. Stattdessen drehtest du dich um und gingst den Gang entlang, öffnetest die Türe zu meinem Schlafzimmer und bliebst in der Türöffnung stehen, liessest Hansis Mutter an dir vorbeigehen und mich auf das Bett legen.

«Hört das denn nie auf. Mein Gott. Hört das denn nie auf», oder etwas Ähnliches hast du gemurmelt.

Du schlossest die Fensterläden, damit ich mich im Dämmerlicht besser entspannen konnte, und riefst vom Gang aus, wo unser Telefon an der Wand hing, den Dorfarzt an, der bald darauf eintraf und mich untersuchte. Dann gab er mir eine Spritze in den Arm, und ich schlief sofort ein.

2

«Mach vorwärts!»
Dabei hatte ich keine Sekunde gezögert, den weiss gekachelten
Raum zu betreten. Vielleicht, dass du ein Sträuben bemerkt
hattest, noch bevor es sich in meinem Kopf formulieren konnte,
und da wolltest du vorsorglich eingreifen, einen allfälligen
Ungehorsam im Keim ersticken.
Einen Moment fragte ich mich, ob wir uns nicht geirrt hätten
und an einem falschen Ort gelandet waren. Normale Zimmer
sahen nicht so aus wie dieser fensterlose Raum mit den
glänzenden Wänden, dem schwarzen Boden und dem kalten
Licht.
Der Raum erinnerte mich an die Metzgerei. Seit ich die erste
Klasse besuchte, hieltest du mich als gross und reif genug, in der
Metzgerei an der Hauptstrasse einkaufen zu gehen, einmal pro
Woche. Ich mochte den Metzger nicht. Er liess mich warten,
bediente zuerst alle Erwachsenen, auch wenn sie nach mir
gekommen waren.
Verschiedene Maschinen standen da. Auf einem gelblich
lackierten Metalltischchen war eine Apparatur aufgebaut, ein
Metallständer, an dem ein Gummischlauch befestigt war, der
unten in einen Trichter mündete. Ins obere Ende des Schlauchs
war ein Glasröhrchen geschoben mit einer Verzweigung. An
dem einen Ausgang der Verzweigung steckte eine dicke
zylinderförmige Spritze und am andern eine lange spitze Nadel.
Sie hatte, was ich erst aus der Nähe bemerkte, in ihrer Spitze eine
winzig kleine Öffnung. Ich bewegte langsam meinen Zeigfinger
dagegen. Ich wollte spüren, wie fest ich dagegen drücken konnte,
bis es schmerzte.
Aber du hattest mich beobachtet, obwohl du stumm und
scheinbar abwesend auf deinem Stuhl sassest.
«Lass das! Komm her!»
Ich hätte gerne noch die anderen Maschinen untersucht, stellte
mich aber neben deinen Stuhl und wartete.
«Wir müssen in die Stadt», hattest du am Morgen gesagt.
Obwohl ich eigentlich Schule hatte.

Was wir in der Stadt zu tun hatten, hast du mir nicht erklärt. Das war nicht erstaunlich. Weder von Vater noch von dir erhielt ich je eine Begründung für eure Anordnungen. Ihr habt befohlen, ich habe gehorcht. Ich war schliesslich ein Kind.

Klar war, dass die Reise in die Stadt etwas mit mir zu tun haben musste, wahrscheinlich mit meiner Schmerzattacke von vorgestern.

Ich kniff die Augen zusammen, so dass ich das Metalltischchen nur noch durch schmale Schlitze hindurch wahrnahm. Die dünnen Stahlrohrbeine begannen sich jetzt zu verbiegen. Und nun sah ich einen grossen Haufen von Würsten und Fleischstücken auf dem Tischchen liegen. Es war eine gewaltige Last, logisch, dass sich die Tischbeine verbogen. Ein dünner Blutfaden floss vom Fleischberg weg und tröpfelte auf den sauberen Boden. Hinter dem Tisch stand der Metzger, er streckte sein Fleischermesser gegen mich und rief: Du kommst nie dran. Auch wenn du noch so lange wartest. Noch so lange wartest. Noch so lange wartest.

Die Türe wurde aufgerissen und eine Krankenschwester in einem weissen, weit flattrigen Rock betrat mit energischen Schritten das Zimmer. Sie wies mich an, mich auf den drehbaren Hocker zu setzen, der vor einer der Maschinen stand. Daran waren zwei rechteckige Metallrahmen mit eisernen Griffen angeschraubt. Wortlos und mit schnellen Bewegungen zerrte sie mir den Pullover und das Unterleibchen über den Kopf, drehte meinen Stuhl so, dass ich mit dem Rücken gegen die Maschine sass, und ermahnte mich, ja ruhig sitzen zu bleiben und ja nichts zu berühren. Dann gab sie mir irgendein Medikament zu schlucken und schon verliess sie wieder den Raum.

Ich suchte dich mit meinem Blick. Doch du schautest mich nicht an, mit schmalen Lippen sassest du da und starrtest auf den Boden. Allmählich stieg in mir die Frage auf, ob ich Angst haben musste. Gerne hätte ich dich sprechen gehört. Du aber sassest einfach da, machtest das Gesicht, das ich gut kannte: verschlossen und grau.

Nach kurzer Zeit begann mich der Rücken zu jucken. Ich getraute mich jedoch nicht, mich zu kratzen. Ich zwang meine Hände, die sich schon in Bewegung setzen wollten, regungslos auf meinen Schenkeln zu verharren. Aber den Rücken bewegte ich Millimeter für Millimeter nach hinten, bis ich das kühle Metall der Maschine auf der Haut spürte. Die Zimmertüre im Blick, ruckte ich mit dem Hocker rasch ein paar Mal hin und her. Ein unangenehmer Geruch lag in der Luft. Zuerst hatte ich ihn kaum wahrgenommen, aber nun setzte er sich immer aufdringlicher in meiner Nase fest. Am ehesten war er zu vergleichen mit Teer, wenn eine Strasse neu asphaltiert wurde. Lüften konnte man hier nicht, nicht ein noch so kleines Fenster gab es in diesem Zimmer.

Die Krankenschwester kam nicht wieder. Langsam drehte ich die Sitzfläche des Hockers, bis ich die Maschine vor mir hatte. An den Kanten war die Farbe abgeschossen. Ein dickes Kabel verband sie mit einer Steckdose. Hinter der Maschine standen grosse Metallflaschen. Ich drehte mich wieder zurück. Du starrtest immer noch vor dich hin. Vielleicht ging es hier gar nicht um mich, obwohl ich halb nackt hier sitzen musste und langsam fror. Vielleicht sollte mit dir etwas vorgenommen werden und du hattest Angst davor.

Endlich ging die Türe wieder auf und ein alter Mann in einem weissen Berufskittel trat ins Zimmer, ein Arzt, im Schlepptau eine Krankenschwester, aber nicht die von vorhin. Vom Gesicht des Arztes konnte ich nicht viel erkennen, es war versteckt hinter Bart, Schnauz und Brille.

Er fuhr die Krankenschwester an, weil für ihn kein Stuhl bereitstand. Sie huschte hinaus und brachte ihm einen Hocker. Er zog das Tischchen zu sich heran und drehte mich von sich weg. Irgendetwas fummelte er hinter meinem Rücken. Ich spürte etwas wie eine Fliege, die auf meinem Rücken landete.

«Spürst du etwas?»

Ich glaubte nicht, dass er sich mit seiner Frage an mich gewendet hatte, und schwieg.

«Ob du etwas spürst.» Dazu schlug er mich, nicht fest, aber er schlug.

«Nein.»

Doch dann spürte ich einen heftigen Schmerz und schrie auf. Etwas Spitzes hatte er mir in die Wirbelsäule geschoben.

«Halten Sie ihn fest!», rief der Arzt in barschem Ton, «er darf sich nicht bewegen! Das sollten Sie wissen.»

Die Krankenschwester packte mich mit beiden Händen an den Schultern. Der Schmerz war nicht so schlimm. Ich war vor allem erschrocken, als ich den unerwarteten Stich gespürt hatte. Langsam wurde mir etwas schummerig im Kopf.

Während der Arzt an mir herum hantierte, wandte er sich an dich und erklärte, dass er eine Flüssigkeit aus mir herauslasse. Das nehme mir die Schmerzen, und er könne die Flüssigkeit nachher untersuchen und sich ein Bild von meiner Krankheit machen. Und dann wolle er noch etwas in mich hineinspritzen und meinen Kopf röntgen.

Es war ein grosser Aufwand, der da getrieben wurde. Kein gutes Zeichen. Hat dich interessiert, was der Arzt erklärt hatte? Oder hast du geschwiegen, weil du alles begriffen und nichts zu fragen hattest? Jedenfalls schwiegst du, auch nach der Untersuchung, und liessest mich in meiner Ungewissheit allein.

Langsam wurden meine Muskeln steif und begannen zu schmerzen. Vorsichtig verlagerte ich das Gewicht von einer Pobacke auf die andere. Sofort herrschte mich die Krankenschwester an, ich solle mich ja nicht rühren. Ihre Hände drückten noch fester zu. Offensichtlich hatte mir der Arzt die spitze Nadel, die ich vorhin untersucht hatte, in den Rücken gestossen.

Nun bekam ich Angst. Gerne hätte ich dich angeschaut. Selbst dein verschlossenes Gesicht wäre mir ein Trost gewesen. Aber ich sah dich nicht, du sassest hinter meinem Rücken.

Nach einer langen Zeit spürte ich, wie der Arzt die Nadel aus meiner Wirbelsäule herauszog und mir ein Heftpflaster auf die Einstichstelle klebte.

«Er darf sich nun etwas bewegen, muss aber auf dem Hocker sitzen bleiben.»

Die Krankenschwester liess von mir ab. Sie lockerte die Halterungsschraube des einen Metallrahmens, zog diesen gegen unten und schraubte ihn fest. Danach schob sie eine Platte in den Rahmen. Ich musste nun meinen Kopf seitlich gegen die Platte drücken, bewegungslos verharren, den Atem anhalten und die Augen schliessen. Ein feines Surren ertönte. Dann durfte ich mich wieder entspannen. Anschliessend wurde der gleiche Vorgang auf der anderen Kopfseite und schliesslich von vorne durchgeführt.

Dann geschah eine Weile nichts mehr, der Arzt und die Krankenschwester sassen regungslos da, auf irgend etwas schienen sie zu warten, bis der Arzt zur Krankenschwester etwas sagte. Sie verliess den Raum.

Mir war kalt und Angst hatte ich immer noch. Was würde als nächstes mit mir geschehen?

Die Türe öffnete sich wieder, und die Krankenschwester schob ein fahrbares Bett herein. Ich musste mich hineinlegen, mit dem Bauch nach unten. Ich staunte, das Bett war vorgewärmt.

Du sagtest mir Adieu und strichst mir kurz über meine Hand. Ich wurde weggefahren, und du bliebst mit dem Arzt zurück in dem gekachelten Raum.

Die Krankenschwester stiess mich durch verschiedene Gänge, mit einem Lift fuhren wir zwei Stockwerke höher und landeten schliesslich in einem grossen Zimmer. Viele Betten standen nahe nebeneinander. In allen lagen Männer, soweit ich das feststellen konnte. Gleich neben der Türe war noch etwas Platz frei. Hier parkte mich die Frau, sprach kurz mit dem Mann, der im Bett nebenan lag, und verliess mich.

Da lag ich nun. Im Spital. Die Medikamente hatten mich nicht mehr vor dem Spital bewahren können. Das konnte nur bedeuten, dass die neue Krankheit schlimmer war als alle bisherigen.

Die Einstichstelle tat mir weh, im Hals verspürte ich ein Würgen und mein Kopf fing wieder an zu schmerzen. Ich begann zu weinen.

«Geht's dir nicht gut?», fragte mich jemand.

Ich drückte mein Gesicht ins Kissen und weinte heftiger. Eine Hand legte sich auf meine Schulter und schüttelte mich vorsichtig.

«Soll ich die Schwester rufen?»

Ich schaute hoch, sah einen Mann, vermutlich den vom Bett nebenan, und zuckte die Schultern. Der Mann zog sich einen Morgenmantel über und verliess das Zimmer.

Er kehrte mit einer Krankenschwester zurück. Sie setzte sich zu mir ans Bett und fasste meine Hand.

«Hast du Kopfschmerzen?»

Ich nickte. Sie sagte eine Weile nichts, strich mir einfach über die Haare.

«Arg?»

Ich zögerte und schüttelte dann den Kopf.

«Was denn?»

«Mir ist so schlecht.»

«Armer Junge. Das geht wieder vorüber. Du brauchst ein bisschen Geduld.»

Sie holte einen nassen Lappen und legte ihn auf meine Stirne.

«Gleich wird's besser. Und morgen holt dich deine Mutter.»

3

Eine junge Frau mit runden Wangen und einem Lächeln im
Gesicht schob einen reich beladenen Frühstückswagen hinein.
Quer über mein Bett montierte sie ein Tischchen und stellte
darauf alle Herrlichkeiten: Milch, Ovomaltinenpulver, Brötchen,
Konfitüre, Honig, Butter, Äpfel, Kuchen.
Hansi war jetzt in der Schule, und ich sollte das eigentlich auch,
lag jetzt aber hier im Spital und ass mit Freuden.
«Wenn wir zur gleichen Zeit Schule haben, gehen wir
zusammen», hatte er mir gesagt, als ich vor einem halben Jahr in
die erste Klasse kam. Hansi ging schon in die dritte Klasse.
Hansi war stark, und ich war froh, dass er mein Freund war.
Ein Schüler zu werden, war eine Beförderung. Darauf war ich
stolz. Freude zwar war in der Schule nie aufgekommen, der Stolz
aber blieb.
Im Gegensatz zu den anderen Müttern hast du nie einen
Schulbesuch gemacht, weder am ersten Schultag, noch am
Besuchstag, noch bist du mit auf die Schulreise gekommen. Du
hattest keine Ahnung von meinem Schulzimmer, das mit
sperrigen Schulbänken vollgestellt war. Je zwei Schüler passten in
eine Bank, Sitz und Schreibtisch waren zu einem einzigen Gestell
zusammengefügt, die Tischflächen liessen sich hochklappen,
damit wir uns, sobald eine erwachsene Person das Zimmer
betrat, sofort erheben konnten. In einem unverrückbaren
Rahmen wurden wir festgehalten, wir durften uns nicht bewegen
und konnten es in der Enge auch nicht. Eine Art Käfighaltung.
Die Lehrerin war das pure Gegenteil von Schwester Silvestra.
Schwester Silvestra liebte die Kinder. Die Lehrerin hingegen
verzog das Gesicht, wenn sie am Morgen das Schulhaus betrat
und uns erblickte, als ob sie einen Schluck Essig hätte trinken
müssen. Sie mochte Kinder nicht. Dass sie schlecht roch, eben
nach Essig, schien mir passend.
Der Turnunterricht bestand darin, dass wir uns in einer
Doppelreihe aufstellten und genau in dem Rhythmus, den sie auf
dem Tamburin schlug, nach ihren Anweisungen nach rechts oder
nach links hüpfen mussten, alle miteinander, genau zum gleichen
Zeitpunkt. Ich kannte zwar den Unterschied zwischen rechts

und links, aber ich brauchte jeweils etwas Zeit, bis ich mich richtig entschieden hatte. Der Rhythmus, den die Lehrerin schlug, war mir zu schnell. So hüpfte ich halt in irgendeine Richtung, oft die falsche, oder wartete, bis die anderen Kinder gehüpft waren, um es ihnen dann, mit Verspätung, gleich zu tun. Beides waren Vergehen, die mir Schläge auf den Kopf eintrugen, wobei sie den Rhythmus, egal ob ihr Schläger auf dem Tamburin oder auf meinem Kopf landete, mit Sturheit beibehielt.

Ich habe dir nie von der Schule und der Lehrerin erzählt. Wir haben ohnehin kaum je ein Gespräch miteinander geführt. Ich meine ein wirkliches Gespräch, bei dem ich dir etwas erzählt hätte, was mir wichtig war, du hättest mir zugehört und nachgefragt, mir erklärt, was ich nicht begriffen hatte, mich getröstet und ermuntert. In unserer Beziehung kam Gespräche-Führen nicht vor. Weder du noch ich machten je dazu Anstalten. Ich gab dir, wenn du dich ausnahmsweise erkundigt hattest, wie es in der Schule war, eine nichts sagende Antwort, alles sei normal gewesen oder etwas in der Art.

Ich hätte den Mut aufbringen müssen, dir von der Schule zu berichten. Vielleicht hättest du mich in Schutz genommen gegen die freudlose Lehrerin, denn du warst mutig.

Die junge Frau brachte mir meine Kleider. Ich musste aufstehen und mich anziehen, während sie mein Bett aus dem Zimmer rollte. Ich setzte mich auf einen Stuhl und wartete.

In der Schule war Hüpfen etwas Wichtiges, nebst Gehen. Gehen war noch wichtiger als Hüpfen. Bevor ich in die erste Klasse kam, rannte ich. Etwas anderes als Rennen kam für mich gar nicht in Frage. Wenn ich irgendwo hinwollte, rannte ich. Ich rannte zum Kindergarten, ich rannte nach Hause, ich rannte hinauf zum Friedhof, um Vater das Zvieri zu bringen. In der Schule aber war Rennen verpönt. Im Schulhaus zu rennen, war etwas ganz und gar Ungehöriges, hier kam einzig und allein Gehen in Frage. Und im Turnunterricht Hüpfen. Rennen hiess auch nicht mehr Rennen, sondern Laufschritt.

Endlich öffnete jemand die Türe: Es war Vater. Nicht du.

«Mutti geht es nicht gut», sagte er als Begrüssung.

4

Zuerst musste ich mit Vater Brot und Käse essen, und erst dann durfte ich zu dir ins Schlafzimmer. Die Läden waren zugezogen, durch die Schlitze drang nur spärliches Licht. Es war dunkel im Zimmer. Du lagst im Bett, schautest mich nicht an und sagtest nichts. Ich wusste auch nichts zu sagen. Nach einer Weile war es mir peinlich, neben dir zu stehen und nichts zu sagen. Ich ging hinaus und zog die Türe leise hinter mir zu.

Danach begleitete ich Vater auf den Friedhof. Das gefiel mir. Mitgehen-Dürfen war etwas Wunderbares. Du gehörst dazu, sagte mir Vater auf diese Weise. Er hiess mich in den Anhänger steigen, den er ans Velo ankoppelte, und fuhr los. Kräftig trat er in die Pedalen, beschleunigte das Velo, seine blaue Arbeitsjacke, die er meistens offen trug, blähte sich auf zu zwei flatternden Segeln, Vater waren Flügel an den Schultern gewachsen. Vater war stark, obwohl er eher eine schmächtige Figur hatte. Als wir den steilen Weg zum Friedhof hinauffuhren, wurde er langsamer, die Jackensegel fielen in sich zusammen.

Im Beinhaus holten wir den Schubkarren und die Werkzeuge und gingen damit zu der aufgelassenen Grabstätte, wo Vater ein neues Grab ausheben musste. Er zog sich die Jacke aus und legte sie über den Grabstein nebenan. Mit dem Fuss scharrte er den Boden auf, um die Beschaffenheit der Erde zu prüfen. Dann reichte ich ihm die Schaufel.

Vaters Hände waren riesig, und dass er von schmaler Statur war, machte sie noch riesiger. Wenn er mich an der Hand nahm, verschwand meine Hand in seiner schwieligen Pranke.

Du musst dir vorstellen, dass wir kein Wort sprachen. Auf dem Friedhof waren Vater und ich ein Team, das sich einfach so verstand, ohne gross reden und erklären zu müssen. Ich wusste, was Vater von mir brauchte. Und er wusste, dass ich es wusste. Das waren gute Momente. Ich fühlte mich ihm dann so nahe wie sonst kaum. Anders als dein Schweigen gab mir diese Art der Wortlosigkeit ein Gefühl der Zugehörigkeit.

Er trug die oberste Schicht, den Humus, ab und deponierte ihn in der Schubkarre. Er bewahrte ihn getrennt vom lehmigen Material auf, damit er ihn morgen nach der Beerdigung auf der

Oberfläche des Grabs verteilen konnte. Unterhalb des Humus stiess er auf die harte, lehmige Schicht. Er streckte die Hand aus, und ich reichte ihm den Pickel, mit dem er die Erde lockerte. Dann brauchte er wieder die Schaufel und warf das lose Material zu einem Haufen auf. Er arbeitete ohne Pause, immer im gleichen Rhythmus. Ich tat nichts anderes als ihm zuschauen und ihm die benötigten Werkzeuge reichen. Das genügte mir. Ich fühlte Stolz, dass Vater so stark war und so gut arbeiten konnte und ich ihm dabei half.

Immerfort grabend, verschwand er allmählich im Boden. Die Grube war nun so tief, dass sich Vater, als er hinauskletterte, mit den Händen aufstützen musste. Er trank einen Schluck am Wasserhahn, ich auch, und dann gingen wir zurück zum Beinhaus. Drinnen besorgte er sich eine etwa vierzig auf sechzig Zentimeter grosse Holzkiste. Viele solcher Kisten waren in einem Gestell an der hinteren Wand des Beinhauses aufgestapelt, alle gefüllt mit Knochen: längere und kürzere, einige mit gerundeten, faustgrossen Enden, zerbrochene Röhrenknochen, in die ich hineinschauen konnte, viele Schädel, in verschiedenen Grössen, mit oder ohne Zähne, die meisten ohne Unterkiefer. Mich faszinierten die Knochen. Ich versuchte mir vorzustellen, wie es in mir drinnen auch ein solcher Schädel und solche Knochen gab und wie die aussähen.

Vater deutete auf eine Holzleiter. Ich zog sie hinter mir her, musste aber bald aufgeben, sie war mir zu schwer. Vater lachte und fasste mit der freien Hand hinten an, ich vorne. Gemeinsam trugen wir sie zum neuen Grab.

Vater kletterte wieder hinab und setzte seine Arbeit fort, bis er mit dem Pickel auf einen Knochen stiess. Vorsichtig grub er ihn aus, es war ein Schädel, den er mir hinaufreichte. Mit Hilfe des Spatens suchte er nach weiteren Knochen, fand aber nur ein paar wenige. Der Schädel war klein. Es musste ein Kind gewesen sein, das hier vor langer Zeit begraben worden war. Ich wischte ihn mit der Hand sauber und legte ihn zusammen mit den übrigen Knöchelchen in die Holzkiste.

Die Grube war nun tief genug. Vater stieg hinaus, verschwitzt und lehmverschmiert, und setzte sich für eine Weile auf den aufgeworfenen Erdhügel. Er betrachtete das ausgehobene Grab, prüfte, ob der Platz davor, wo morgen die Trauergäste stehen würden, sauber genug war und stiess mit dem Fuss die paar wenigen Erdklümpchen, die trotz seiner Sorgfalt hier gelandet waren, zur Seite. Dann nickte er zufrieden. Das Nicken galt auch mir, ich versorgte die Kiste mit dem kleinen Schädel und den Knochen im Beinhaus und brachte ihm eine Plane, während er die Schubkarre zur Seite stellte, damit sie morgen die Leute nicht in ihrer Trauer störte.

«Wir haben etwas Neues», sagte er mir mit Stolz, nachdem er mit der Plane den Erdhaufen zugedeckt hatte.

Er zog sich seine blaue Jacke an und ging mit mir zurück ins Beinhaus. Dort wies er auf ein grau gestrichenes Gestell. Es war zur Hauptsache ein metallener Rahmen, an dem zwei mit Stahlseilen befestigte Bügel angebracht waren. Der Vater schulterte sich das Gestell, ich half ihm beim Tragen. Gemeinsam stellten wir es über das offene Grab. Der Umfang des Gestells war etwas grösser als die Graböffnung, in die hinab nun die zwei Metallbügel hingen.

«Siehst du, was das ist?»

Ich nickte, ich hatte es sofort begriffen.

«Jetzt kann ich den Sarg auf die Metallstäbe legen und hier mit der Kurbel die Stahlseile von den Rollen abwickeln. Siehst du?» Vater drehte die Haspel, die Bügel senkten sich langsam ins Grab hinab. Er zeigte auf einen Metallhebel neben der Haspel. Das war die Bremse, um die Seile zu blockieren. Ich durfte sie betätigen.

Am Anfang der Abdankung lasse er den Sarg ebenerdig daliegen, dann senke er ihn etwas ab und kurble ihn schliesslich ganz nach unten. Wenn die Trauergäste gegangen seien, könne er auf der Seite die Stahlseile ausklinken und sie mit Hilfe der Kurbel unter dem Sarg hindurch wieder hinaufziehen. Die neue Maschine sei aber nur für Erwachsene. Für Kinder nehme er wie bisher immer noch zwei Hanfseile. Für so kleine Särge wäre die Maschine zu gross und die Stahlseile zu grob.

Ich drehte mit der Haspel die Seile wieder hoch.

Dann versorgte ich die Werkzeuge. Als ich aus dem Beinhaus trat, sah ich Vater bei einem der Kindergräber arbeiten. Er zupfte die verwelkten Pflanzen aus und warf sie auf den

Komposthaufen. Dann kam er hastig zurück, wies mich an, beim Velo zu warten, und eilte mit einer Harke wieder zum Grab, wo er die Oberfläche bearbeitete, bis sie fein gekrümelt war und ein regelmässiges Muster aufwies. Das alles machte er allein, Vater wollte mich nicht dabeihaben.

«Was ist das für ein Grab?», fragte ich, als er wieder bei mir war.

«Eingestiegen! Wir fahren.»

Vater schwang sich aufs Velo und raste mit mir im Anhänger den Kirchenhügel hinab, raste durchs Hinterdorf bis nach Hause. Ich lachte vor Freude.

5

Ich tastete unter dem Nachthemd nach dem Verband. Er fühlte sich trocken an. Offenbar blutete die Einstichwunde nicht, Schmerzen hatte ich keine. Sollte ich das Pflaster ablösen? Meine Finger kratzten die Ränder weg und drückten sie gleich wieder fest, aber jetzt klebten sie nicht mehr. Das war blöd. Vielleicht hätte ich gar nicht damit beginnen dürfen, das Pflaster abzulösen. Falls es mit der Zeit von selbst abfallen würde, könnte ich nichts dafür. Ich drehte mich vom Bauch auf den Rücken.

Erst am späten Nachmittag warst du aufgestanden und hattest zum Abendessen die üblichen Salzkartoffeln aufgetischt, dazu Käse und Milchkaffee für dich und Vater, und für mich Konfitüre und kalte Milch. Es war, als ob ich gar nicht im Spital gewesen wäre, als ob gestern und heute Tage wie sonst gewesen wären. Mit keinem Wort hattest du mich gefragt, wie es mir in der Nacht im Spital ergangen war. Und ich nicht, was du mit dem Arzt besprochen hattest, nachdem ich im warmen Bett weggefahren wurde.

Wir werden später darüber reden, sagte ich mir. Aber ich wusste, dass dies nicht geschehen würde. Verschlossen sassest du da und assest lustlos. So wie du oft dasassest und schwiegst.

Doch mein Kopf war leicht, keine Spur von irgendwelchen Schmerzen, nicht einmal einen schwachen Druck spürte ich. So gut hatte ich mich schon seit Wochen nicht mehr gefühlt. Ich war wieder gesund. Der Spitalaufenthalt hatte mein Problem gelöst.

Ich faltete die Hände und machte mich fürs Beten bereit. Ich kannte zwei Gebete, die ich im Religionsunterricht gelernt hatte und die ich jeden Abend hersagen musste: das Paternoster und das Avemaria. Es war mühsam gewesen, die Gebete auswendig zu lernen. Aber der Schwarze liess nicht locker und übte und übte mit uns, bis wir sie fliessend herunterbeten konnten. Das Schwierige war, dass die Gebete in einer seltsamen Sprache abgefasst waren, vieles verstand ich nicht und wohl auch die andern in der Klasse nicht. Warum «Vater unser»? Und nicht «unser Vater»? «Vater unser» ist doch verkehrt! Und was hiess:

«Dein Name sei geheiligt»? War nur der Name heilig? Und der Liebegott selbst nicht? Oder noch unverständlicher: «Gebenedeit sei die Frucht deines Leibes». Was für eine Frucht? Und was sollte «gebenedeit» sein? Der Schwarze hatte uns nichts erklärt. Wir hatten auswendig zu lernen, und fertig.

Ich hatte Hansi danach gefragt, aber es hatte ihn nicht besonders interessiert, man müsse das halt einfach beten, ich solle den Pfarrer im Religionsunterricht fragen. Den Schwarzen aber wollte ich nicht fragen. Er würde meine Frage als Zeichen meiner Dummheit auffassen.

Gebete waren eine Art Zauber, so wie Abrakadabra. Abrakadabra bedeutete auch nichts Bestimmtes, es war ein Zauberwort. Zauber verstand man nicht, Zauber musste man einfach anwenden. Aber nur wenn man ihn richtig anwendete, ihn bis in alle Einzelheiten korrekt ausführte, wirkte er. Zu jedem Zauber gehörten nebst geheimnisvollen Wörtern und Sätzen auch Handlungen.

Und da hattest du mich in ein Dilemma gestürzt. Der Schwarze hatte befohlen, dass wir Kinder die Gebete vor dem Bett kniend verrichten müssten. Als ich mich dann am Abend niederkniete, um mit den Gebeten zu beginnen, hast du mich angeherrscht, ich solle keine Fisimatenten machen, sondern ab ins Bett. Das tat ich auch, wortlos, ich gehorchte dir. Aber indem ich dir gehorchte, verstiess ich gegen den Gebetszauber. Denn Beten musste kniend vorgenommen werden. Ich hatte Angst, dass sich der Liebegott über mein falsches Verhalten ärgern und mich bestrafen würde, indem er mich in Versuchung führte. Und ich wusste, dass ich zu schwach war, um einer richtigen Versuchung zu widerstehen. Ich würde nicht wie die sizilianischen Märtyrer durchhalten können. Die wurden in den eisernen Stier gesteckt, unter dem ein Feuer brannte. Der Schwarze hatte uns erzählt, wie die Sizilianer lieber unter schlimmsten Schmerzen starben, als vom Liebegott abzufallen. Das Bild vom glühenden Stier, aus dessen Nüstern es herausbrüllte, weil die Gequälten vor Schmerz schrien, verfolgte mich, vor allem in der Nacht.

Ich glaubte nun, einen Ausweg gefunden zu haben. Für den Fall, dass der Liebegott nicht zufrieden war mit mir, weil ich das Paternoster und das Avemaria im Bett liegend betete, und er mich zur Strafe in Versuchung führte, würde ihn eine schmerzhafte Busse versöhnen. Die wollte ich in dieser Nacht vollbringen.

Inzwischen war es so spät geworden, dass ihr bestimmt schlieft. Ich tastete unter der Decke nach der Taschenlampe und dem kurzen Seil, das ich mir im Schuppen besorgt und im Bett versteckt hatte. Im Nachthemd schlich ich zum Fenster, dort schlüpfte ich in meine Schuhe, kletterte durch das Fenster und sprang draussen ins Gras. Es war kalt, der Himmel wolkenlos. Im knappen Licht stieg ich den steilen Abhang hinauf, in direkter Linie hielt ich auf den Friedhof zu. Ich war jetzt wieder stark und schnell. Schon nach wenigen Augenblicken erreichte ich die Mauer, die das ganze Hügelplateau mit dem Friedhof umfasste, und kletterte an der Stelle, wo der Mörtel zwischen den Bruchsteinen weggebröckelt war, auf die Mauerkrone.

Wie ich da oben auf der Mauer sass und auf den nächtlichen Friedhof schaute, wurde ich unsicher, ob ich mein Vorhaben tatsächlich ausführen sollte. Im Bett war mein Plan vernünftig gewesen, doch nun, da oben in der Kälte, dünkte er mich ziemlich blöd. Ich stellte mir vor, Hansi würde mich sehen, wie ich im Nachthemd auf der Friedhofsmauer hockte und vor Kälte zitterte: Er würde sich kugeln vor Lachen.

Doch dann sagte ich mir, dass ich nun mal mit der Busse begonnen hatte und sie jetzt auch zu Ende führen würde. Ich sprang hinunter. Starr und dunkel standen die Grabsteine und Kreuze da, ausgerichtet in Reih und Glied, graue und schwarze Gestalten. Aber sie machten mir keine Angst. Der Friedhof war mir vertraut, er war Vaters und mein Areal.

Ich begann mit der hintersten Reihe. Systematisch arbeitete ich mich von Grab zu Grab, blieb bei jedem stehen, fasste den Grabstein fest ins Auge und schlug mit dem Seil einmal auf meinen Rücken. Wirklich weh tat es nicht.

«Wir alle müssen Busse tun», hatte der Schwarze im Religionsunterricht gesagt, «wir alle sind Sünder.»

Er hatte uns ein Bild gezeigt von Männern, die sich mit mehrschwänzigen Peitschen auf den nackten Rücken schlugen. Aus den dreieckigen Löchern, die sie sich in die Haut gerissen hatten, rollten dicke Blutstropfen über ihren Leib hinab. Ich überlegte mir, ob meine Busse nicht wirksamer wäre, wenn ich das Nachthemd ausziehen und mich auch auf den nackten Rücken schlagen würde. Ich entschied mich dagegen. Ich sei erst ein Knabe und noch kein Mann, sagte ich mir, und die Männer von früher hätten sich vermutlich bei wärmerem Wetter gegeisselt.

Nur langsam kam ich voran. Unser Friedhof war klein, klein wie unser Dorf, das war mir eigentlich bekannt. Doch jetzt in der Nacht, wo ich von einem Grab zum nächsten schritt, schien sich die Anzahl der Gräber vervielfacht zu haben. Ich warf einen Blick auf die Reihen, die ich bereits hinter mich gebracht hatte, und dann auf die, die noch vor mir lagen, soweit ich sie in der Dunkelheit überhaupt ausmachen konnte, und meine Zweifel am Sinn meines Unternehmens wuchsen.

Bei einem schön bepflanzten Grab mit einem mächtigen Stein machte ich einen Zwischenhalt. Ich richtete den Strahl meiner Taschenlampe auf den schwarz glänzenden Marmor. Es war ein schöner Stein, verziert mit goldenen Ähren und beschriftet mit grossen goldenen Buchstaben. Offenbar lag hier eine wichtige Person. Sollte ich hier aufhören mit meiner Geisselung? Wieder suchte ich mit den Augen das Ende des Friedhofs, sah über all die Grabreihen hinweg, die sich im Farblosen der Nacht verloren.

Da bewegte sich etwas. Von der Kirche her näherte sich den Gräbern ein Schatten. Ich duckte mich und spähte zwischen den Grabsteinen hindurch. Ich war nicht sicher, aber ich glaubte, dass es eine Frau war. Doch wer es war, konnte ich nicht erkennen, nicht einmal, ob sie alt oder jung war.

Die Frau bewegte sich von mir weg hinüber zu den Kindergräbern. Sie ging schnell und sicher, obwohl sie keine Lampe bei sich trug. Sie wusste genau, wohin sie wollte, und kannte den Weg auswendig. Ich schaute ihr nach, bis sie hinter den Grabreihen verschwunden war. Es war Zeit für mich zu gehen. In gebückter Haltung eilte ich zur Mauer und schlich ihr entlang bis zur Stelle, wo ich sie überwinden konnte.

6

Ich fuhr mit der Hand über das Seehundefell meines Schülertheks, gegen den Strich, mit dem Strich, gegen den Strich, mit dem Strich .... Abwechselnd fühlte ich ein energetisches Kribbeln und ein sanftes Streicheln, als ob der Seehund mir sowohl Kraft als auch Ruhe geben wollte.

Eigentlich hätte ich schon längst aufbrechen sollen, aber ich hatte keine Lust auf Schule. Schliesslich war ich das kranke Kind, das halt ab und zu nicht zur Schule gehen konnte. Irgendwann kamst du in die Küche, erstaunt, dass ich immer noch da war, und schicktest mich los.

Langsam ging ich die Hinterdorfstrasse hinaus, am leeren Haus vorbei, überlegte mir, ob ich für einen Augenblick bei der Schreinerei hineinschauen sollte, ging dann aber weiter, warf einen kurzen Blick auf Studers Häuschen. Am Fusse der langen Treppe, die neben der hohen Gartenstützmauer des Pfarrhofes hinauf zur Kirche führte, blieb ich stehen. Ich schaute die ausgetretenen, von einem Ziegeldach geschützten Steinstufen hinauf und beschloss, die Schule zu schwänzen. Mit geschlossenen Augen stieg ich die Treppe hoch, zählte Stufe für Stufe. Bei der siebenundfünfzigsten blieb ich stehen und öffnete die Augen. Links fiel ein Garten ab, der von der Treppe mit einer dichten Hecke abgetrennt war, darunter kroch ich, das war mein Versteck, eine Kuhle, ausgelegt mit Sägespänen und Stroh. Von der Treppe her konnte man mich nicht sehen, selbst wenn die Heimbuchen wie jetzt keine Blätter trugen, sofern ich bewegungslos verharrte. Das tat ich nun. Auf die graubraunen Kalksteinstufen schien schräg die Sonne, eine schwache Wärme stieg von ihnen auf.

Ich lauerte. Ich war der Beobachter, der nicht beobachtet wurde. Etwas Speichel lief mir aus dem Mund. In Zeitlupentempo, eine schnelle Bewegung hätte mich verraten, hob ich die Hand und wischte ihn weg. Und wartete. Wieder wollte mir ein Speicheltropfen über das Kinn rinnen, aber das war schon belanglos geworden, ich war bereits Lusitan.

So regungslos wie Lusitan konnte niemand verharren. Einzig seine Augen waren unstet, sein Blick schweifte die

Treppenstufen hinab und hinauf und hoch zu den Nestern, die unter dem Ziegeldach klebten. Sie waren leer, die Schwalben waren fortgezogen und hatten Lusitan allein in der Kälte zurückgelassen.

Jetzt vernahm er von unten das pfeifende Geräusch eines schwer Atmenden. Noch bevor er ihn sehen konnte, wusste Lusitan, wer es war: der Sigrist, eingehüllt in eine Pelerine aus schwärzlichem Wollstoff, die Zipfelmütze tief über den Kopf gezogen. Langsam erklomm er Stufe um Stufe, bis er in Lusitans Gesichtsfeld trat. Die violetten Äderchen, die als ein Netz seine Wangen überzogen, leuchteten vor Anstrengung. Er war der Violette. In der Hand hielt er seinen Stumpen. Wenn er dann oben angelangt war, würde er ihn wieder in den Mund stecken und ein paar gewaltige Rauchwolken ausstossen, bevor er ihn vor dem Betreten der Kirche auf einer Steinstufe deponierte. Mit dem Stumpen in die Kirche, das war selbstverständlich niemandem erlaubt, nicht einmal dem Sigrist. Meistens lagen dort zwei, drei Stumpenreste, die noch ein Weilchen vor sich hin stanken, bis sie die Pfarrköchin, die sich davor ekelte, mit der Kehrichtschaufel entfernte. Leider schaffe er es rauchend nicht mehr die Treppe hinauf, hatte der Violette einmal gesagt, aber sonst rauche er unablässig, ausser beim Schlafen und in der Kirche, selbstverständlich, Churchill mache das auch so und den bewundere er, im Gegensatz zu den Engländern, die blöd seien und ihn nicht mehr wollten.

Lusitan fasste ihn für einen Augenblick scharf ins Auge und erteilte ihm stillschweigend die Erlaubnis fürs Passieren.

Sein Blick suchte wieder die Schwalbennester. Vielleicht guckte doch ein Köpfchen aus einer der Öffnungen. Ein Junges, das die alten Schwalben beim Wegfliegen vergessen hatten, es verlassen hatten wie ihn. Er würde es aufziehen, hatte ihm bereits einen Namen geben: Forollio. Solange es noch klein war, würde er es Rölleli nennen. Er würde ihm vieles lehren, zum Beispiel das Beschleunigen beim Fliegen. Das verstand Lusitan wie kein zweiter. Er suchte sich die dickste Wolke aus und machte sein Gefieder spiegelglatt. Wie von einer riesigen Faust, die immer mehr zudrückte, wurde er von der Wolke umschlossen, bis der

Druck schliesslich so hoch war, dass es ihn wie aus einem Kanonenrohr hinauskatapultierte.

«Luuusitan!», hörte er die anderen Schwalben rufen, und sein Gefieder begann zu leuchten.

«Lusitaaan!», tönte es nur noch leise, er war schon weit weg.

Von oben stampften grosse, schwarz glänzende Schuhe herab. Der Schwarze. Alles an ihm war schwarz: Schuhe, Hosen, Kittel, Gebetbuch, Opel, wahrscheinlich auch das Taschentuch, und wer weiss, vielleicht sogar die Unterhosen. Ihn hatte Lusitan nicht erwartet. Üblicherweise erteilte der Schwarze am Morgen Religionsunterricht, und zum Schulareal führte nicht die Treppe, sondern das Fahrsträsschen, das er mit seinem schwarzen Auto hinabfuhr. Lusitan drückte sich fester in die Kuhle, schloss die Augen, deren Glänzen durfte ihn nicht verraten. Jetzt spürte er ein leichtes Vibrieren des Bodens, der Schwarze musste bei seiner Stufe angelangt sein. Er wartete fünf Sekunden, bis er die Augen öffnete und ihn nun von hinten beobachtete. Der Schwarze glich eher einer Kugel als einer menschlichen Gestalt. Genau genommen bestand er aus zwei Kugeln: einer grossen Körperkugel und einer kleinen Kopfkugel. Einen Hals hatte er nicht, auch kein vorspringendes Kinn, aus seinem steifen Kragen quoll ohne Übergang die Kopfkugel hervor mit zwei Kugelaugen, die immer steif geradeaus starrten.

Das schwache Singen einer elektrischen Säge tönte von der Schreinerei Beyeler hinauf. Sonst war es still. So bewegungslos, wie er nun schon lange verharrte, begann Lusitan zu frieren. Er löste sich auf und liess mich zurück.

Ich überlegte, ob ich mein Versteck verlassen sollte, gab dann aber der Pfarrköchin noch etwas Zeit. Und wirklich dauerte es nicht lange, bis sie sich von unten näherte, wie üblich mit dem offenen hellgrauen Regenmantel und darunter der roten Schürze. Die Hellgrau-Rote. Sie war eine schwere Frau, aber trotzdem strengte sie das Treppensteigen nicht sonderlich an. Sie lachte viel, und deshalb war sie auch so stark. Sie war einkaufen gegangen im Dorf und trug nun in der einen Hand die geräumige Einkaufstasche und in der anderen den Milchkessel. Bei meinem Versteck blieb sie stehen und sprach, ohne den Kopf in meine Richtung zu drehen:

«Keine Bange, ich sehe dich nicht!». Dann lachte sie, so wie sie immer lachte: dröhnend.

Als einzige kannte sie mein Versteck.

Ich nahm ihr den Milchkessel ab und sie fasste meine freie Hand.

«Hast du keine Schule?»

Darauf wusste ich nichts Einleuchtendes zu antworten.

«Ich habe dich etwas gefragt.»

«Die Lehrerin hat gesagt, dass wir Schule haben, wenn auf dem Stundenplan ein Balken ist. Aber wie weiss ich, ob jetzt Balken ist oder nicht.»

Sie lachte. «Schlaues Kerlchen.»

Sie liess mich vor sich ins Pfarrhaus eintreten. Ich kannte den Weg zur Küche, wo ich den Kessel auf den Tisch stellte.

Sie goss Milch in ein Glas und stellte es mir hin. Mit einer Handbewegung forderte sie mich auf, Platz zu nehmen, und als ich nicht gleich reagierte, hob sie mich hoch und hielt mich eine Weile in der Luft.

«Mein Gott, Junge, wie mager du bist. Da ist ja gar nichts dran.»

Dann setzte sie mich auf den Stuhl.

«Hast du Kopfschmerzen?»

«Jetzt nicht.»

«Aber sonst?»

«Manchmal fest.»

Ich trank das Glas.

«Guter Junge», sagte sie und kraulte mich in den Haaren.

Sie behandelte mich immer noch wie ein kleines Kind, was ich ja jetzt als Schüler nicht mehr war. Aber ich liess es zu, denn ich hatte sie gern. Ich liebte ihr Lachen, ihre Art, mit mir zu reden, und all die kleinen Dinge, die sie für mich bereitete und mir zusteckte. Sie war gross und breit. Sie redete laut und viel und lachte wegen allem und über alles. Sie verwöhnte mich nach Strich und Faden. Und sie berührte mich bei jeder Gelegenheit, umarmte und streichelte mich. Sie war das Gegenteil von dir, oder, wenn dir das lieber ist, die Ergänzung

«Nimm noch ein Glas Milch. Das tut dir gut.»

Sie goss ein und rührte einen gehäuften Löffel Ovomaltine darunter.

28

«Hast du denn wieder Hirnhautentzündung?»
Ich trank das Glas mit kleinen Schlucken leer und schleckte dann, soweit meine Zunge reichte, die letzten Milch- und Ovo-Spuren weg.
«Ich weiss nicht.»

7

Alle Kinder zogen ein mit buntem Papier eingefasstes Heft aus der Schultasche. Ich hatte keines. Wie auch? Das kranke Kind war gestern nicht in der Schule gewesen. Die Lehrerin schritt kontrollierend durch die Bankreihen. Als sie bei mir angelangt war, musterte sie mich kurz und ging dann nach vorne zu ihrem Schreibtisch, wo ein Heft bereit lag.

Hier, sagte sie und warf mir das Heft aufs Pult, sie habe etwas für meine Eltern hineingeschrieben.

Othmar, mein Käfiggenosse, flüsterte mir zu, dass ich es einbinden müsse. Die Lehrerin schaute ihn zuerst missbilligend an, denn man flüsterte nicht während des Unterrichts, nickte dann aber.

Nun nannte sie Zahlen, übertrieben deutlich artikulierend, wir mussten sie zusammenzählen. Wer das Resultat wusste, hob die Hand. Ich streckte nicht auf, obwohl ich die Rechenaufgaben spielend lösen konnte. Ich fand es zu blöd, mich mit meinem Wissen vorzudrängeln. Rechnen hatte ich gerne, das übrige in der Schule interessierte mich nicht, es war langweilig. Die anderen Kinder konnten schon ihren Namen schreiben und einzelne Wörter lesen, ich nicht. Aber im Gegensatz zu den anderen Kindern konnte ich bis Hundert zählen, und sogar noch weiter, wenn ich es gewollt hätte, denn ich hatte das System begriffen. Obwohl viele Kinder aufstreckten, wandte sich die Lehrerin mit einer überraschenden Kopfdrehung an mich und verlangte von mir das Resultat. Bevor ich antworten konnte, flüsterte mir Othmar die Lösung zu, und ich schwieg. Die Lehrerin schüttelte tadelnd den Kopf.

Am Nachmittag hatte ich schulfrei, Hansi nicht. Ich wusste nicht recht, was ich tun sollte, und strich allein durchs Hinterdorf, spähte durch die schmutzigen Fenster des leeren Hauses, blieb bei Beyelers Schreinerei stehen und schaute durch die offene Türe in die Werkstatt. Der Braune stand an einer Maschine, eingehüllt in den kreischenden Lärm des sich rasend schnell drehenden Sägeblatts. Er war heute gelb vom Holzstaub, der ihn von oben bis unten bedeckte.

«Komm rein!», brüllte er, «aber nur zuschauen!»

Ich setzte mich auf eine Kiste und verfolgte, wie er Brett um Brett durch die Säge führte. Nach einer Weile schrie ich: «Darf ich auch?»

«Zu gefährlich!», schrie er zurück.

Ich blieb noch eine Weile sitzen, kletterte dann von der Kiste hinab, winkte einen Gruss und verliess die Werkstatt. Doch der Braune rief mich zurück und streckte mir zwei glatt polierte Holzwürfel entgegen. Ich besass eine beachtliche Sammlung solcher Würfel, unterschiedlich gross, unterschiedlich gemasert und verschieden farbig, alle geschenkt vom Braunen.

Ich kehrte zum leeren Haus zurück und spähte wieder durch die Fenster. Ich hatte mir seit längerer Zeit angewöhnt, einen Kontrollblick in das leere Haus zu werfen. Warum stand es die ganze Zeit leer? Ich verstand das nicht. Kein Haus in unserem Dorf stand leer.

Im Hinterdorf sahen alle Häuser ärmlich aus: verblichener Anstrich, abbröckelnder Putz an einzelnen Mauerstellen, Vorfenster im Winter, Doppelverglasung gab es im Hinterdorf nicht. Beim leeren Haus war alles noch eine Spur verwahrloster, niemand setzte Anfang Herbst die Vorfenster ein, niemand putzte, und doch schien es mir bewohnbar. Aber es stand leer. Nichts hatte sich je im und um das leere Haus verändert, soweit ich mich erinnern konnte. Das leere Haus war nicht nur leer, sondern auch geheimnisvoll, vielleicht sogar gefährlich. Ein verwunschenes Haus.

Es zu betreten, hatte ich bisher nicht gewagt. Jetzt aber wollte ich es tun. Ich vergewisserte mich, dass sich niemand auf der Strasse befand, und schlich dann gebückt um das Haus herum. Hansi hatte mir gesagt, dass die Haustüre verriegelt sei, die Hintertüre aber nicht. Wieder schaute ich mich um, niemand war zu sehen, und ich drückte die Klinke hinunter. Tatsächlich, die Türe liess sich öffnen. Ein ekliger, muffiger Geruch schlug mir entgegen. Mein Mut schwand, und ich stiess die Türe wieder zu. Wahrscheinlich war es besser, zusammen mit Hansi das leere Haus zu erkunden.

Ich huschte der Hausmauer entlang zur Strasse zurück und rasch hinüber zum Häuschen von Studer, in dem er mit seiner Frau wohnte. Die Hinterdörfler Häuser waren alle klein und mit

Ausnahme von Hansis Haus nur einstöckig. Aber im Vergleich zu Studers Häuschen waren es Villen. Kaum vorzustellen, wie die beiden früher mit ihren vier Kindern in einem so kleinen Haus gelebt hatten. Ihre Söhne waren nun erwachsen und ausgezogen. Du hast einmal gesagt, dass der älteste mit einer Frau verheiratet war, die schlank sein wolle und abführende Pillen nehme. Ich hatte sie einmal gesehen, sie sah aus wie ein Gespenst. Alle würden darauf warten, dass sie stürbe und Studers Sohn endlich seine neue Frau heiraten könnte, hast du gesagt.

Ich schlich neben dem Häuschen vorbei, an das sich ein paar mehrstöckige Kaninchenkäfige anlehnten, und kletterte die steile Wiese des Kirchhügels hinauf. Auf halber Höhe kauerte ich mich nieder, um Studers Häuschen zu beobachten. Die eine Hälfte der hinteren Hausmauer war bis unters Dach eingepackt mit Brennholz, Scheit für Scheit so exakt aneinandergefügt, dass ich die Abstände dazwischen nur als feine Striche ausmachen konnte. Die ganze Holzbeige sah aus wie ein einziger von einem Netz überzogener Holzblock. Die andere Hälfte der Mauer stand noch frei, doch die Tür- und Fensteröffnung waren bereits mit Brettern eingerahmt. Ein Haufen Holz lag zum Spalten bereit auf dem Kiesplatz.

Mit Studer hast du nie gesprochen, Vater ab und zu, wenn er ihm einmal auf der Strasse begegnet war. Du hast gesagt, Studer sei ein Sozi und die Sozis wollten das Paradies schon auf Erden haben, anstatt zu warten, bis sie gestorben seien. Wie fast das ganze Dorf waren wir katholisch, das war normal, und Vater hat katholisch-konservativ gewählt, auch das war normal. Das sei so Pflicht, hat er gesagt. Daneben gab es noch ein paar Reformierte. Die wählten vermutlich nicht katholisch-konservativ, aber Sozis waren sie auch nicht. Ausser Studer und, wer weiss, vielleicht noch ein paar anderen, die sich das aber nicht anmerken liessen, gab es keine Sozis in unserem Dorf.

Studer war ein Sozi. Alle wussten das. Damit war klar, dass man ihn zu meiden hatte. Aber warum? Was war so schlecht daran, ein Sozi zu sein? Das Paradies auf Erden zu wollen, schien mir nichts Schlimmes. Im Gegenteil: Wer im Paradies lebt, hat es schön. Das war doch gut! Oder war man nur dann ein guter Mensch, wenn man es schlecht hatte?

Plötzlich trat Studer aus dem Häuschen, in der Hand hielt er eine Axt. Er ging leicht gebeugt, seine dichten Haare leuchteten weiss, auch seine Bartstoppeln. Er war der Weisse. Dass er zu Hause war, erstaunte mich. Männer waren während des Tages an der Arbeit, zu Hause waren die Frauen, nicht aber die Männer.

Was sollte ich nun tun? An seinem Häuschen vorbei wegzuschleichen, war unmöglich. Er würde mich sofort entdecken. Und den Hang bis zur Mauer hinaufklettern hatte auch keinen Sinn. Die Friedhofsmauer war hier glatt verputzt, sie zu übersteigen, würde mir nicht gelingen. Also blieb ich, wo ich war.

Der Weisse legte sich einen Holzklotz auf den Spaltstock und schlug mit präzisen Schlägen Scheit um Scheit ab. Schnell wuchs um ihn herum ein Wall von handlichen Holzscheiten. Nach einer Weile legte er die Axt weg und verharrte ein paar Sekunden mit krummem Rücken. Dann legte er die Hände auf sein Kreuz und drückte, verzog das Gesicht, drückte noch fester, bis sein Rücken gerade war. Er machte ein paar trippelnde Schritte hin und her und begann dann die Scheite sorgfältig an der freien Hauswand aufzuschichten.

Dann griff er erneut zur Axt. Wieder flog Scheit für Scheit vom Spaltstock hinunter. Plötzlich stöhnte er auf und liess die Axt fallen. Mit verzerrtem Gesicht stand er da und begann, erst langsam und vorsichtig, dann immer schneller und heftiger seinen Rücken zu massieren. Dazu fluchte er ununterbrochen: „Verdammiverdammiverdammiverdammiverdammi."

Nachdem er sich ausgeflucht hatte, drehte er den Kopf nach links, nach rechts, nach unten, nach oben, bis er plötzlich mich in den Blick bekam und mich anstarrte.

«Du kannst mir genauso gut helfen!», rief er barsch.

Ich blieb an meinem Platz.

«Los! Worauf wartest du?»

Ich rutschte den Hang hinab.

Ich musste ihm die Scheiter reichen, er legte sie auf die Beige. Schweigend arbeiteten wir, bis der Wall abgetragen war und die Holzbeige bis zur halben Höhe der Hausmauer reichte. Ohne

Pause trat Studer wieder an den Spaltstock, ergriff von Neuem die Axt und wies mit dem Kinn auf einen Holzblock. Den sollte ich ihm reichen. Er war schwer. Aber Studer kümmerte das nicht. Er wollte sich nicht mehr bücken, und ich musste ihm einen Klotz nach dem andern auf den Spaltstock legen. Wortlos und präzise wie eine Maschine schlug er mit seiner Axt zu. Dann war wieder Aufschichten an der Reihe.

Bis es zu dämmern begann, blieb ich beim Sozi und half beim Holzen. Völlig erschöpft kam ich zu Hause an.

«Du bist bleich», sagtest du zur Begrüssung. Ich verschwieg, dass ich bei Studer gewesen war.

8

Ich schaute durch eines der Luftlöcher und hatte genau Studers Haus in meinem Blickfeld.

Vielleicht konnte er uns von seinem Haus aus sehen?

Aber Hansi war sich sicher, dass dies nicht möglich sei. Wir hätten auch nicht von aussen in den Estrich hineinsehen können. Und Studer sei sowieso blöd.

Das verstand ich nicht.

Ich könne fragen, wen ich wolle: Studer sei blöd. Er sei eben ein Kommunist.

Zum ersten Mal hörte ich dieses Wort.

Hansi erklärte mir, ein Kommunist sei ein böser Mensch, der am Sonntag keine Sonntagskleider anziehe.

Das schien mir nicht besonders schlimm.

Doch Hansi ergänzte, dass ein Kommunist auch nicht in die Kirche gehe. So wie der Studer. Der Studer habe dem Pfarrer sogar gesagt, dass er während der Fronleichnamsprozession vor seinem Haus Holz spalten werde.

Das schockierte mich. Die Fronleichnamsprozession war etwas Heiliges. Das erkannte man nur schon an ihrer Feierlichkeit: Wie die Dorfmusikanten in ihren Uniformen langsam und gemessen spielten. Wie die jüngeren Ministranten die Kerzenhalter trugen und die älteren die schweren Laternen, die an langen Stangen baumelten. Wie der Oberministrant das Weihrauchfass schwang und süsslich duftende Schwaden zum Himmel schickte. Wie der Schwarze unter dem von vier Männern getragenen Baldachin einherschritt und die goldene Monstranz den Leuten zeigte. Wie diese in Scharen niederknieten und sich bekreuzigten, wenn die Hostie in der Monstranz an ihnen vorbeischwebte. Und vor allem wie Vater die Prozession anführte. In einer Halterung aus Leder, die er sich um den Bauch schnallte, trug er die grosse Fahne. Sie bestand aus einer langen Stange mit einer Querlatte, an der das Fahnentuch hing. Jesus mit langen Haaren und einem Heiligenschein war darauf abgebildet, seine Brust war offen, so dass man sein Herz sehen konnte. Strahlen fuhren aus dem Herz heraus. Die Fahne glänzte in der Sonne. Immer schien die Sonne an Fronleichnam. Noch nie hatte ich erlebt, dass es an

Fronleichnam regnete. Als Erstklässler durfte ich bei der letzten Prozession zum ersten Mal mitlaufen.

Wenn nun Studer vor seinem Haus im Angesicht der vorbeipilgernden Prozession Holz spaltete, dann war das ohne Zweifel eine Todsünde. Und da Studer nie in die Kirche ging, konnte er auch nicht beichten und sich nicht von der Todsünde reinwaschen. Er würde in die Hölle kommen.

Ich fragte Hansi, woher er das von Studer wisse.

Sein Vater hatte es ihm erzählt. Damit gab es für Hansi keinen Zweifel, dass das stimmte.

Du hattest gesagt, Studer sei ein Sozi. Von einem Kommunisten hattest du nichts gesagt.

War Studer nun ein Sozi oder ein Kommunist? Ich wollte nicht, dass der Weisse in die Hölle kam, auch wenn ich für ihn schuften musste. Die Hölle, das wäre einfach zu grässlich. Vielleicht war es weniger schlimm, ein Sozi zu sein. Die Sozis wollten das Paradies auf Erden, was wahrscheinlich deshalb nicht so gut war, weil der Liebegott für das Paradies zuständig war und vielleicht nicht wollte, dass die Menschen da hineinpfuschten.

Ich schaute erneut zu Studers Häuschen hinüber. Dann begriff ich plötzlich, dass das, was Hansi erzählte, Unsinn war. Der Weisse spaltete sein Holz nicht vor, sondern hinter dem Haus, und zudem zog die Fronleichnamsprozession auch gar nicht durch das schäbige Hinterdorf, sondern durch die Hauptstrasse, die dann für den Autoverkehr gesperrt wurde.

Ich stellte Hansi auf die Probe: «Und? Hat er es getan?»

«Was?»

«Holz gespaltet, als Fronleichnamsprozession war.»

«Ich weiss nicht.»

Also, die Sache war klar.

Wir nahmen nun die Tücher ab, die wir uns, bevor wir ins leere Haus eingedrungen waren, vor Mund und Nase gebunden hatten. Hansi hatte dies verlangt, damit wir geschützt waren gegen allfällige Gase.

Es war wie ein Zeichen unserer unwiderruflichen Entschlossenheit gewesen, als wir die Haustüre hinter uns zugestossen hatten. Für ein paar Augenblick waren wir stehen

geblieben im halbdunklen Gang, an den beidseits je zwei
Zimmer stiessen. Dann hatten wir mit der ersten Türe rechts
begonnen. Ein Geruch nach Russ und Fäkalien schwappte uns
entgegen und liess uns zögern. Es war so dunkel im Raum, dass
wir nichts Genaues ausmachen konnten. Ich leuchtete mit der
Taschenlampe hinein. Über einem Tisch hing an einem
Elektrodraht eine Glühbirne. Hansi tastete neben dem
Türrahmen nach dem Schalter und drehte ihn an, aber die Birne
leuchtete nicht auf. Wir traten nun vorsichtig ein, so dass wir auf
dem mit Russ und Dreck verschmierten Boden nicht ausglitten.
In die Mauer gegenüber der Türe war ein Schüttstein
eingelassen. Ich drehte den Wasserhahn auf, aber auch die
Wasserversorgung war abgestellt. Daneben stand ein Kochherd,
von dem ein Rauchfang nach oben und durch die Mauer
hinausführte. In die Oberfläche des Herds waren zwei kreisrunde
Öffnungen eingelassen, die eine war mit einem verrosteten Blech
abgedeckt, in der anderen steckte eine Pfanne mit einem langen
Stiel. An der Vorderseite befand sich das Türchen zur
Feuerkammer, ich öffnete es, Asche lag darin. Das erschien mir
wie ein Lebenszeichen von Bewohnern, die gleich nach Hause
kommen, die Asche wegscharren und von Neuem Feuer
entfachen würden. Aber es gab keine solchen Bewohner. Das
Haus stehe schon seit Jahren leer, erklärte mir Hansi, es gehöre
der Gemeinde, die während dem Krieg hier Flüchtlinge
einquartiert habe. An der Querwand entdeckten wie eine weitere
Türe, die in einen winzigen, fensterlosen Raum führte. Darin
stand eine Art Holzbank, in deren Mitte ein runder Deckel lag.
Hansi hob ihn an und liess ihn gleich wieder fallen.
«Die haben direkt ins Gülleloch geschissen. Das stinkt
grauenhaft.»
Auch beim anliegenden Zimmer waren die Fensterläden
zugezogen. Immerhin konnten wir erkennen, dass es unmöbliert
war, die Bodenbretter machten einen ziemlich morschen
Eindruck, vorsichtshalber betraten wir es schon gar nicht.
Bei den beiden Zimmern auf der andern Flurseite standen die
Fensterläden offen, die Räume wirkten etwas weniger schäbig.
Ein paar Möbel standen herum: Tisch, Stühle, Schrank, alles mit
dicker Staubschicht bedeckt.

37

Ich war enttäuscht. Ich hatte etwas Besonderes erwartet, ein Verlies oder einen versteckten Raum, den wir von nun an als unseren Geheimort verwenden konnten. Doch das leere Haus stellte sich bloss als eine schmutzige, stinkende, feuchte Hütte heraus, die man so schnell wie möglich verlassen wollte.

«Wo geht es denn zum Keller hinab?», fragte Hansi, der den Glauben ans Abenteuer noch nicht verloren hatte.

Wir suchten nach einer Kellertreppe, aber es gab keine. Das Haus war nicht unterkellert, also fiel auch diese Möglichkeit für einen Geheimort weg.

Als Letztes kam der Estrich in Frage. In der Flurdecke entdeckten wir eine Öffnung, die mit einer Falltür, die jetzt offenstand, zu verschliessen war. Früher musste eine Leiter hinaufgeführt haben, die aber war verschwunden. Wir schoben aus dem einen Zimmer den Tisch in den Gang und stellten einen Stuhl darauf, darüber kletterten wir in den Estrich hinauf.

Der Dachboden war leer, keine alten Möbel, keine geheimnisvollen Truhen. Etwas Licht drang durch ein paar Luftlöcher, die in die Mauer eingelassen waren und durch die man Studers Häuschen sehen konnte. Es roch frisch, so dass wir uns getrauten, den Atemschutz abzunehmen. Wir hatten unseren Ort gefunden!

Nachdem wir Studers Gottlosigkeit nicht mehr weiter erörtern wollten, machten wir uns daran, den Geheimort einzurichten. Hansi holte seine Sammlung Micky Mouse-Hefte und ich Stroh und Heu für ein Lager. Wir wollten es möglichst wohnlich haben, mit der Zeit sogar Esswaren, Getränke und auch Möbel herbeischaffen.

«Weißt du was?», sagte Hansi, als wir uns auf dem Heupolster niedergelassen hatten, «wir installieren hier Gewehre. Hinter jedem Luftloch ein Gewehr. Dann können wir von oben herabschiessen.»

Das fand ich nicht schlecht, doch auf wen sollten wir schiessen? Wohl kaum auf die Leute des Hinterdorfs.

Im Gegenteil, erklärte mir Hansi, es gehe vielmehr darum, die Hinterdörfler zu beschützen. Nämlich vor den Kommunisten. Die Kommunisten seien heute die grosse Gefahr. Sie wollten die

ganze Welt erobern und beherrschen. Auch das habe ihm sein
Vater gesagt.

Was Hansi da erzählte, tönte spannend, aber vor allem machte es
mir Angst. Ich wusste bisher gar nicht, dass wir hier im
Hinterdorf gleich wie in der ganzen Schweiz und was weiss ich,
wo sonst noch, einer furchtbaren Gefahr ausgesetzt waren.
Dagegen musste man ankämpfen.

Ich sah mich mit einem Gewehr im Estrich lauern. Die Strasse
war leer. Die Hinterdörfler hatten sich in ihren Häusern
verschanzt oder vor Angst verkrochen. Und schon tauchten die
ersten Kommunisten auf. Doch wie musste ich mir die
Kommunisten vorstellen? Vielleicht waren sie klein, hatten
verkrüppelte Körper und verkniffene, fiese Gesichter. Und
plötzlich sah ich sie genau: Sie waren gar nicht so klein. Das sah
auf den ersten Blick nur so aus, weil sie mit gekrümmten Rücken
heranschlichen. Ihre baumelnden Arme berührten fast den
Boden. Was hiess fast? Sie berührten den Boden, ihre Hände
schleiften über den Asphaltbelag der Strasse, schrecklich rau
waren sie vom ewigen Schleifen. Sie hatten lange Fingernägel,
schwarz, krumm, bei manchen eingewachsen ins Fleisch. Ich
schoss, traf einen ins Bein, der blutete, brüllte wirre Worte,
schlenkerte seine Arme und humpelte rasch davon, eine Blutspur
hinter sich zurücklassend. Und mit ihm rannten alle
Kommunisten weg in panischer Angst.

«Kommunisten sind feige», stellte ich fest.

«Aber auch gefährlich. Du darfst dich nicht täuschen.»

«Nein, nein, ich täusche mich nicht. Aber woher haben wir die
Gewehre?»

«Weißt du was? Wir gehen einmal zum Schützenstand, wenn die
Männer das Obligatorische schiessen, und fragen, ob wir welche
ausleihen dürfen.»

«Du glaubst, dass die uns die Gewehre geben?»

«Oder wir nehmen uns ein paar, wenn niemand aufpasst.»

Ich schwieg. Die Sache gefiel mir nicht. Besser dünkte mich,
vom leeren Haus her einen Gang zu graben. Am besten vom
dunklen Zimmer aus. Dort waren die Bodenbretter morsch, und
wir könnten ohne grosse Schwierigkeiten in die Erde eindringen.
Wir müssten einfach aufpassen, dass wir in genügendem

Abstand am Jaucheloch vorbeigruben. Dann ging es weiter, unter Beyelers Werkstatt hindurch, unter der Strasse hindurch und immer weiter bis unter die Hauptstrasse. Dort würden wir eine Falle einrichten, so dass die Kommunisten, wenn sie das Hinterdorf erobern wollten, hinabstürzten. Dann fesselten wir sie - das wäre kein Problem, benommen vom Sturz konnten die sich gar nicht wehren – und liessen sie einfach liegen. Mit der Zeit würden wir verschiedene Abzweigungen graben, ein ganzes Höhlennetz, in dem es zwar immer dunkel war, Hansi und ich uns aber so gut auskannten, dass wir blindlings durch die Gänge rennen konnten. Niemandem gelang es, uns zu verfolgen. Auch wenn jemand unsere Höhlen entdecken sollte, er würde sich darin verirren und niemals wieder ans Tageslicht zurückfinden.

9

Es war noch dunkel, als mich Vater weckte. Als wir das Haus
verliessen, begann es leicht zu regnen. Vater liess das Fahrrad im
Schuppen, wir gingen zu Fuss. In der Kirche brannten ein paar
Kerzen, die es nicht schafften, den Raum zu erhellen. Niemand
war da, mit Ausnahme von Schwester Silvestra und Schwester
Silvia und den anderen Ordensschwestern, die in ihrer Bank
knieten, und ganz vorne, wo sonst die Mädchen der ersten
Klasse ihre Plätze hatten, standen eine Frau und ein Mann. Ich
kannte sie nicht. Auf den Stufen, die zum Altarraum
hinaufführten, lag ein kleiner, weisser Sarg. Brennende Kerzen,
links und rechts davon aufgestellt, spiegelten sich in dem
glänzenden Lack.
Vater machte eine Kniebeuge und forderte mich mit einem
kurzen Blick auf, ihm dies gleichzutun, dann setzte er sich mit
mir in eine Bank. Er hielt seinen Blick gesenkt. Ich schaute mich
um und betrachtete, was sich im spärlichen Licht zwar nur
schwach erkennen liess, ich aber längst auswendig wusste: den
wuchtigen Altar mit der riesigen vergoldeten Krone darüber, die
Seitenaltäre mit den Heiligenstatuen, die Bilder mit dem
leidenden Christus, den Wänden entlang angeordnet, eingefasst
in Gipsrahmen und gekrönt mit Kerzen, die jetzt nicht brannten,
weil sie nie brannten, die Teufelsfratzen an den Enden der
Kirchenbänke, denen es verboten war, nach vorne zum Altar zu
schauen. Mein Blick schweifte zur Decke empor und suchte die
Fresken, die ich gerne betrachtete, jetzt aber waren sie im
Dunkeln verborgen.
Ein Glöckchen schlug, ein schwaches Licht ging an im
Altarraum, und aus der Sakristei schritt der Schwarze, gekleidet
in ein schwarzes, mit goldigen Streifen verziertes Messgewand,
im Schlepptau zwei Ministranten. Er stellte sich vor den Altar,
auf dem ein grosses Buch lag, beugte sich darüber, um es zu
küssen. Dann hob er die Arme und begann halblaut zu lesen, nur
für sich allein, seine Umgebung schien er nicht wahrzunehmen,
murmelte und murmelte und murmelte. Plötzlich holten die
Ministranten zwei Kännchen. Er blickte ihnen ungeduldig
entgegen, trieb sie mit seinem Blick zur Eile an, schnell schüttete

er, was sich in den Kännchen befand, in einen grossen goldenen Kelch, kniete nieder, die Ministranten schwenkten ihre glitzernden Glöckchen. Dann ass er eine Hostie, trank aus dem Kelch und drehte sich um zu den Leuten in der Kirche. Das war das Zeichen für die Nonnen, die mit schnellen Schritten nach vorne gingen, um die Kommunion zu empfangen. Der Schwarze schaute kurz zu dem Mann und der Frau, die regungslos dastanden, und wendete sich wieder dem Altar zu.

Nun war Vater an der Reihe. Er erhob sich, ging nach vorne und hob das Särglein auf. Auf seinen Armen trug er es durch den Mittelgang, hinter ihm der Pfarrer und die Ministranten, die einen Weihwasserkessel und zwei Kerzenstöcke mit sich trugen. Mit einigem Abstand folgten der Mann und die Frau, und schliesslich ich. Vor der Kirchentüre blieb Vater stehen. Einer der Ministranten eilte zu ihm, um ihm die Türe aufzuhalten. Langsam und feierlich schritt Vater aus der Kirche hinaus, den kleinen Sarg auf seinen Armen, ging über den Kiesplatz, ging am Beinhaus vorbei in Richtung der Kindergräber, behielt sein gemessenes Tempo bei, auch wenn ihn der Schwarze nervös in den Rücken stiess. Es hatte aufgehört zu regnen, aber es war immer noch feucht und kalt und windig, so dass das Messgewand des Pfarrers flatterte. Schliesslich hielt Vater vor einer kleinen Grube, liess sich in die Knie und legte das Särglein vorsichtig auf zwei Stricke, die er bereitgelegt hatte. Aus einer Vase, die im Erdhügel neben dem Grab steckte, holte er zwei weisse Blumen und schmückte damit den Sarg. Erst jetzt überliess er dem Schwarzen den Platz.

Der postierte sich vor das offene Grab, zog ein Buch aus seinem Gewand und wedelte kurz mit der linken Hand, damit die Ministranten ihm leuchteten mit den Kerzen, deren Flammen mit Glasglocken gegen den Wind geschützten waren. Wieder hob er mit seinem murmelnden Beten an, auswendig konnte er nichts, er las alles vom Buch ab, während sich der Mann und die Frau, die ihn nicht zu interessieren schienen, neben das Grab stellten. Vater zog sich mit mir ein paar Schritte zurück. Als der Schwarze mit Beten fertig war, suchte er mit den Augen Vater und wies mit einer knappen Bewegung des Kinns auf das Särglein. Vater hob es an den Stricken hoch und senkte es langsam in die Grube hinab. Ich schaute zu dem Mann und der Frau. Der Mann hatte einen Arm um die Schultern der Frau gelegt, beide blickten starr auf den in der Erde verschwindenden Sarg. Der Schwarze spritzte Weihwasser ins Grab hinab, anschliessend warf er mit einer kleinen Schaufel ein paar Erdklumpen hinterher, während er weiterhin Gebete murmelte. Dann warf er dem Mann einen schnellen Blick zu und reichte ihm die Schaufel. Er wartete noch, bis der Mann und danach die Frau ein Krümchen Erde ins Grab fallen liessen, und verliess dann mit den Ministranten den Friedhof.

Der Mann und die Frau blieben am Grab stehen, die Frau mit der Schaufel in den Händen, und schauten hinab auf den kleinen Sarg. Vater ging auf Zehenspitzen zu ihnen, nahm der Frau die Schaufel ab und trat dann wieder ein paar Schritte zurück, an den Platz neben mir. Plötzlich ergriff er meine Hand. Ich schaute zu ihm hoch und sah, dass Tränen über seine Wangen liefen. Vater weinte. Das hatte ich noch nie erlebt. Du und Vater, ihr habt nie geweint, zumindest nicht vor mir.

Lange, inzwischen begann es zögerlich zu tagen, standen wir vier da, ohne Regung, wie Statuen. Schliesslich gab sich Vater einen Ruck, näherte sich der Frau und reichte ihr die Hand, danach dem Mann. Der Mann sagte etwas in einer Fremdsprache, vermutlich war es Italienisch, was ich damals nicht verstand, Vater auch nicht. Der Mann schaute Vater eine Weile an, als ob er von ihm eine Antwort erwartete, dann fasste er seine Frau wieder um die Schultern und führte sie weg vom Grab.

Vater sah ihnen nach, bis sie verschwunden waren, und begann dann das Grab zuzuschaufeln. Anschliessend verliessen auch wir den Friedhof.

Ich hatte nichts zu tun gehabt. Meine Aufgabe hatte nur darin bestanden, bei Vater zu sein. Vater wollte nicht allein sein beim Begräbnis des Kinds. Er brauchte jemand, den er an der Hand halten konnte. Er hätte dich fragen können, ob du ihn begleiten würdest. Oder hat er, und du wolltest nicht?

«Wer waren diese Leute?», fragte ich ihn.

«Ich weiss nicht.»

Das verstand ich nicht. Ich hätte gedacht, dass Vater sie kannte, so wie deren Schicksal ihm zu Herzen ging.

43

10

Ich gab vor, in meinem Heft zu lesen, blätterte vor und zurück, schlug die erste freie Seite auf, nahm den Bleistift zur Hand, netzte mit der Zunge die Spitze, legte ihn wieder hin, blätterte zu einer anderen Seite. Noch nie hatte ich etwas in das Heft geschrieben oder gezeichnet. Sämtliche Eintragungen stammten von der Lehrerin. Sie schrieb regelmässig eine Nachricht in das Heft, die von niemandem gelesen wurde. Ich konnte es nicht, du und Vater taten es nicht. Wie auch? Es kam mir nicht in den Sinn, euch das Heft zu zeigen. Nicht aus Widerborstigkeit. Ich war ein gehorsames Kind. Die Schule erschien mir als etwas, das zu nichts verpflichtete. Obwohl ich stolz war, ein Erstklässler zu sein. Auch du hast nicht den Eindruck erweckt, dass man die Schule besonders ernst nehmen sollte. Vater schon gar nicht. Bei dir war das aber erstaunlich. Denn du warst, wie du mir erzähltest, eine gute Schülerin gewesen, sprachst sogar Französisch. Aber meine Schulbildung war in deinen Augen belanglos.

Es war still in der Küche, als wäre niemand da. Ich schaute auf zur Lampe, die manchmal, aber nicht heute, Gemütlichkeit verbreitete, zum Ofen, der kalt war, zu Vater, der konzentriert in der Zeitung las, zu dir. Du starrtest auf den Tisch, wie wenn du dir das Muster des Tischtuchs für alle Zeiten einprägen wolltest. Eine Frau kam herein, eine alte, elegante Frau, setzte sich auf den Stuhl neben dir, ihrer Tochter. Weder Mantel noch Handschuhe legte sie ab, auch nicht das Hütchen, das auf ihrem Haar klebte, das gleiche Haar wie deines: glänzend braun, dick und dicht. Nur hatte sie es straff nach hinten gezogen, in einer Kugel endend, während du das Haar offen trugst, kurz geschnitten, so dass dein Hals frei war. Vorne am Hütchen hing ein Netzchen, das Stirn und Augen bedeckte. Trotzdem konnte ich ihre Augen sehen. Sie schaute niemand von uns dreien an, obwohl sie mit uns am Tisch sass, ihr Blick ging über uns hinweg. Was fixierte sie denn? Ich drehte den Kopf, aber da war nur die Küchenwand, nichts Besonderes, was sie oder mich hätte interessieren können. Ihr Parfüm wehte zu mir herüber, süss und blumig.

Plötzlich hörte ich Vater sagen: «Das glaubst du nicht.»
Ich wendete ihm den Blick zu, du starrtest weiterhin vor dich
hin. Wir antworteten ihm nicht. Offensichtlich erwartete er das
auch nicht, redete mit lauter Stimme weiter:
«In Ungarn machen sie einen Aufstand. Mit blossen Händen und
ohne Waffen gehen die gegen die Polizei vor. Hier steht's, in
Budapest sind die Leute zu Tausenden auf die Strasse gegangen
und riefen, sie hätten genug von der Unterdrückung. Die wollen
jetzt ihre Freiheit haben. Bravo!»
Ungarn? Offenbar ein Land, aber mit einem seltsamen Namen.
Wetter – Unwetter, Glück – Unglück, Fall – Unfall. Was aber
sollte Un-Garn? Mir war klar, was Garn war. Aber Un-Garn?
Das ergab doch keinen Sinn! So merkwürdig und fremd der
Name klang, so merkwürdig und fremd musste das Land sein,
das einen solchen Namen trug.
Vater las weiter und begann dann wieder zu berichten, was er aus
der Zeitung vernommen hatte, dir, seiner stummen Frau,
vielleicht auch mir, seinem kleinen Sohn.
«Was genau sich abspielt, weiss niemand so recht. Aber es sieht
so aus, als ob sich einzelne Bürger bewaffnen - also doch! - und
gegen die Geheimpolizei kämpfen. Auch ein Radiostudio haben
sie erobern können. Es ist nur zu hoffen, dass die Russen nicht
angreifen. Und wenn schon. Dann helfen eben die Amis den
Ungarn. Die lassen die nicht im Stich. Du wirst sehen.»
Von Neuem vertiefte er sich in seine Lektüre. Ich warf einen
Blick zu Grossmutter. Sie war verschwunden, mitsamt ihrem
Parfümduft.
Als du eine Antwort gabst, hörte Vater zuerst gar nicht hin.
«Die sind kaum so blöd und lassen sich für diese Kommunisten
erschiessen.»
«Was meinst du?»
«Sind doch alles Kommunisten. Diese Ungarn. Und nun machen
die aus Blödsinn einen Aufstand. Die einen Kommunisten gegen
die anderen Kommunisten.»
«Die Aufständischen sicher nicht! Die wollen eben gerade keine
Kommunisten sein. Die wollen Freiheit, wie wir sie haben.»
Du schütteltest den Kopf und murmeltest vor dich hin: «Wie wir
sie haben. Wo ist die Freiheit, die ich habe?»

45

Wo ist die Freiheit, die ich habe: Du konntest Sätze formulieren, die sich mir ein für alle Mal einprägten. Ob das übrige Gespräch genauso verlief, wie ich es in Erinnerung habe, weiss ich nicht. So ungefähr wird es wohl gewesen sein. Aber diesen Satz hast du exakt so gesagt: Wo ist die Freiheit, die ich habe?

Ich schaute zu Vater. Ich war gespannt, was er darauf antworten würde. Er sagte nichts.

«Kämpfer für die Freiheit! So ein Quatsch! Schicken ihre Kinder mit Handgranaten gegen Panzer. Ihre eigenen Kinder! Stell dir das vor: die eigenen Kinder!»

«Woher weißt du das?»

«Vom Radio.»

«Das glaub ich nicht.»

«Ich sag dir eines: Was immer dabei herauskommt, es wird schlimmer sein als zuvor. Du wirst sehen.»

Das aber war es nicht, was Vater hören wollte. Er schüttelte den Kopf und guckte wieder in seine Zeitung.

Ich wartete, bis Vater die Zeitung zusammenfaltete und auf die Beige neben dem Kohleneimer legte, dann stellte ich meine Frage: «Wie sehen Kommunisten aus?»

«Wie die aussehen? Was soll ich sagen? So wie wir, denke ich. Mehr oder weniger.»

«Und ist der Studer ein Kommunist?»

«Nein. Wie kommst du darauf?»

«Hansi hat es gesagt.»

«Der Studer ist von hier. In der Schweiz gibt es keine Kommunisten. Oder höchstens ein paar wenige. Der Studer ist zwar, wie soll ich sagen, er ist nicht ganz richtig im Kopf. Aber ein Kommunist ist er nicht, glaube ich.»

«Er kann aber schöne Holzbeigen machen», sagte ich spontan und bereute es sogleich. Denn eigentlich wollte ich mit euch nicht über den Weissen reden. Ich wollte mir lediglich Klarheit verschaffen, wer und was ein Kommunist war. Offenbar musste man das wissen. Alle redeten davon.

«Mag sein. Warum meinst du?»

Ich überlegte, ob ich irgendetwas sagen könnte, was so gut wie eine Antwort und doch keine Antwort wäre.

Du hobst den Kopf und warfst mir einen kritischen Blick zu.

Als ich weiterhin schwieg, sagtest du: «Wie kommst du darauf? Ich habe dort noch nie eine Holzbeige gesehen.»

Natürlich nicht, sie war ja auch hinter dem Haus. Man musste um Studers Haus herumlaufen, um sie zu sehen.

«Ich habe ihm geholfen.»

«Du hast dem Studer geholfen? Wie kommst du dazu?» Deine Stimme tönte jetzt schrill.

Darauf wusste ich nichts zu sagen. Aber anstatt auf einer Antwort zu beharren, hast du mich barsch gefragt, ob ich endlich mit den Aufgaben fertig sei. Ich nickte. Darauf schicktest du mich ins Bett.

Ihr seid in der Küche geblieben. Gegen eure Gewohnheit habt ihr miteinander geredet, so laut, dass ich euch mühelos verstand.

«Ich will nicht, dass er sich beim Studer herumtreibt», riefst du aufgebracht.

«Lass ihn doch.»

«Ein Sozi! Und Katholikenfresser! Findest du das gut?»

«Seine Frau ist auf jeden Fall in Ordnung.»

«Hast du sie je in der Kirche gesehen?»

«Ja. Auch schon.»

«Aber bestimmt nicht jeden Sonntag.»

«Ich achte mich nicht darauf, ob sie jeden Sonntag in die Kirche geht. Du gehst ja auch nicht in die Kirche.»

«Das ist etwas anderes. Das weißt du ganz genau.»

Darauf seid ihr verstummt. Ich hörte, wie jemand von euch den Stuhl wegschob, die Küchentüre öffnete und das Haus verliess. Dann war es still im Haus. Ich lauschte angestrengt auf ein Geräusch, das mir hätte verraten können, was nun geschah. Ein leises Pochen meldete sich in meinem Kopf, das zu einem leichten Schmerz anwuchs. Ich überlegte mir, ob ich zu dir in die Küche gehen sollte. Ich blieb aber liegen. Denn ich wollte, dass du zu mir kämest und mir eine gute Nacht wünschtest. Schliesslich stand ich trotzdem auf und schob leise die Küchentüre auf.

Vater sass am Tisch. Er hatte sich wieder in die Zeitung vertieft. Er schaute mich kurz an und sagte: «Geh schlafen. Es ist Zeit für dich.»

11

Ungarn liege irgendwo im Osten, hatte der Violette gesagt, weit weg im Osten. Wie weit es nach Ungarn auch immer war, für Lusitan war das kein Problem. Er glättete sein Gefieder, drang in die dicksten Wolken und katapultierte sich vorwärts. Schon erreichte er die ungarische Grenze, schon flog er über Budapest. Er drosselte die Geschwindigkeit, senkte seine Flughöhe, so dass er alles, was hier geschah, mit seinen scharfen Augen erfassen konnte. Er sah die Ungarn, wie sie mit einfachen Waffen, manche sogar nur mit blossen Händen, gegen die Kommunisten kämpften. In nahezu allen Strassen fanden Kämpfe statt. Verletzte lagen am Boden, Tote sah er zum Glück keine. Die Ungarn waren zahlenmässig unterlegen, aber sie übertrafen die Kommunisten an Entschlossenheit und Mut. Jetzt machte er einen Kommunisten aus, der einen Ungarn von hinten angreifen wollte. So nicht, sagte sich Lusitan.

Die Lehrerin machte ihren Kontrollgang durch die Bankreihen. Sie wollte die Hausaufgaben sehen. Ich hatte sie nicht gemacht. Ich hatte sie nie gemacht. Die Lehrerin warf mir einen müden Blick zu, schrieb etwas in mein Heft und wandte sich an Othmar neben mir.

Pfeilschnell schoss Lusitan auf den Kommunisten hinab und bohrte ihm seinen Schnabel in die Stirn. Noch bevor der feige Kommunist nach Lusitan greifen konnte, war der wieder weg, um sich auf den nächsten Kommunisten zu stürzen. Die angebohrten Kommunisten taumelten und mussten sich mit blutüberströmten Gesichtern zurückziehen. Die tapferen Ungarn schauten kurz gegen den Himmel und schenkten Lusitan ein dankbares Lächeln, dann kämpften sie weiter.

Die Lehrerin verliess das Schulzimmer. Kurz danach spürte ich den Boden zittern und der Schwarze trat ein mit starrem Blick Richtung Fenster. Wir schnellten hoch von unseren Bänken. Der Schwarze wendete sich mit einer Vierteldrehung seines Körpers uns zu und deutete ein Nicken an. Wir setzten uns. Nur scheinbar schenkte er uns seinen Blick. In Wahrheit schaute er knapp über unsere Köpfe hinweg. Wir waren seines Blicks nicht würdig.

Nun machte er ein paar Schritte auf uns zu, ging an den ersten Bänken vorbei, und hielt – wie meistens – vor dem Schüler in der Bank vor mir, einem kleinen, feingliedrigen Knaben mit blonden Haaren, die er lange trug, was damals nicht Mode war. Es war sogar ungehörig, als Knabe lange Haare zu haben. Wir Knaben waren kurz geschoren, die Mädchen hatten zwei Zöpfe. «Und, Gabriel Mösch, was haben wir das letzte Mal vernommen?», sprach der Schwarze, ohne Gabriel anzuschauen. Er fuhr seine Hände aus und liess sie auf den Kopf des Knaben sinken. Die Hände waren gross, mindestens so gross wie Vaters Hände. Aber anders als Vaters Hände, die stark und schwielig und braun waren, waren diejenigen des Schwarzen fett und weiss und glitschig.

Gabriel zuckte zusammen, nur wenig, als ob er sich nicht getraute, richtig zusammenzuzucken. Trotzdem musste es der Schwarze gespürt haben, er liess sich aber nichts anmerken und fuhr mit seinen wulstigen Fingern zwischen die Haare des Knaben, während der mit leiser Stimme wiederholte, was uns der Schwarze in der letzten Religionsstunde beigebracht hatte.

Als Gabriel fertig war mit seinem Vortrag, herrschte eine Weile totale Stille, nichts geschah, niemand flüsterte, niemand bewegte sich, niemand schien zu atmen, während der Schwarze dastand und seine Hände mit Gabriels langen Haaren spielten.

Dann zog er seine Hände langsam zurück vom Kopf des Kindes und nahm seinen gewohnten Platz vor der Klasse ein. Hier begann er zu reden, den Blick immer knapp über uns. Er sprach von der Herrschaft des Liebegotts über die Engel, wie die ihm alle dienten, bis sich einer, der Luzifer hiess und später Satan, gegen die Herrschaft des Liebegotts auflehnte, zusammen mit ein paar anderen Engeln, wie der Liebegott diese Aufständischen besiegte und aus dem Himmel warf und in die Hölle verbannte. Die bösen Engel waren zwar besiegt, aber nicht tot, als Teufel mussten sie in der Hölle ausharren, ein böses Dasein führen, Böses wollen, die Menschen zu Bösem verführen.

Schwere schlich sich in meinen Kopf, in dem die Bilder von den schlimmen Engeln rumorten, die ihre Flügel verloren hatten und zu Teufeln wurden. Warum nur hatte der Liebegott die schlimmen Engel, die nun Teufel waren, nicht gänzlich besiegt und getötet, mindestens eingesperrt? Dann hätten wir jetzt Ruhe vor den Teufeln, und er auch.

Was der Schwarze vortrug, drang seit einiger Zeit nicht mehr in meinen Kopf, ich hörte nichts mehr, ich war taub. Ich war nicht einmal sicher, ob ich noch im Schulzimmer war.

Und dann meldeten sich die Schmerzen zurück. Unwillkürlich griff ich mit beiden Händen an den Kopf, stützte die Ellbogen auf das Pult und liess den Kopf langsam zwischen den Händen nach unten sinken, bis mein Kopf knapp über der Pultfläche baumelte. Ich liess ihn baumeln, das half, das Giftigste des Schmerzes zu kappen.

Auf einen Schlag hörte ich wieder, was der Schwarze sprach: « ... Sonnenschein und es geschah etwas ganz Schreckliches. Von Stund an war er besessen. Er setzte sich ans Fenster seines Hauses und verhöhnte die Gläubigen auf ihrem Weg zur Kirche. Die schrecklichsten Beleidigungen rief er ihnen nach und dazu heulte er in den grässlichsten Tönen wie ein Hund. Dann wiederum redete er in einer Sprache, die niemand je gehört, geschweige denn verstanden hätte. Bis der hochwürdige Herr Pfarrer des Dorfes einen Gelehrten aus der Stadt herbeirief und ihn bat, sich anzuhören, was der Besessene von sich gab. Der Gelehrte hörte und verstand. Was der Besessene sprach, oder vielmehr der Teufel in ihm, war Aramäisch. Dabei hat der Besessene in seinem ganzen bisherigen Leben noch kein Wort Aramäisch gesprochen. Er hätte nicht einmal gewusst, dass es eine solche Sprache überhaupt gibt.»

Der Schwarze unterbrach seine Erzählung. Und jetzt schaute er uns Kinder eines nach dem andern an. Ich hob den Kopf, vorsichtig, damit die Schmerzen nicht wieder anschwollen. Dann fuhr der Schwarze fort und dabei fixierte er mich:

«Das Einzige, was wir Menschen tun können, ist in Gottesfurcht verharren. Nur so sind wir gegen den Teufel gefeit.»

Dann verliess er das Schulzimmer.

Othmar sah mich an. Bestimmt würde er mich gleich fragen, was denn mit mir los gewesen sei. Ich aber wollte ihm nicht von meinen Schmerzen erzählen, von meiner betrogenen Hoffnung, dass die Krankheit verschwunden sei, nachdem ich ja eine Zeitlang schmerzfrei gewesen war, oder fast schmerzfrei, und nun war sie wieder da, von meiner Angst wollte ich nicht erzählen, dass meine Krankheit mich immer verfolgen würde und immer schlimmer würde.

Ich kam ihm zuvor und fragte ihn schnell, was das wohl für Wörter gewesen seien, die der Besessene den Leuten nachgerufen habe.

Er wusste es nicht und ich schlug Arschloch vor. Das fand er viel zu harmlos, das seien mit Sicherheit viel schlimmere Wörter gewesen. Aber konkrete Vorschläge konnte oder wollte er keine machen.

Die Schmerzen waren zwar nicht gänzlich gewichen, aber sie waren doch einigermassen erträglich. Ich fühlte mich in der Lage nachzudenken. Was der Schwarze uns erzählt hatte, verwirrte und ängstigte mich.

«Weißt du, was Gottesfurcht ist?»

«Klar weiss ich das. Das ist Angst vor dem Gott. Furcht und Angst ist das Gleiche.»

«Angst vor dem Liebegott? Muss ich das haben? Will der mir denn etwas Böses antun?»

«Nein. Der Teufel tut einem Böses.»

Ich verstand es nicht. Der Liebegott war nicht so mächtig oder nicht so lieb, wie es gut wäre – aber das durfte man ja gar nicht denken – und auf der anderen Seite waren die Teufel mächtiger, als es gut wäre.

«Was heisst denn gefeit?»

«Frag doch den Pfarrer! Ich weiss es auch nicht!»

«Hast du Angst vor dem Teufel?»

«Ja. Ein bisschen. Und du?»

«Ich glaub schon.»

Bevor ich mit Othmar über die Gefahr, die uns vom Teufel drohte, weiterreden konnte, betrat wieder die Lehrerin das Zimmer, und wir verstummten.

Nach Unterrichtsende trottete ich langsam nach Hause. Als ich den Fuss der Kirchentreppe erreichte, beschloss ich, den Umweg über den Friedhof zu machen. Tatsächlich fand ich Vater beim Arbeiten auf dem Kirchenvorplatz.

Ich schaute ihm zu, wie er das Unkraut auf dem Kiesplatz auszupfte und in einen Korb warf und anschliessend mit einem

Rechen den Kies glattstrich. Zusammen trugen wir den vollen
Korb zum Komposthaufen hinter dem Beinhaus.

«Wie war es in der Schule?»

«Normal.»

Vater schaute mich an: «Du bist bleich. Hast du
Kopfschmerzen?»

«Nein. Also, ein bisschen.»

«Vielleicht müssen wir wieder ins Spital.»

«Im Spital ist es blöd.»

Darauf erwiderte Vater nichts.

Dann fragte ich: «Hast du schon einmal einen Besessenen
gesehen?»

«Einen Besessenen?»

«Ja.»

«Was du auch fragst! Wie kommst du darauf?»

«Der Pfarrer hat uns davon erzählt.»

«Nein. Ich habe noch nie so jemanden gesehen.»

«Da fährt der Teufel in einen hinein.»

«Ja. So ist das.»

«Kann der Teufel auch in mich hineinfahren?»

«Erzähl nicht solche Sachen!»

Vater forderte mich auf, im Veloanhänger Platz zu nehmen.
Aber ich genoss die Fahrt nicht. Die Krankheit war wieder da!
Und Vater half mir nicht zu verstehen, was Besessenheit war. Er
schützte mich nicht davor, dass ich allenfalls Opfer einer
Besessenheit wurde.

12

Ich habe dir nie davon erzählt, was der Schwarze in der Schule tat. Ich hätte nicht einmal benennen können, was an dem, was der Schwarze mit Gabriel anstellte, schlimm war. Aber ich fühlte, dass das etwas war, wofür man sich schämen musste. Der Schwarze musste sich schämen. Aber auch wir, die schweigend zusahen, was er mit Gabriel machte, mussten uns schämen. Über Scham sprach man nicht. Schon gar nicht wir zwei, die wenig miteinander sprachen, und wenn, dann fast nur über Äusserlichkeiten.

Wie üblich stand Beyelers Türe offen. Schon von weitem sah ich ihn in seiner Werkstatt an der Arbeit. Seit die Kopfschmerzen zurückgekehrt waren, ging ich nur noch sporadisch zur Schule. Ich machte mich am Morgen zwar auf den Weg, vertrieb mir dann aber meistens irgendwo die Zeit.

Ich trat ein und schaute ihm bei seiner Arbeit zu. Um diese Jahreszeit würden viele Menschen sterben, vor allem die Alten, sagte er mir. Dieser Sarg da sei für den alten Ackli, den Xaver. Sei beinahe achtzig geworden. Ein schönes Alter. Da könne man nichts sagen. Ob ich ihn gekannt habe.

Ich schüttelte den Kopf.

«Aber sicher doch! Den hast du auf jeden Fall gekannt. Der wohnte gleich hier um die Ecke, vorne an der Hauptstrasse. Gut, man hat ihn in den letzten Jahren nicht mehr so oft draussen gesehen. Höchstens, dass er die paar Schritte ins Central machte. Trank dort sein Bier. Du halt nicht. Oder doch?»

Der Braune lachte über die Vorstellung, dass ich als Kind ein Wirtshaus besuchte. Ich lachte auch, nicht über den Witz, den ich gar nicht verstand, sondern über die Art, wie der Braune lachte: Er bellte mehr, als dass er lachte.

Wenn jemand sterbe, lasse er alle anderen Arbeiten liegen und mache sich gleich an den Sarg. Ein Sarg ertrage keinen Aufschub. Die Toten hätten grün, die anderen rot! Nicht alle Kunden würden das verstehen. Einige reklamierten, weil ihre Aufträge nicht Null Komma nichts erledigt würden.

Der Braune schnitt eine gespielt böse Grimasse.

«Können sich ja auch in die Kiste legen, wenn sie nicht warten wollen! Wuff! Wuff! Wuff! Wenn wir morgen den Xaver einsargen, sag ich's ihm. Rutsch ein bisschen zur Seite, Xaver, es kommt noch einer, ein ganz Ungeduldiger! Wuff! Wuff! Wuff!» Ich fiel in sein Lachen ein. Es tat mir gut, beim Braunen zu sein.

«Sind alle Särge von dir?»

Im Dorf gebe es niemanden ausser ihm, der das könne.

«Den kleinen glänzenden Sarg, hast du den auch gemacht.»

Der Braune wusste gleich, wovon ich sprach.

«Habe ich. Aber ....», er unterbrach sich und prüfte mit kritischem Blick sein Werk, das schon weit gediehen war, blies den Holzstaub weg, schmirgelte mit Sandpapier an der Oberkante der Stirnwand, «aber...», senkte sich in die Knie, bis sein Auge auf der gleichen Höhe wie die Sargwände war, schüttelte den Kopf und schmirgelte, «aber ich habe das nicht gern gemacht. Eine Rechnung habe ich auf jeden Fall keine gestellt.»

Ich wartete, bis er weitersprach.

«Es ist nicht richtig, wenn so kleine Kinder sterben. Das Bübchen war höchstens einen Monat alt. Hat nur drei, vier Wochen gelebt. Und schon tot. Das ist doch nicht in Ordnung. Findest du nicht auch?»

Der Braune holte einen Farbtopf und einen Pinsel und begann, den Sarg schwarz zu lackieren.

«Überhaupt: Warum fragst du?»

«Ich war bei der Beerdigung, mit meinem Vater.»

«Ach so.»

«Waren das Ausländer?»

«Wer?»

«Die Leute vom toten Kind?»

«Ja. Italiener. Vallesi oder Vaselli oder so etwas. Ich glaube, die sind schon wieder weggezogen. Verstehe ich. Würde ich auch. Frag den Studer, wenn du unbedingt willst. Der Italiener hat bei ihm gearbeitet, soviel ich weiss.»

Der Braune konzentrierte sich auf seine Arbeit, sorgfältig trug er die Farbe auf. Ich setzte mich auf eine Holzbeige und sah ihm zu.

Nach einer Weile begann er wieder zu reden.

«Sandro hiess das Bübchen. Es war winzig und ganz gelb im Gesicht. Aber hatte schon viele Härchen. Schwarz. Ein hübsches Kind. Und schon gestorben.»

Er wandte sich an mich.

«Hier, den Farbtopf! Halt ihn mir, wenn ich Farbe brauche. Dann kleckere ich weniger auf den Boden.»

Als der Braune mit Lackieren fertig war, verliess ich seine Werkstatt. Ich ging die Hinterdorfstrasse hinaus, zweigte links ab und stieg langsam die Kirchentreppe hinauf. Bei der siebenundfünfzigsten Stufe blieb ich stehen und kroch nach einem schnellen Blick in die Runde in mein Versteck.

Ich lauerte. Aber heute gab es nichts und niemand zu beobachten, keine Katzen, keine Schwalben, keine Menschen, weder den Schwarzen noch die Hellgrau-Rote, auch nicht den Violetten, den ich am ehesten noch erwartet hätte. Als mir langsam kalt wurde, verliess ich das Versteck und stieg die Treppe ganz hinauf, überquerte oben den Kiesstreifen, ging die paar Stufen zum Seiteneingang hinauf, der direkt in den Altarraum führte.

Die Türe war nicht abgeschlossen. Das bedeutete, dass der Violette in der Kirche war. Tatsächlich stand er bei einem Seitenaltar, wo er die verblühten Blumen aus einer Vase nahm und in einen Jutesack steckte. In der Kirche hatte er seinen Umhang abgelegt, seine Kappe sowieso.

Ich wartete, bis er mich bemerkte.

«Aha, der Totengräbergehilfe! Kommst du mich besuchen?»

«Ich schaue dir zu.»

Nach einer Weile fragte ich ihn: «Vor dem Teufel, hast du Angst vor dem Teufel?»

«Was du auch fragst! Wenn man betet und den Gottesdienst besucht, braucht man keine Angst vor dem Teufel zu haben.»

«Aber man muss die Gebete auswendig können.»

«Ja. Das muss man. Das Vaterunser, das Avemaria, den Rosenkranz, das Credo. Kannst du die?»

«Nicht so ganz.»

«Das kommt noch. Mach dir keine Sorgen.»

«Und vor Besessenen? Hast du vor denen Angst?»

«Über solche Sachen redet man nicht. Schon gar nicht als Kind!»

«Der hochwürdige Herr Pfarrer hat uns aber von einem
Besessenen erzählt.»
Darauf sagte der Sigrist nichts.
«Bei einem Besessenen ist es so, dass der Teufel in ihn
hineingefahren ist.»
«Hat dies der Herr Pfarrer gesagt?»
«Kann man das sehen?»
«Was?»
«Wenn der Teufel in einen hineinfährt?»
«Ich glaube nicht.»
«Und wo ist der Teufel dann? Im Kopf?»
«Ich weiss nicht. Vermutlich schon.»
Mir lief Speichel aus dem Mund. Hastig zog ich das Taschentuch
hervor und rieb mir damit das Kinn. Auch der Violette wollte
nicht so recht reden über die Besessenen. Dabei war der Sigrist
in meiner Vorstellung fast eine Art Pfarrer, so oft wie er in der
Kirche war. Aber ich liess nicht locker, nicht zuletzt, weil sich in
meinem Schädel ein Klopfen anmeldete, das mich zur Eile
antrieb.
«Spürt man das? Wenn der Teufel einem im Kopf steckt?»
«Hm! Ich habe mir das noch nie überlegt. Wahrscheinlich schon.
Aber sag mal, hast du immer noch so schlimme
Kopfschmerzen?»
«Nein. Seit ich im Spital gewesen bin, tut mir der Kopf nicht
mehr weh.»
Der Sigrist schaute mich an. Sein violett geädertes Gesicht kam
mir freundlicher vor als sonst.
«Du bist aber ganz bleich.»
«Oder nur ein bisschen.»
Er verliess die Kirche, um die verwelkten Blumen auf den
Kompost zu werfen. Ich setzte mich in eine Bank. Das Pochen
in meinem Kopf wurde heftiger. In mir stieg die Angst hoch,
dass dies ein Teufel sein könnte, der jetzt in mich eindrang. Ich
versuchte die Schmerzen zu vertreiben, indem ich, wie ich dies in
der Schule getan hatte, den Kopf hin und her baumeln liess. Es
nützte nichts. Meine Angst wuchs.
Erschrocken fragte der Sigrist, was mit mir sei. Ich hatte ihn
nicht kommen hören. Als ich nicht antwortete, fasste er mich an

einem Arm und führte mich aus der Kirche hinaus. Draussen fühlte ich mich etwas besser und ich sagte ihm, dass ich jetzt nach Hause gehe und dass ich dies gut allein könne. Er schaute mich kritisch an, liess mich aber ziehen.

13

Der Braune hatte soeben telefoniert. Er könne Vater nicht
helfen, er liege mit Fieber im Bett, habe grausame
Kopfschmerzen. Freude schoss in mir hoch, wofür ich mich
sofort schämte. Dabei war Scham falsch am Platz. Ich freute
mich nicht über Beyelers Kopfschmerzen, ich freute mich über
seine Solidarität. Du bist nicht allein mit deinen Kopfschmerzen,
schien er mir zu sagen, auch anderen stösst dies zu, zum Beispiel
mir, wir gehören zusammen.
Ich müsse ihm helfen, hat Vater angeordnet, das sei jetzt
wichtiger als die Schule.
Das leuchtete mir ein. Denn die Toten haben grün, wie der
Braune gesagt hatte.
Ich spürte kein Klopfen und kein Drücken mehr im Kopf. Die
Schmerzen waren über Nacht verschwunden, wobei ich
allerdings oft am Morgen schmerzfrei war.
Vater holte verschiedene Gerätschaften aus dem Schuppen, legte
sie auf den Tisch, prüfte, ob nichts Notwendiges fehlte, und
verstaute dann alles in einer Holzkiste, die er zusammen mit zwei
Holzböcken auf den Veloanhänger lud. Gemeinsam zogen wir
den Anhänger bis zu Beyelers Werkstatt.
Der Sarg stand neben der Türe auf zwei Holzlatten, verhüllt mit
einem Leintuch. Vater wollte ihn, auch wenn es bequemer
gewesen wäre, nicht auf den Anhänger packen. Das sei pietätlos.
Er band ein Seil um die beiden oberen Haltegriffe und lud ihn
sich auf den Rücken. Ich zog den Anhänger allein.
Zum Glück war es nicht weit bis zum Haus der Acklis. Wir
verschnauften einen Moment, bevor Vater klingelte.
Leise ermahnte er mich, das Kondolieren nicht zu vergessen.
Doch ich hatte keine Ahnung, was das sei, und bevor ich ihn
fragen konnte, öffnete eine Frau die Türe. Offenbar hatte sie uns
erwartet. Sie sei die Tochter des Verstorbenen, sie wohne in der
Stadt, bleibe aber jetzt für ein paar Tage hier, um der Mutter
beizustehen.
Vater reichte ihr die Hand und murmelte: «Kondoliere.»
Sie nickte, wendete sich gleich ab und ging uns voraus.

Bei einer Türe blieb sie stehen und flüsterte, an Vater gewandt, er liege noch im Bett. Sie sei bei der Mutter in der Küche, falls wir sie brauchten.

Wir traten ins Zimmer. Ein schwerer, süsslicher Geruch schlug uns entgegen. Vater eilte zum Fenster und riss es auf.

«Die Seele kann ja nicht hinaus, wenn das Fenster geschlossen ist.»

Das erstaunte mich. Die Seele war doch so etwas wie ein Geist, auf jeden Fall körperlos. Ich hätte gedacht, dass sie selbst durch Mauern hindurch fliegen könnte.

Der Tote lag im Bett, bis zum Hals zugedeckt mit einer Decke, um seinen Kopf hatte man ein Tuch gebunden, damit ihm das Kinn nicht nach unten fiel.

Vater stellte sich neben den Toten, faltete die Hände und warf mir einen Blick zu, damit ich es ihm gleichtue. Lange standen wir da, schauten die Leiche an, einen alten Mann mit einem Gesicht wie aus Wachs, einem Mund ohne Lippen, mit Bartstoppeln, langen Brauen und ein paar wenigen zerzausten Kopfhaaren. Schliesslich löste sich Vater aus seiner Gebetshaltung und strich dem Toten zärtlich über die Wangen, fuhr durch seine Haare und ordnete sie zu einer Frisur.

«Du kannst ihn auch berühren.»

Ich schüttelte den Kopf.

Wir gingen in die Küche, um uns warmes Wasser und das Rasierzeug des Toten zu besorgen. Am Tisch sass neben ihrer Tochter die Witwe. Die beiden Frauen hatten leise miteinander gesprochen, verstummten jetzt bei unserem Eintritt.

«Kondoliere», murmelte Vater und ergriff die Hand der Witwe. Er habe ihren Mann gut gekannt. Er sei ein guter Mensch gewesen, zu allen. Ein wertvoller Mensch.

Sie wollte etwas antworten, begann aber zu weinen. Vater behielt ihre Hand und streichelte sie mit dem Daumen. Dann schob er mich in den Vordergrund.

Ich sei sein Bub, ich würde ihm helfen.

Die alte Frau murmelte etwas wie: Guter Junge, guter Junge.

«Kondoliere», sagte ich. Ich vermutete, das sei das, was ich nun sagen musste.

Vater wendete sich für das Wasser und das Rasierzeug an die Tochter.

Sie schenkte ihm ein kleines Lächeln und liess dann heisses Wasser in einen Eimer laufen, während die Witwe die Küche verliess, um das Rasierzeug zu holen.

Ich schaute zu Vater hoch. Er kam mir anders vor als sonst. Jetzt war er derjenige, der den anderen Vertrauen einflösste, der wusste, was zu tun war, der die Sache an die Hand nahm.

Zurück im Zimmer des Toten begann Vater, dessen Wangen einzuseifen, dazu löste er das Tuch, das den Kiefer gehalten hatte, und rasierte sie langsam und exakt.

Ich holte draussen die Kiste mit den Utensilien und die zwei Böcke.

Nach der Rasur strich Vater dem Toten mit dem Kamm die Brauen zurecht und puderte sein Gesicht. Die Leiche sah nun nicht mehr ganz so tot aus.

Er trat ein paar Schritte zurück, musterte sein Werk mit schrägem Kopf und nickte zufrieden. Dann band er dem Toten wieder das Tuch ums Kinn. Das Kinn müsse oben bleiben, erklärte er mir, wenn es herunterfalle, sehe der Mund wie ein schwarzes Loch aus. Das sei gar nicht schön.

Jetzt machte er sich daran, ihm das Nachthemd auszuziehen. Weil seine Glieder schon steif waren und sich kaum beugen liessen, schnitt er es kurzerhand in einzelne Stücke. Dann streifte er ihm auch die Unterhosen hinunter. Es kam mir etwas ungehörig vor, was Vater hier tat.

Er wusch den toten Körper, sorgfältig, von oben bis unten. Ich musste den Schwamm immer wieder ins Wasser eintauchen, auswinden und ihm reichen.

Ob ich ihn einölen wolle.

Ich schüttelte den Kopf. Vater hatte es gar nicht ernst gemeint. Bereits hatte er sich ein paar Tropfen auf die Hand gegossen und begann nun, die Haut des Toten einzureiben.

Aber das Fläschchen musste ich ihm halten und ihm jeweils ein paar Tropfen auf die Hand schütteln, wenn er es brauchte.

Ein angenehmer Duft, der den Totengeruch verdrängte, breitete sich aus.

Nun holten wir den Sarg, der draussen an die Hausmauer gelehnt stand, als ein Signal, das den Tod des Xaver Ackli verkündete. Vater trug ihn hinein, ich musste hinter ihm hergehen und darauf achten, dass er nirgends anstiess. Im Totenzimmer legte er ihn auf die beiden Böcke und schraubte den Deckel ab.

Ein Kissen und ein Totenhemd lagen darin. Vater lobte den abwesenden Beyeler, auf ihn sei einfach Verlass.

Er schüttelte das Kopfkissen auf und drapierte es ans obere Ende des Sargs. In die Mitte legte er zwei zusammengefaltete flauschige Windeln.

Das brauche es, erklärte er mir, auch wenn man tot sei, lasse man Wasser fahren. Die Windeln würden es dann aufsaugen. Dass die Leiche im Urin liegen müsse, gehe gar nicht.

Es klopfte leise an der Türe. Es war die Tochter, die draussen stehen blieb und nach Vater verlangte. Flüsternd sagte sie ihm, sie habe hier den Rosenkranz des Verstorbenen. Die Mutter habe ihn ihrem Mann vor langer Zeit geschenkt und möchte nun, dass er ihn mit ins Grab nehme.

Vater erzählte mir, dass viele Hinterbliebenen dem Toten einen wichtigen Gegenstand mit in den Sarg geben, bei Kindern oft ein Spielzeug. Es sei ein letztes Geschenk, das ihn auf seinem Weg in die Ewigkeit begleiten solle.

Mit Mühe zog Vater dem Toten das Hemd über die steifen Glieder, ihm die Hände auf der Brust zusammenzufalten, wie sich das gehörte für jemand, der im Sarg lag, ging aber nicht mehr. Um die toten Muskeln zu dehnen, zog er mit aller Kraft am Unterarm, während ich mit beiden Händen den Oberarm der Leiche festhalten musste. Ich hatte noch nie einen toten Menschen berührt, und nun verlangte Vater von mir, mit einer Leiche zu hantieren wie mit einem Gegenstand.

Schliesslich hatten wir es geschafft. Vater berührte mich kurz an der Schulter und lächelte mir zu.

«Das wäre ohne dich nicht gegangen», sagte er. Die Totenstarre sei schon weiter, als er gedacht habe.

Er wies mich an, die Binde vom Kinn zu lösen. Die brauche es nicht mehr.

Dann knetete Vater die Hände des Toten, bis sie so beweglich waren, dass er sie auf der Brust zusammenfügen konnte. Um das

61

Bild eines frommen Beters zu vervollständigen, schlang er ihm den silbrigen Rosenkranz, den die Tochter gebracht hatte, um die Finger.

Mit kritischem Blick betrachtete Vater das Gesicht des Toten und entschloss sich, es ein zweites Mal zu pudern. Dann schob er seine Arme unter den Achseln des Toten durch und hob ihn an.

Mir befahl er, ihn an den Füssen zu tragen. Ich betrachtete die knochigen Füsse, die mit gelber Haut überzogen waren, die dicken verwachsenen Zehennägel und zögerte.

Aber Vater trieb mich an. Ich solle keine Fisimatenten machen, allein schaffe er es nicht.

Wohl oder übel fasste ich zu. Zusammen hoben wir ihn hoch und betteten ihn in den Sarg. Vater zog ihm das Totenhemd bis über die Füsse hinab und heftete es seitlich mit Bostitch-Klammern an den Sargboden.

Ich steckte die zwei Kerzen in die Halterungen neben dem Kopf des Toten und Vater zündete sie an. Sie flackerten im Luftstrom, der durch das offene Fenster hineinwehte.

Vater schloss schnell das Fenster. Die Seele habe nun für ihren Weggang genug Zeit gehabt.

Dann blieben wir eine Weile vor dem Sarg stehen und schauten Xaver Ackli an, der sich unter Vaters Händen in einen im ewigen Schlaf ruhenden Anwärter auf den Himmel verwandelt hatte.

«Gut», sagte Vater als Berufsmann, nachdem er sich im Zimmer umgeschaut und sich vergewissert hatte, dass alles seine Richtigkeit hatte.

«Ruhe in Frieden», murmelte er als Katholik.

Wir seien so weit, sagte Vater in der Küche zur Witwe, die nun den Besuch einer Nachbarin erhalten hatte. Sie könne jetzt wieder zu ihrem Mann.

Die Witwe erhob sich.

«Vergelt's Gott», murmelte sie, «vergelt's Gott.»

14

Du warst gegen deine Gewohnheit nicht in der Küche, als ich
von der Schule kam. Auf dem Tisch lag ein Kuchenblech, belegt
mit dünnem Teig, im Schüttstein ein Löchersieb mit halb
aufgetauten Kirschen, die du wohl aus deinem Fach in der
gemeindeeigenen Gefrieranlage geholt hattest.
Ich klopfte an die Türe eures Schlafzimmers, erhielt aber keine
Antwort. Dann schaute ich im Wohnzimmer nach, mit
schlechtem Gewissen, das Wohnzimmer war unsere gute Stube,
gediegen ausstaffiert: in der Mitte ein gedrechselter Tisch und
vier Stühle mit gepolsterten Sitzflächen, an der Wand ein
mächtiges Nussbaumbuffet, worin das Sonntagsgeschirr
aufbewahrt war, am Boden ein Teppich. Wir benutzten das
Wohnzimmer nur, wenn Besuch kam, das heisst fast nie. Ich
durfte es nur mit deiner Erlaubnis betreten.
Ich kehrte zurück zu deinem Schlafzimmer, klopfte etwas lauter
und drückte dann zaghaft die Klinke hinunter. Du hattest die
Türe abgeschlossen.
«Mutti», rief ich leise.
«Bleib draussen», sagtest du barsch.
«Essen wir nicht zu Mittag?»
«Mach die Wähe fertig. Alles liegt in der Küche bereit. Du musst
damit zu Ende sein, bis Vater nach Hause kommt.»
«Ich weiss aber nicht wie.»
«Mein Gott! Tu nicht so kompliziert! Wie oft hast du mir schon
zugeschaut!»
Was nicht stimmte. Das schöne Bild von der Mutter und ihrem
Söhnchen, die gemeinsam kochen und backen, das traf für uns
beide nicht zu.
Ich wartete, ob du nicht doch die Türe öffnen würdest. Du tatst
es nicht.
Ich setzte mich in der Küche an den Tisch und betrachtete das
Blech mit dem Teig. Dann hörte ich ein leises Knacken im
Kochherd. Du hattest den Backofen bereits angeschaltet. Ich
verteilte die Kirschen über die Teigfläche und schob das Blech in
den Ofen.

Dann setzte ich mich wieder an den Tisch und wartete. Ich war müde. In der Nacht war mir der tote Xaver Ackli im Kopf herumgegeistert, und als ich ihn verscheuchen wollte, zeigte er mir seine gelben Füsse mit den verkrüppelten Zehennägeln.

Nach einer Weile stand ich auf und begann, den Tisch zu decken. Ich legte Teller, Gabel und Messer für drei Personen auf. Jetzt bemerkte ich auf dem Herd die Büchse mit den gemahlenen Haselnüssen. Ich probierte eine Prise, sie schmeckten hervorragend. Dann kam mir in den Sinn, dass ich die Haselnüsse hätte auf den Kuchenteig streuen sollen, zu einer guten Wähe gehören Haselnüsse. Teig, Haselnüsse, Früchte, das wäre die richtige Ordnung. Ich öffnete die Backofentüre, um das Kuchenblech herauszuziehen. Das war aber so heiss, dass ich es nicht berühren konnte. Ich schloss den Ofen, ging in mein Zimmer und legte mich aufs Bett.

Ich hörte Vater das Haus betreten und ging ihm entgegen. Er wusch sich am Spülbecken die Hände, schaute sich um und fragte, wo Mutti sei.

Ich sagte nichts.

Er holte mit einem Lappen die Wähe aus dem Ofen und schnitt sie in Stücke. Der Teig war unten verbrannt und oben schwammig vom Schmelzwasser der Früchte.

Stumm sassen wir am Tisch und assen lustlos.

Ob er mir von den Kommunisten vorlese, fragte ich schliesslich. Vater schaute mich verständnislos an und brummte dann, die Zeitung sei noch nicht gekommen.

Doch ich wollte nicht stumm am Tisch sitzen, ich wollte, dass Vater mir Klarheit über die Kommunisten verschaffen würde.

«Gibt es nur in Ungarn Kommunisten?»

«Nein, in anderen Ländern auch.»

«Aber bei uns nicht?»

«Kaum. Ein paar wenige. Spinner.»

«Aber die Kommunisten sind böse?»

«Ja.»

«Alle?»

«Ja.»

«Und was machen sie Böses?»

«Sie nehmen den Leuten alles weg und geben es dem Staat.»

Sie gaben es dem Staat? Das hiess, sie behielten das, was sie gestohlen hatten, gar nicht selbst?

«Wer ist das?»

«Wer?»

«Der Staat.»

«Ich weiss nicht, wie ich dir das erklären soll. Die Kommunisten machen einfach alles falsch. Sie werfen die Leute, die eine eigene Meinung haben, ins Gefängnis. Die Kommunisten sind einfach schlecht und machen die anderen Menschen unglücklich.»

Soweit hatte ich es begriffen. Die Kommunisten waren Diebe, zwar nicht für sich selbst, aber sie sperrten zugleich die guten Menschen ein, was eindeutig schlimm war. Es bestand allen Grund, vor den Kommunisten auf der Hut zu sein.

«Hast du Angst vor den Kommunisten?»

«Nein. Vor denen muss man keine Angst haben, man muss sie bekämpfen. In der Schweiz gibt es ohnehin fast keine. Wir sind nicht so dumm.»

«Aber ein paar gibt es.»

«Ja, ein paar wenige.»

Wenn die Kommunisten andere Menschen einsperrten, dann waren die gefährlich, auch wenn es wenige waren. Warum sollte man dann vor ihnen keine Angst haben?

«Ich habe Angst.»

Darauf sagte Vater nichts.

«Hansi sagt, Sozi und Kommunisten seien das Gleiche. Stimmt das?»

«Ja. Mehr oder weniger.»

Das war nun aber eine schlimme Nachricht. Das bedeutete, dass Studer zwar ein Sozi, aber so viel wie ein Kommunist war und somit ein schlimmer und gefährlicher Mensch. Und ich war mit ihm allein gewesen.

«Dann ist der Studer ein Kommunist?»

«Hör mir auf mit dem Studer», sagte Vater ärgerlich. Und als er mein Gesicht sah, in dem sich mein Schrecken gespiegelt haben musste, fügte er versöhnlich hinzu: «Also ein wirklicher Kommunist ist der nicht.»

Inzwischen war der Briefträger gekommen, ich holte die Zeitung und Vater schlug sie auf.

Ich habe diese Ausgabe vor mir liegen. Ich blättere sie durch, schaue die Schwarz-Weiss-Fotos an und lese den Beitrag über Ungarn. Ich kenne ihn.

Vor ein paar Wochen habe ich mir vorgenommen, sämtliche Nummern unserer Regionalzeitung vom Herbst 1956 zu beschaffen und nachzulesen, was das Blatt über den Aufstand der Ungarn berichtet hat. Ich wollte mir vor Augen führen, was Vater mir damals vorgelesen hat, was der Gemeindeammann in seiner Rede zitiert hat, was Studer, die Pfarrköchin und andere gelesen und mir berichtet haben.

Ich wandte mich deshalb an die Redaktion mit der Bitte, mir die Ausgaben des letzten Quartals 1956 zugänglich zu machen. Das war aber schwieriger als erwartet, denn erstens gibt es unsere Regionalzeitung in der damaligen Form nicht mehr, sie hat inzwischen mit einem anderen Blatt fusioniert, und zweitens hat der frühere Verleger das gesamte Archiv mit sich genommen, und drittens ist er bereits gestorben. Doch ich liess nicht locker und wandte mich an seine Witwe, die immer noch in ihrer Villa über unserem Dorf residiert. Schriftlich. Und siehe da: Sie hat noch alle Ausgaben und sie gewährte mir einen Termin, um Einsicht nehmen zu können, aber nur in ihrem Haus, gleichsam unter Aufsicht.

Da sitze ich also am zugewiesenen Platz, vor mir ein Glas Wasser, das mir ihre Haushälterin gereicht hat. Ich schaue durch das Panoramafenster auf unser Dorf hinab. In den 50er Jahren erstreckte es sich zwischen dem Hügel mit der katholischen Kirche und dem Hügel mit der reformierten Kirche, hing gleichsam aufgespannt an den beiden Pylonen der Konfessionen. Heute ist es weit über die damalige Grenze hinausgewachsen. Ich suche unser Haus, das heisst die Stelle, wo es einst stand. Jetzt erhebt sich dort ein moderner Wohnblock, der nicht nur den Platz von unserem Haus, sondern auch von Hansis und von Studers Haus einnimmt. Das Hinterdorf ist zu einem gut bürgerlichen Quartier aufgestiegen. Auch unsere Kirche hat sich gemacht. Sie hat ihr eintönig graues Aussehen eingetauscht gegen eine barocke Farbigkeit, offenbar die originale Fassade. Das Dach der Treppe, die neben dem Pfarrhof zur Kirche hinaufführt, ist noch dasselbe. Wenn ich hier meine Lektüre beendigt habe, werde ich die Treppe hinaufsteigen bis zur siebenundfünfzigsten Stufe und dann ganz hinauf.

Ich lese sämtliche Artikel über den Aufstand. Sie kommen mir vor wie alte Bekannte, die ich lange nicht mehr gesehen habe, nun aber durch eine glückliche Fügung wieder antreffe und mit alter Vertrautheit begrüsse. Ich sehe den Gemeindeammann vor mir, der auf dem Bahnhofplatz steht, seine Ansprache hält und dabei einen längeren Zeitungsabschnitt zitiert. Vater taucht vor meinen Augen auf, wie er in unserer Küche sitzt und berichtet, was er gelesen hat.

«2000 Flüchtlinge aus Ungarn kommen in die Schweiz. Die Kantone, Städte und Landgemeinden sind aufgefordert, Wohnungen für die Flüchtlinge bereit zu stellen. Auch die Zivilbevölkerung soll Geld und Waren spenden», fasste Vater zusammen, ohne von der Zeitung aufzuschauen.

Ich sass da, die Arme auf dem Tisch aufgestützt, hielt meinen Kopf, der langsam zu schmerzen begann, und schaute Vater beim Lesen zu.

«Das glaubst du nicht! Schau dir dieses Bild an!»

Vater streckte mir die Zeitung hin. Ich sah Menschen, die eine schräge Betonplatte hinaufkletterten. Sie kamen mir unwahrscheinlich klein vor, fast wie Ameisen, und vor allem furchtbar hilflos und ausgesetzt.

«Das ist einmal eine Brücke gewesen. Die Russen haben sie gesprengt, um die Ungarn am Fliehen zu hindern. Aber die Menschen lassen sich durch nichts zurückhalten. Hier, lies mal!»

«Ich kann doch nicht lesen», murmelte ich.

Aber Vater hörte mir gar nicht zu. Er las für sich weiter, bis er plötzlich mit der Faust auf den Tisch schlug und rief:

«Diese Sauhunde! Die schiessen sogar auf fliehende Frauen und Kinder. Die schrecken vor gar nichts zurück, diese Huren-Russen.»

Sauhunde! Huren-Russen! Noch nie hatte ich Vater so reden hören. In Vaters Sprache kamen Flüche und grobe Schimpfwörter eigentlich nicht vor. Wenn er jetzt auf diese grobe Weise schimpfte, musste eine ungeheure Empörung in ihm brodeln. Auch Angst?

Wütend schüttelte er den Kopf und las nun laut:

«Den ganzen Tag hindurch hörte man in dem sumpfigen Grenzgebiet vereinzelte Karabinerschüsse und Serien aus Maschinenpistolen. Doch die Verschärfung der Sicherheitsmassnahmen durch die Sowjets konnte dem Flüchtlingsstrom nicht Halt gebieten. Einzeln und gruppenweise überquerten und durchschwammen Männer, Frauen und Kinder bei Eiseskälte den Grenzkanal. Viele der Frauen und Kinder weinten laut infolge der Schmerzen, die ihnen die Kälte verursachte.

Du hast gefragt, was die Kommunisten sind. Jetzt weißt du es: Verbrecher sind das. Sie töten andere Menschen. Mörder sind das.»

Energisch faltete Vater seine Zeitung zusammen, legte sie auf den Tisch und erhob sich, um zur Arbeit zu gehen. Ich liess ihn gehen, ohne ihm zu sagen, dass ich nun wieder starke Kopfschmerzen hatte.

15

Mit einem Lastwagen fuhr ich in die Stadt hinein, in hohem
Tempo, fuhr ganze Strassenzüge nieder. Das war gar kein
Lastwagen, das war ein Panzer der Kommunisten, die Budapest
kaputt machten. Budapest, der Name war mir inzwischen
vertraut, war eine grosse Stadt, so gross, wie es in der Schweiz
keine gab. Um sie aufzubauen, brauchte ich alle meine
Holzklötze, die ich im Lauf der Jahre vom Braunen geschenkt
bekommen hatte, sie erstreckte sich über das halbe Zimmer. Und
jetzt wurde sie von den Kommunisten zerstört.
Ich hörte Vater von der Frühmesse heimkommen und zu dir ins
Schlafzimmer gehen. Legte er sich wieder hin? Ihr spracht nicht
miteinander. Jedenfalls konnte ich nichts hören.
Ich liess Budapest in Trümmer liegen und ging in die Küche,
schnitt mir ein Stück Brot ab und verliess das Haus, um
rechtzeitig für das Hauptamt in der Kirche zu sein. Für die
Schüler war es obligatorisch, an jedem Sonntag die Messe zu
besuchen, für die Erwachsenen sowieso. Taten sie es nicht, luden
sie eine Sünde auf sich, wahrscheinlich sogar eine Todsünde.
Und ich war ein Schüler.
Vater besuchte allein die Messe, du gingst nie zur Kirche.
Ich hatte Vater einmal gefragt, warum das so sei, und er
antwortete mir, du hättest einen Dispens. Das Wort war mir neu,
aber ich begriff es: Dispens, wieder ein Zauberwort, befreite
einen von einer lästigen Sache, zum Beispiel vom Kirchgang.
Man durfte dann am Sonntag dem Gottesdienst fernbleiben, und
lud sich trotzdem keine Sünde auf. Man hatte Dispens.
Die Frage war: Wer erteilte den Dispens? Es wäre logisch
gewesen, Vater danach zu fragen, aber sein verkniffenes Gesicht
hielt mich davon ab. Auch dich fragte ich nicht.
Steifbeinig, wie ich seit Kurzem ging, trottete ich durch das
Hinterdorf in Richtung Kirche. Die Kirchenglocken setzten ein
und bedeckten mit ihrem Dröhnen das ganze Dorf. Beim
Häuschen vom Weissen blieb ich stehen und überlegte mir, ob
ich nachschauen sollte, wie weit er mit Holzen war. Ich schlich
an seinen Kaninchenställen vorbei, kletterte ein Stück den Hang
hinauf und schaute von oben hinab.

Der Weisse war mit seiner Arbeit fertig. Der Holzhaufen war verschwunden, dafür reichte jetzt die Beige bis unters Dach. Die ganze Hinterseite des Häuschens war vollständig eingepackt mit Holz, und davor stand nun eine Bank.

Ich hatte gesehen, was ich sehen wollte. Dennoch blieb ich. Es dauerte nicht lange, bis sich die Türe öffnete und der Weisse mit einer Pfeife im Mund und einer Wolldecke über dem Arm erschien. Zuerst machte er den Anschein, als ob er zu mir hinaufkommen wollte, blieb dann aber unten stehen.

Er habe mich durch das Fenster da oben sitzen sehen. Ob ich nicht in die Kirche müsse.

Er brüllte, damit ich ihn trotz des Kirchengeläuts verstand.

Ich rutschte zu ihm hinab.

Er wies mit der Hand gegen die Beige und schaute mich erwartungsvoll an. Ich versuchte eine Stelle zu finden, wo ich den Finger zwischen zwei Scheite stecken konnte. Es gab keine solche Stelle. Die Beige war vollkommen.

Die Glocken läuteten noch immer. Eigentlich wäre höchste Zeit für mich zu gehen, wenn ich noch rechtzeitig in der Kirche sein wollte.

Der Weisse breitete die Wolldecke über die Bank und liess sich darauf nieder. Dann klopfte er neben sich auf die Decke, ich setzte mich.

Er sass da, stiess Rauchwolken aus, und ich sass auch da. Schliesslich verstummten die Glocken. Ich sagte ihm, dass es eine schöne Beige geworden sei und dass der Beyeler mir erzählt habe, er kenne das Kind.

«Welches Kind?»

Sandro heisse es. Vater habe es begraben. Und dabei geweint.

Der Weisse stiess eine grosse Tabakwolke aus dem Mund, bevor er mir antwortete. Seinen Vater kenne er, oder vielmehr: habe er gekannt. Er habe mit ihm zusammen in der Grube gearbeitet. Jetzt sei er mit seiner Frau wieder abgereist. Nach Italien. Vielleicht habe er dort keine Arbeit, aber wenigstens sei es warm. Hier in der Schweiz friere man.

Ich wollte wissen, warum das Kind gestorben sei.

Es sei halt krank gewesen, und der Vaselli habe kein Geld gehabt für eine teure Behandlung. So sei es halt gestorben.

«Hat es Kopfschmerzen gehabt?»

Der Weisse zuckte die Schultern.

«Mit dem Vaselli konnte ich kaum reden. Er sprach nur ein paar wenige Worte Deutsch, und ich kann kein Italienisch. Ich weiss es nicht. Er hat mir die Todesanzeige gezeigt. Eine schöne Todesanzeige, mit Blumenmustern verziert, mittendrin: SANDRO. Mit grossen Buchstaben geschrieben.»

Seine Stimme tönte jetzt rau. Er schien plötzlich wütend zu sein. Seine Frau schaute zur Türe heraus und warf einen erstaunten Blick auf mich.

«Aber so ist das halt bei uns.»

Wovon er da rede, fragte ihn seine Frau.

«Wer arm ist, hat Pech und kann seine Kinder begraben.»

Wo das denn anders sei.

Es war wohl kaum eine Frage gewesen, die Frau Studer ihrem Mann gestellt hatte, trotzdem gab er eine Antwort.

«In einem anständigen Staat kommt so etwas nicht vor. Da hat jeder ein Anrecht auf einen guten Arzt. Egal, ob Arbeiter oder Studierter, ob Einheimischer oder Ausländer. Und wenn ein Kind krank ist und die teuerste Spitalbehandlung braucht, dann bekommt es die auch. Was auch immer es kostet. Aber bei uns eben nicht! Da sind die Armen halt die Lackierten. Selbst schuld, dass sie arm sind. Hat ihnen ja niemand befohlen.»

Was er auch immer für Vorträge halte, sagte die Frau leise und fragte mich, bevor er etwas erwidern konnte, wie es dir gehe.

Gut, sagte ich.

Doch der Weisse liess sich nicht ablenken: «Es schadet nichts, wenn man von klein auf weiss, wie es in der Welt läuft.»

Er mache dem Kind nur Angst. Ob ich nicht in die Kirche müsse, wandte sie sich an mich, du und Vater wollten doch sicher, dass ich zur Messe ginge.

Als ich die Kirchentüre öffnete, hatte der Gottesdienst schon begonnen. Die Kirche war gut besetzt, nur wenige Bänke ganz hinten waren frei. Ich schaute nach dem Violetten. Auf keinen Fall durfte er mein Zuspätkommen bemerken. Er kniete in seiner Bank hinter dem Sektor der Schüler und schaute nach vorne zum Altar. Während des Gottesdienstes amtete der Sigrist als Kirchenwächter und sorgte dafür, dass die Kinder am richtigen Ort sassen und sich ruhig verhielten.

Ich schlich auf Zehenspitzen zur hintersten Bank. Von hier aus konnte ich bequem mein Lieblingsbild am Deckengewölbe betrachten, ohne den Kopf in den Nacken legen zu müssen, was man während des Gottesdienstes ohnehin nicht durfte. Wenn ich das Bild studierte, verging die Zeit schneller.

Links im Bild kauerte eine Gruppe verängstigter Menschen. Angespannte Züge, aufgerissene Augen, vor Schrecken offene Münder. Sie drängten sich nahe aneinander, ihre bleichen Körper berührten sich. Halbwegs waren sie verdeckt von Sträuchern und Bäumen, trotzdem konnte ich erkennen, dass sie keine Kleider trugen, sie waren nackt. Sie starrten auf eine Figur in der rechten Bildhälfte: eine rote, pelzige Gestalt mit Bocksfüssen und Hörnern. Der Teufel. Dank dem Religionsunterricht wusste ich das. Auch der Teufel war nackt. In der rechten Hand hielt er einen Spiess mit drei Zinken. Mit funkelnden Augen und aufgerissenem Maul schritt er auf die verängstigten Menschen zu. Vor Schreck erstarrt hefteten diese ihren Blick auf ihn, ausgeliefert und wehrlos standen sie da, unfähig sich zu bewegen und zu flüchten. Der Teufel aber konnte sich bewegen, voller Freude näherte er sich den Wehrlosen. Im nächsten Augenblick würde er sie aufspiessen. Die Frage war nur, ob einen nach dem andern oder alle gleich miteinander. Das ergäbe zwar eine ordentliche Last, alle die Menschen aufgereiht auf einem Spiess, aber der Teufel war stark, da durfte man sich nicht täuschen. Auch das wusste ich vom Religionsunterricht. Was anschliessend auf die durchbohrten Menschen wartete, war das Schrecklichste, was es überhaupt gab: fürchterliche Schmerzen im ewigen Höllenfeuer.

Plötzlich verspürte ich einen unangenehmen Geruch. Es roch nach Verbranntem. Ich zog die Luft ein und roch nun deutlich den Gestank nach angesengtem Huf. Den kannte ich von der Dorfschmiede. Wenn der Hufschmied einem Pferd das heisse Eisen auf den Huf drückte, stieg übelriechender Rauch auf, der genau so stank wie das, was ich nun wahrnahm. Es war der Teufel, der so stank, weil er stark und schlau und böse war.

16

Lautlos drückte ich die Klinke nach unten, öffnete die Haustüre einen Spalt und schlüpfte hinaus. Geduckt huschte ich unter dem Schlafzimmerfenster durch und lief, so schnell es mir meine Krankheit erlaubte, nach rechts zum Hinterdorf hinaus. Ich wollte dir nicht begegnen, nicht heute, wo du schon den ganzen Tag dein Stechaugengesicht machtest.

Meistens liessest du mich gewähren, kümmertest dich nicht weiter um das, was ich tat.

«Ich gehe schnell zu Hansi», sagte ich, und du nicktest oder sagtest gar nichts und schon war ich weg.

Was strikte galt: Vor dem Essen musste ich zurück sein. Sobald Vater am Abend von der Arbeit heimkam, assen wir. Dann hatte ich anwesend zu sein. Das war deine Regel, nicht die von Vater. Mutti wollte es so.

Falls ich aber nicht zu Hansi ging, bestand das Risiko, dass du genau wissen wolltest, was ich im Sinn hatte. Und wenn dir mein Vorhaben aus irgendwelchen Gründen nicht passte, musste ich zu Hause bleiben.

«Du bleibst hier!»

Ich sass dann in meinem Zimmer, spielte mit den Bauklötzen oder mit irgend etwas anderem und wartete, bis es Abend wurde. Ich hätte dich ja anlügen können. Aber das tat ich nicht, nicht aus moralischer Überlegenheit, sondern weil Dich-Anlügen in meinen Verhaltensvarianten schlicht nicht vorkam.

Ich hatte die Absicht, den Weissen bei seiner Arbeit zu beobachten. Das hätte vermutlich nicht deine Billigung gefunden. Du mochtest Studer nicht.

Nach wenigen Häusern endete das Hinterdorf, machte Platz den Feldern und Wiesen, die geteerte Strasse wurde zu einem Feldweg. Weit verteilt standen mächtige Kirschbäume, die im Frühsommer voller Früchte hingen. Jetzt standen sie verlassen und schwarz da.

Es begann zu nieseln, ich zog die Kapuze über den Kopf. Ich war allein unterwegs. Niemand hatte im Spätherbst etwas zu tun mit den Bäumen, die paar Angestellten der Tongrube waren oben an der Arbeit.

Ich kannte den Weg. Hansi und ich gingen ihn oft, wenn wir im Wald spielen wollten. Nach der Unterführung unter dem Bahntrassee stieg er an, führte in einem weiten Bogen den Hang hinauf und tangierte eine der Betonstützen der Materialbahn. Ich verliess den Weg und folgte der Schwebebahn, mit genügend Abstand zu den vollen Loren, denn ich hatte Angst, dass eine Lore kippen und mich unter dem herabprasselnden Ton erschlagen könnte.

Der Hügel flachte ab, die Verladestation, in eine Vertiefung eingelassen, tauchte auf, ein windschiefer Bau, Dach und Wände eingekleidet mit rostigen Blechplatten. Ich blieb für ein paar Minuten stehen, um zu verschnaufen, schaute den Loren zu, die mit schwerer Ladung den Hang hinab über das breite Tal bis zum Tonwerk zuckelten und dann entleert wieder zur Grube hinaufstiegen. Mit hohem Tempo, als ob sie vor der Verladestation Fahrt aufgenommen hätten, ratterten sie durch das offenstehende zweiflüglige Holztor hinein in die Finsternis. Ich trat näher. Kalte, feuchte Luft wehte mir aus dem dunklen Schuppen entgegen. Nur undeutlich konnte ich darin die Loren und die ganzen Einrichtungen erkennen, etwas deutlicher dank einer über ihr hängenden Funzel die Umrisse einer Gestalt, den Rücken mir zugewandt, ein unirdisches Wesen in dem frostigen, farblosen Raum: Studer, der Weisse.

Ihn zu rufen hatte keinen Sinn, zu laut war der Lärm vom rhythmischen Schlagen der Motoren, vom Rattern der ein- und ausfahrenden Loren, vom Quietschen beim Abbremsen, vom dumpfen Knallen, wenn sie auf der Parkschiene gegeneinanderprallten, vom Prasseln der Lehmbrocken, die in die Mulden der Loren stürzten.

Inzwischen hatten sich meine Augen an die Dunkelheit gewöhnt. Studer trug eine Zipfelmütze, eine lederne Schürze und klobige Handschuhe, die seine Hände in mächtige Tatzen verwandelten. Hier war er der Chef. Er herrschte über die Loren und das Förderband, das den frisch gebrochenen Ton heranführte. Lange schaute ich ihm zu, um seine Arbeit zu verstehen. Mit einem Hebel am Boden konnte er das Förderband stoppen oder laufen lassen. Über seinem Kopf hingen zwei Ketten. Riss er an der einen, dann ruckelte die vorderste Lore von der Parkschiene heran und hielt vor ihm. Dann liess er das Band laufen und die Lore füllte sich. Mit seinen Handschuhtatzen drückte er einzelne Brocken vom Rand des Bandes gegen die Mitte, damit beim Beladen nichts danebenfiel. War die Lore voll, stoppte er das Band und zog an der anderen Kette. Die Kupplung der Lore verband sich mit dem Zugseil, und auf einen Schlag riss es die Lore weg. Der schwere, volle Kasten blieb im ersten Moment zurück und schwang dann mit Wucht nach vorne. Doch schon nach kurzer Zeit beruhigte sich die Lore, pendelte sich ein und hing schliesslich senkrecht am Kabel, schwebte dem Abhang entlang, über die Landschaft hinweg, dem Tonwerk auf der anderen Talseite entgegen.

Das Ineinandergreifen der Maschinen und Abläufe gefiel mir. Und dass der Weisse über all das regierte, beförderte ihn in meiner Achtung. Dass seine Arbeit monoton war, wurde mir als Kind nicht bewusst.

Es hatte aufgehört zu regnen. Ich ging um die Verladestation herum, die am Rand einer grossen, in den Berg hineingetriebenen Grube stand, eines mit Motorenlärm gefüllten Riesenlochs. Ein Bagger schlug seinen Metallöffel gegen die Grubenwand, bis eine Lawine Ton hinabstürzte. Ein Trax rammte seine Schaufel dagegen und transportierte das Material zum Förderband. Dort schob es ein weiterer Arbeiter mit einer breiten, von Ketten gezogenen Schaufel auf das Band.

Starke Maschinen kämpften mit viel Lärm gegen das Feuchte und Graue der Tongrube. Sie kamen mir vor wie Ungetüme aus einer längst vergangenen Zeit, wie Saurier oder riesige Echsen. Hier hatte Sandros Vater gearbeitet, der neben mir gestanden war beim Begräbnis seines Kindes. Vielleicht war er der Schaufel-Mann gewesen.

Ich wandte mich zurück zur Station und spähte durch einen Spalt zwischen zwei Blechplatten hinein. Ich sah Studer nun schräg von vorne, die Funzel schnitt sein Gesicht aus dem Dunkeln und brachte seinen Altersbart zum Leuchten. Der Weisse, umgeben von der feindlichen Welt der Lehmgrube. Sein Gesicht drückte Härte aus, ja sogar Ärger, den Blick hielt er starr auf das Förderband gerichtet. Für einen kurzen Augenblick hob er den Kopf und schaut in meine Richtung. Er zeigte aber keine

Reaktion, weder ein kurzes Lächeln, noch ein unwirsches Zusammenziehen der Augenbrauen. Er konnte mich hinter dem schmalen Spalt ja auch nicht bemerkt haben.

Von Neuem setzte Niederschlag ein, halb Regen, halb Schnee. Ich musste mich auf den Heimweg machen, noch bevor der Weisse Feierabend hatte.

17

Ich war erschöpft, als ich zu Hause anlangte, obwohl der Weg von der Tongrube ins Hinterdorf nur bergab führte. Hansi stand vor seinem Haus und schlug mit einer Peitsche leere Konservenbüchsen von einem Brett, das von zwei Holzscheiten gestützt wurde. Wenn er eine Büchse zu Boden geschleudert hatte, klopfte er mit der Peitsche ein paar Mal in schnellem Rhythmus auf das Brett, gleichsam um die überschüssige Energie abzuleiten, bevor er sich der nächsten Büchse zuwandte.

Was er da niederschlage, seien Kommunisten.

Die Peitsche hatte er selbst gefertigt und übte nun, damit umzugehen. Sie bestand aus einem kurzen Holzstecken, an dessen Ende ein dünnes Lederband angenagelt war. An der Spitze des Bands waren drei Hanfschnüre festgeknotet.

Die würden die Wirkung vervielfachen. Jedes Ende grabe sich in das Fleisch des Feindes ein.

Hansi wollte eine ungeheure Kraft in seinem Schlagarm entwickeln. Dazu würde er regelmässig und hart üben.

Mit rotem Gesicht und aufeinandergepressten Lippen schlug er auf die letzte Büchse ein, sie flog weit weg. Hansi schaute ihr lange nach.

Ich musste ihm versprechen, ebenfalls eine Peitsche zu fertigen, um mit ihm die Kommunisten zu bekämpfen.

«Wenn du einen Kommunisten siehst, wohin schlägst du?»

Ich setzte mich aufs Brett, ich hatte keine Ahnung.

Er sammelte die Büchsen ein.

Auf den Hals. Immer auf den Hals. Genau das müsse ich trainieren. Wenn ich den Schlag richtig führe, dann wickle sich die Peitsche um den Hals herum. Vom Schlag sei der Kommunist bereits etwas betäubt. Das sei gut. Das gebe mir Gelegenheit, mit aller Kraft an der Peitsche zu ziehen. So würde ich ihn würgen, ohne dass er sich gross wehren könnte.

Ich hatte meine Zweifel und fragte ihn, woran er denn einen Kommunisten erkenne, das sei ja Voraussetzung, bevor man mit der Peitsche auf irgendjemand einschlagen dürfe. Doch darauf antwortete er nicht.

Er schupste mich vom Brett, um die Büchsen von Neuem darauf zu platzieren.

Vielleicht war es so, dass die Kommunisten eine Art Teufel waren. Wenn dies zuträfe, würden sie stinken.

Ich fragte ihn, ob Kommunisten stinken.

Einige vielleicht schon, aber sicher nicht alle, meinte er.

Das brachte uns also auch nicht weiter. Wahrscheinlich wusste er es nicht, genauso wenig wie ich.

Er drückte mir die Peitsche in die Hand. Nun war ich an der Reihe.

«Vater hat mir aus der Zeitung vorgelesen, dass die Kommunisten auf die anderen Menschen schiessen.»

Das schien ihm logisch. Was ich denn noch fragen würde, Kommunisten seien Mörder, der Fall sei klar.

Das war er aber nicht. Wie konnte ich jemandem ansehen, dass er ein Mörder war? Ein Mörder ging wohl kaum durch die Strasse und verkündete allen Leuten: Seht her, ich bin ein Mörder. Deubelbeiss kam mir in Sinn. Der hatte zusammen mit einem anderen Räuber Waffen geraubt, einen Bankier ermordet und auf Polizisten geschossen. Die Leute hatten Angst und alle atmeten auf, als die Polizei ihn endlich verhaftete. Ich sah sein Foto in der Zeitung. Nie wäre ich auf die Idee gekommen, dass ich in das Gesicht eines Mörders blickte. Er sah völlig normal aus, sogar harmlos.

Hansi forderte mich auf, endlich mit meinem Training zu beginnen. Es war nicht schwierig, die Büchsen zu treffen. Aber die Kraft, sie mit einem energischen Schlag wegzuschleudern, brachte ich nicht auf. Auch wenn mich Hansi anfeuerte: «Fester! Fester! Hol weiter aus! Schlag zu! Schlag nochmals zu!»

Vielleicht war es so, dass die Kommunisten zwar keine Teufel, aber vom Teufel besessen waren und deshalb eben doch stanken. Daran könnte man sie eindeutig erkennen und liefe nicht Gefahr, die Falschen auszupeitschen. Die heftigen Schläge waren dann nicht nur eine Strafe, sondern gleichzeitig auch eine Austreibung des Teufels.

18

„Ungarische Flüchtlinge berichteten am Dienstagmorgen bei ihrer Ankunft in Österreich, sie hätten auf ihrem Weg in die Freiheit die Leichen von mindestens 20 ihrer Leidensgenossen gesehen, die von sowjetischen oder ungarischen Grenzwachen erschossen worden seien. Die Leichen seien auf Feldern in der Nähe von Buscu gelegen. Wie die Flüchtlinge erklärten, haben die Sowjets den lokalen Behörden die Wegschaffung und Beerdigung der Leichen untersagt, da diese als „Abschreckungsmittel" gegen die Flucht nach Österreich dienen sollen."

Der Schmerz drückte gegen meine Schädeldecke. Ich horchte in den Kopf hinein, um ihn lokalisieren und beruhigen zu können. Ich hatte mich heute überanstrengt. Ich zwang mich, trotzdem Vater zuzuhören. Vielleicht lenkte mich das von den Schmerzen ab, und sie würden verschwinden.

Hunderttausende seien auf der Flucht, die meisten blieben vorerst in Österreich, aber immer mehr kämen auch in die Schweiz. Es gelte nun, diesen Verfolgten Kleider und Schuhe zu spenden. Man müsse nur «Liebesgabe» auf das Paket schreiben, dann könne man es gratis ans Rote Kreuz schicken.

Ich schaute dich an. Wie würdest du auf das reagieren, was Vater vorgelesen hatte und offensichtlich wichtig fand? Dein Blick heftete sich auf sein Gesicht. Deine Pupillen waren winzig klein, Stecknadelgrösse, bedrohliche schwarze Löcher. Deine Lippen waren verschwunden. Dein Gesicht war noch grauer als sonst.

Vater bemerkte das auch und schwieg.

Dann legtest du los.

Ob er tatsächlich daran denke, diesen Leuten Geschenke zu machen.

Vater murmelte etwas wie, dass man sich dies doch wirklich überlegen sollte.

«Wenn die Ungarn aufeinander schiessen wollen, dann sollen sie dies tun. Kommunisten schiessen halt auf Kommunisten. Aber es soll keiner hierherkommen, den armen Verfolgten spielen und den Schweizern etwas vorjammern! Das sicher nicht! Hat denn irgendeiner uns schon mal etwas geschenkt!?»

Darauf sagte Vater nichts.

«Na also, niemand. Dann musst du auch nicht einen solchen Quatsch erzählen!»

Wir sassen da vor dem gebrauchten Geschirr des Abendessens. Vater stand auf und legte ein Brikett in den Ofen.

«Die sollen selbst für sich sorgen. Das müssen wir auch.»

Nach einer Weile des Schweigens hast du mir befohlen, das Geschirr abzuräumen und mit dem Abwasch zu beginnen. Ich erhob mich, und du schautest mir zu, wie ich mit vorsichtigen Bewegungen die Teller zusammenstellte und zum Schüttstein hinübertrug. Ich spürte es: Die Art, wie ich aufstand, das Geschirr zur Hand nahm und langsam zum Ausguss ging, oder eher tappte, missfiel dir. Du stiessest die Lampe über dem Tisch nach oben, so dass die ganze Küche beleuchtet war.

«Komm her zu mir.»

Ich stellte mich vor dich hin. Du mustertest meine Kleider, die Spuren vom Besuch in der Tongrube erkennen liessen, schautest mir ins Gesicht.

«Du hast wieder Kopfschmerzen.»

Es schien keine Frage zu sein, so dass ich dir nicht antwortete.

«Gib Antwort.»

Ich nickte.

«Schon lange?»

«Nein. Also, eigentlich nicht so lange.»

«Warum sagst du nichts von dir aus? Warum sagt mir niemand etwas?»

Eine Welle schwappte über mich hinweg, ich konnte nicht mehr denken und nicht mehr sprechen, ich begann zu weinen.

Du zogst mich an dich und strichst mir übers Haar, etwas steif, als würdest du etwas tun, wozu du dich erst hättest überwinden müssen.

Deine Zärtlichkeit überraschte mich, ich hatte eine Zurechtweisung erwartet. Ich hörte auf zu weinen, du liessest ab von mir und gingst schnell ins Schlafzimmer, das du hinter dir verriegeltest.

«Ich mach den Abwasch», sagte Vater leise, «geh du schon mal ins Bett. Ich komm dann noch zu dir.»

Im Bett liessen die Schmerzen langsam nach. Ich hörte Vater zu, wie er in der Küche hantierte, und wurde schläfrig.

19

Eine Frau war beschuldigt worden, die Kühe der Nachbarn
verhext zu haben, so dass die jetzt keine Milch mehr gaben. Die
Nachbarn hungerten und wollten die Frau erschlagen,
schliesslich war sie eine Hexe. Wenn die Hexe tot war, gaben die
Kühe wieder Milch. Die Frau beteuerte ihre Unschuld, sie sei
eine gute Christin, die jeden Sonntag in die Kirche gehe. Das tue
sie nur zur Tarnung, sagten die Nachbarn, umso schlimmer sei
ihre Hexerei, da sie nicht einmal davor zurückschrecke, als Hexe
die Kommunion zu empfangen.
Wer hatte nun recht.
Um dies herauszufinden, liess man zwei Ritter gegeneinander
kämpfen, einer für die Frau, der andere für die Nachbarn.
Gewann der Ritter der Frau, war sie unschuldig. Wurde er
besiegt, hatten die Nachbarn Recht. Gott hatte die Waffen
gelenkt. Einen solchen Kampf nannte man ein Gottesurteil, so
habe man im Mittelalter herausgefunden, wer im Recht sei.
Erklärte mir Hansi.
Was sich heutzutage abspiele, sei genau das Gleiche. All den
armen Ungarn, die vor dem Kommunismus davonrannten und
keine Kommunisten sein wollten, gelinge die Flucht, weil Gott
ihnen helfe. Das sei eben auch ein Gottesurteil. Gott zeige, dass
die Flüchtlinge im Recht seien und die Kommunisten im
Unrecht.
Das hatte ich so noch nicht gehört. Aber ich fand es
einleuchtend.
Hansi stellte die Büchsen auf und begann wieder, mit seiner
Peitsche zu üben. Er konnte es gut und ich sagte es ihm. Er
forderte mich auf, meine Peitsche zu holen und mit ihm zu
wetteifern, aber ich winkte ab. Mich interessierte im Moment das
Gottesurteil mehr als die Peitsche. Dass ich noch keine hatte,
verschwieg ich.
So ein Gottesurteil sei wirklich keine schlechte Sache, auf einen
Schlag seien alle Zweifel weg, die Wahrheit liege offen zu Tage,
kam ich auf das Thema zurück.
Hansi bestätigte das.
Ob er mir bei einem Gottesurteil helfe. Gleich jetzt.

Hansi war begeistert.

Wir entwarfen einen Plan und zogen los Richtung Tongrube. Es begann bereits zu dämmern, als wir nach der Bahnunterführung eine günstige Stelle fanden. Der Weg war hier in den Hang eingegraben und links und rechts standen sich zwei Bäume genau gegenüber. An dem einen banden wir eine Schnur fest. Ich verkündete nun, welche Frage der Liebegott beantworten sollte. Hansi wiederholte sie, laut und feierlich.

Schnell wurde es dunkel. Die Arbeiter der Tongrube hatten nun Feierabend und würden jeden Moment bei uns vorbeikommen, mit dem Velo die einen, Studer etwas später zu Fuss. Darauf basierte unser Plan.

Wir versteckten uns hinter dem Stamm des einen Baums, niemand durfte unsere Anwesenheit bemerken. Hansi ordnete an, dass wir von jetzt an die Augen zusammenkneifen müssten und nur so weit öffnen dürften, dass wir knapp etwas sehen konnten. Das Glänzen der Augen würde uns sonst verraten. Hansi war der Chef.

So standen wir da und warteten. Vom ewigen Zusammenkneifen der Augen verkrampften sich meine Gesichtsmuskeln, und gleichzeitig wuchsen meine Zweifel am Sinn unseres Unternehmens.

Studer ging ja gar nicht in die Kirche. Würde sich der Liebegott im Falle seiner Unschuld trotzdem für ihn verwenden? Oder würde er nicht die Gelegenheit am Schopf packen und es dem ungläubigen Studer zeigen, wohin Gottlosigkeit führte?

«Sag mal: Sind im Mittelalter alle zur Kirche gegangen?» Hansi zischte mich an, ich solle ruhig sein, es dürfe nicht mehr gesprochen werden.

Endlich entdeckte ich Lichter, die sich uns näherten. Drei Fahrräder holperten vorbei. Kaum waren sie verschwunden, stiess mich Hansi an. Ich nahm die Schnur zur Hand, spannte sie quer über den Weg und stellte mich hinter den Baum gegenüber. Wie entscheidend war es, ob jemand zur Kirche ging, damit sich der Liebegott für einen verwendete? Im Mittelalter hatte sich diese Frage wohl gar nicht gestellt, weil eben alle zur Kirche gegangen waren.

Jetzt vernahm ich ein leises regelmässiges Geräusch, das allmählich lauter wurde: knirschende, energische Schritte. Das musste Studer sein. Ich riss die Augen auf. Eine Gestalt, schemenhaft zu erkennen, schritt den Weg hinab, mit einer schwach leuchtenden Taschenlampe in der Hand. Es war der Weisse, ohne Zweifel. Sofort schloss ich die Augen und drückte mich an den Baum, ich hielt sogar den Atem an. Der Weisse war nun genau unter mir, unmittelbar vor der Schnur. Keinen Moment zögerte er, ging an mir vorbei, ohne dass ihm irgendetwas geschah. Langsam verklangen seine Schritte. Nichts war passiert, der Weisse war nicht gestürzt.

Hansi kam hinter seinem Baum hervor. Ich rollte die Schnur auf. «Ein klares Urteil. Nicht schuldig. Er ist kein Kommunist», murmelte er enttäuscht.

Er mochte Studer nicht, wie die meisten.

Ich war erleichtert. Denn was hätte ich getan, wenn der Weisse über die Schnur gestrauchelt wäre? Sich sogar verletzt hätte? Wäre ich, ohne mich zu regen, in meinem Versteck hinter dem Baum geblieben? Oder hätte ich ihm geholfen? Was hätte ich ihm gesagt, wenn er gefragt hätte, was ich hier tue? Doch der Weisse war nicht gestürzt, und das war gut so.

Es lag nun also ein Gottesurteil vor, das Studers Unschuld bewies. Doch es war ein gelenktes Urteil. Ich hatte die Schnur kaum angezogen. Es war gar nicht möglich gewesen, dass er darüber strauchelte. Aber das verriet ich Hansi nicht. Dass er glaubte, der Liebegott habe uns Studers Unschuld verkündet, war mir nur recht.

Allerdings hatte ich dem Liebegott ins Handwerk gepfuscht, das war klar. Aber Reue empfand ich trotzdem keine. Ich sagte mir, dass ich eine Art guter Ritter sei, der beim Gottesurteil sein ganzes kriegerisches Können eingesetzt hatte, was ja durchaus erlaubt war.

Auch bei mir war der letzte Zweifel weggeblasen, dass der Weisse ein Kommunist sein könnte, aber weniger wegen dem Gottesurteil, sondern vor allem, weil ich gründlich nachgedacht hatte. Auch wenn ich immer noch nicht recht verstanden hatte, was ein Kommunist war - aber da war ich ja nicht allein -, begriff ich trotzdem, dass der Weisse gar kein Kommunist sein konnte.

Der Kommunismus war in den Augen aller Leute etwas durch und durch Böses, und wenn jemand freiwillig Kommunist wurde, musste er ebenfalls durch und durch böse sein. Und das war der Weisse nicht.

20

Der blaue Flügelmann fuhr mich im Anhänger zum Friedhof hinauf. Wie ein Fliessband glitt die Strasse unter mir weg. So schnell fuhr Vater!

Er wollte, bevor es schneite, die Kieswege auf dem Friedhof gejätet haben.

Er hackte das Unkraut weg, ich sammelte es ein und glättete anschliessend den Kies mit einem Rechen. Bald wurde ich müde und setzte mich auf eine Bank.

Der Violette in seiner Pelerine verliess die Kirche und steuerte, als er uns bemerkte, auf uns zu. Doch nach einigen Schritten zögerte er, als ob er sich das nochmals überlegen müsste, kramte einen Stumpen aus der Tasche und zündete ihn umständlich an. Dann stiess er ein paar Rauchwolken aus, drückte die Zipfelmütze auf seinem Kopf zurecht, sog wieder an seinem Stumpen, nebelte sich erneut ein und kam dann schliesslich doch zu uns.

«Aha, die Totengräber sind am Werk.»

Er fragte Vater, ob er schon das Neuste aus Ungarn gehört habe, und ohne eine Antwort abzuwarten, verkündete er, dass er dem Kadar, der jetzt an der Macht sei, nicht traue, auch wenn die Kommunisten ihm im Gefängnis die Fingernägel ausgerissen hätten, der sei und bleibe ein Kommunist, dem Nagy traue er schon eher, der sei ja von Hause aus Bauer, das sei doch etwas anderes, aber naiv sei der.

Vater arbeitete weiter.

«Hat der doch tatsächlich geglaubt, dass er die Russen zu einem Abzug ihrer Truppen überredet hätte!»

Aber die hätten nur so getan, als ob sie verschwinden würden, und die Ungarn hätten schon gejubelt und geglaubt, sie hätten gewonnen, doch die Russen hätten sich nur zurückgezogen, um neue Kräfte zu sammeln, und jetzt rollten sie mit all ihren Panzern die ungarischen Freiheitskämpfer nieder, das habe er gestern am Radio gehört, grauenhaft gehe das zu und her in diesem Ungarn, vor allem in Budapest, die Russen und ihre ungarischen Mitläufer würden alles niederschiessen: Männer, Frauen, Kinder, Häuser, Autos, Bäume, wenn es den

ungarischen Freiheitskämpfern gelinge, einen Panzer zu
erledigen, seien gleich zwei neue zur Stelle, trotzdem kämpften
die Ungarn weiter, selbst wenn es aussichtslos sei, das müsse
man sich einmal vorstellen, sogar Vierzehnjährige und noch
Jüngere beteiligten sich am Kampf.
«Kinder», sagte Vater.
«Was meinst du?», fragte der Violette verblüfft.
«Das sind ja Kinder.» Er sprach wie du!
«Ja, ja, sogar Kinder kämpfen gegen die Kommunisten, die
sollten uns ein leuchtendes Vorbild sein, ein Mörderpack ist das,
diese Kommunisten, ein Mörderpack.»
Vater fuhr mit Unkraut Hacken fort, der Sigrist stand da und
paffte.
«Du musst zum Pfarrer gehen», murmelte er schliesslich.
«Was?»
Der Violette nahm seinen Stumpen aus dem Mund.
«Der Hochwürdige Herr Pfarrer will mit dir reden. Er wartet auf
dich im Pfarrhof.»
Vater legte die Hacke weg und wusch sich beim Beinhaus die
Hände.
Der Violette setzte sich auf meine Bank und schwieg.
Vater ging zum Pfarrhaus, läutete an der Türe und wurde gleich
hereingelassen von der Hellgrau-Roten, die mir kurz zuwinkte.
Der Violette sagte immer noch nichts, sog an seinem Stumpen
und betrachtet die Grabsteine, als ob er sie noch nie gesehen
hätte. Schliesslich erhob er sich leise ächzend, schlenkerte das
eine und dann das andere Bein, um die Blutzirkulation
anzuregen, und sprach dann, ohne mich anzuschauen:
«Ich habe noch nie ein Kind verpfiffen. So etwas kommt bei mir
nicht vor.»
Dann ging er.
Ich blieb sitzen und wartete.
Endlich öffnete sich die Tür des Pfarrhauses und Vater kam
heraus. Er machte ein wütendes Gesicht. Wortlos nahm er seine
Arbeit wieder auf. Heftig schlug er mit der Hacke auf den
Boden, Steine splitterten weg. Schnell las ich das Unkraut
zusammen.
Schliesslich unterbrach Vater sein zorniges Hacken.

Der Pfarrer habe geschimpft.

Ich wartete.

Er habe sich beklagt, dass ich nicht jeden Sonntag die Messe besuche.

Darauf sagte ich nichts.

«Er hat gesagt, dass er von mir erwartet hätte, dass ich dich jeden Sonntag in die Kirche schicke. Und dass er das bei Gott von mir erwarten dürfe, gerade von mir. Aber auch von Mutti. Trotz allem.»

Trotz allem! Ich erinnere mich verlässlich, dass Vater dies wortwörtlich so gesagt hat: Trotz allem. Er hat dies bestimmt nicht erfunden, sondern er hat wiedergegeben, was der Schwarze ihm vorgehalten hatte.

Ich begriff: Das Schimpfen des Schwarzen galt nicht Vater und auch nicht mir, sondern dir. Auf dich war der Schwarze wütend. Er ärgerte sich über dich. Aber er getraute sich nicht, dir persönlich ins Gesicht zu sagen, was er an dir auszusetzen hatte, er musste Vater dafür her zitieren, ihm gegenüber fühlte er sich stark.

Was dahinter steckte, wusste ich damals noch nicht. Woher auch? Aber es erfüllte mich mit Stolz auf dich.

«Wir schicken dich doch jeden Sonntag in die Kirche. Du gehst jeden Sonntagmorgen aus dem Haus und dann in die Kirche! Oder nicht?»

Ich hob den Blick zu Vater, er schaute mich zornig an. Was sollte ich ihm sagen? Mit einer ausweichenden Antwort würde er sich wohl kaum zufriedengeben.

«Jetzt sag doch etwas!»

Ich gestand, dass ich das letzte Mal zu spät gewesen sei. Die Messe habe schon begonnen. Dann hätte ich mich hinten hineingesetzt.

«Zu spät? Warum denn das? Die Glocken läuten ja eine halbe Ewigkeit, da reicht es längstens von uns bis zur Kirche!»

Ich sagte ihm, dass ich noch jemanden getroffen habe.

Er bohrte weiter.

«Wen?»

«Die Frau Studer – und den Studer.»

«So? Du redest oft mit dem?»

Ich zuckte die Schultern.

Er liess es dabei bewenden. «Hoffentlich erfährt Mutti von all dem nichts. Sonst denkt sie, ich würde meine Stelle verlieren. Sie hat immer Angst,» sagte er bitter.

Er nahm seine Arbeit wieder auf und murmelte vor sich hin: «Immer Angst.»

Ich hatte ein schlechtes Gewissen. Nicht weil ich zu spät zur Messe gekommen war, sondern weil ich Vater Kummer bereitete. Ich half ihm bei der Arbeit nach Kräften, die nahmen aber ab, während sich im Gleichschritt die Schmerzen in meinem Kopf breit machten.

Aber dass du immer Angst hättest, wie Vater meinte, glaubte ich nicht. Sicher nicht, wenn es um den Schwarzen ging. Und auch sonst nicht. In meinen Augen warst du mutig. Mich dünkte eher, Vater sei derjenige, der Angst hatte.

Ich hatte halt nicht begriffen, was Vater mit deiner Angst meinte. Erst sehr viel später wurde mir klar, dass er nicht von einer bestimmten Furcht geredet hatte, sondern von der Angst als Lebensgefühl, die dein Dasein vergiftete.

21

Ich verliess kurz vor acht das Haus. Aus Gewohnheit. Oder vielleicht eher, um den Schein zu wahren. Die Schule begann um acht.

Ich hatte Zeit. Warum nicht die Kirchentreppe aufsuchen, auch wenn ich dafür einen Umweg machen musste?

Ich kroch in mein Versteck und dachte nach.

Wer in die Schule ging, hatte einen Schulsack mit Etui, Heften und Büchern, im Kindergarten bloss ein Täschchen für das Pausenbrot. Es war für mich unvorstellbar, mein altes Täschchen umzuhängen, selbst wenn es zu Hause irgendwo auffindbar wäre. Lieber verzichtete ich auf das Pausenbrot. Ich könnte es zwar im Schulsack verstauen. Aber mit dem Schulsack im Kindergarten auftauchen kam nicht in Frage. Deutlicher könnte ich nicht ausdrücken, dass ich, der ehemalige Schüler, nun wieder in den Kindergarten gehen musste.

Wir hatten beim Abendessen gesessen. Ein Auto hielt vor unserem Haus, dann läutete es an der Haustüre, aber niemand kam herein. Läuten und hereinkommen, das war eigentlich normal. Es läutete zum zweiten Mal. Vater stand auf und öffnete. Der Dorfarzt stand vor der Türe.

Ob er hineinkommen dürfe.

Hätte Vater doch nein gesagt! Aber das kam selbstverständlich nicht in Frage.

Der Arzt wartete tatsächlich ab, bis Vater ihn hereinbat.

Ich wurde in mein Schlafzimmer geschickt. Aber es war für mich ein Leichtes, das Gespräch in der Küche zu belauschen.

Er sei der Schulpflegepräsident und müsse mit der Familie etwas Wichtiges besprechen. Die Schulpflege mache sich schon seit Längerem Sorgen über mich. Vor allem der Hochwürdige Herr Pfarrer, der ja auch Mitglied der Schulpflege sei, habe schon seit Längerem auf die unhaltbaren Zustände hingewiesen.

Unhaltbare Zustände! Das hatte der Arzt tatsächlich gesagt. Darauf hast du nichts erwidert. Auch nicht gefragt, was für unhaltbare Zustände hier denn herrschen würden. Du hast einfach geschwiegen. Vater fragte, ob ich mich denn unanständig benommen hätte.

Das sei nicht das Problem. Zwar habe der Hochwürdige Herr Pfarrer erwähnt, dass mein Kirchenbesuch nicht regelmässig sei, aber darum gehe es nicht. Die Lehrerin habe schon seit meiner Einschulung beobachtet, dass ich von der Schule überfordert sei. Die Hausaufgaben würde ich kaum erledigen und mich auch nicht am Unterricht beteiligen. Fortschritte zeigten sich deshalb keine.

Es folgte eine Pause.

Die Schulpflege, fuhr der Doktor fort, glaube eigentlich nicht, dass es am guten Willen des Kindes fehle. Die Schulpflege glaube viel mehr, dass meine Krankheit mich hindere, dem Unterricht zu folgen. Ihm, dem Arzt, sei ja bekannt, wie die gesundheitliche Situation eures Kindes sei. Die Schulpflege habe Einsicht in die Absenzenrodel genommen und festgestellt, dass ich tatsächlich sehr oft fehle.

Wieder herrschte Stille.

Schliesslich fragte Vater, um was es denn nun eigentlich gehe. «Die Schulpflege hat beschlossen, Ihr Kind aus der Schule zu nehmen.»

Ich war verblüfft. Mit so etwas hatte ich nun wirklich nicht gerechnet. Das würde heissen, dass ich die blöde Lehrerin los war, dass ich den ekelhaften Religionsunterricht des Schwarzen nicht mehr über mich ergehen lassen musste. Das war Grund zum Jubeln.

Immer noch sagtest du nichts, Vater nun auch nicht. Schliesslich begann der Doktor wieder zu reden. Das gelte selbstverständlich nicht für immer. Ich sei nicht grundsätzlich zu dumm für die Schule. Im nächsten Frühling könne man es mit der Einschulung durchaus noch einmal versuchen. Vorausgesetzt selbstverständlich, die gesundheitliche Situation des Kindes lasse dies zu.

Nun fragtest du laut: «Dann bleibt er einfach zu Hause!?»

Du sollest dich doch bitte nicht aufregen, mahnte der Doktor. Die Schulpflege empfehle den Besuch des Kindergartens. Vorschreiben könne die Schulpflege dies aber nicht, das müsse der Vater entscheiden. Es wäre aber sicher die beste Lösung.

Jeglicher Grund zum Jubeln verschwand schlagartig. Tränen drängten sich in meine Augen. Ich war sieben Jahre alt, bald acht, am sechsten Januar hatte ich Geburtstag, und nun sollte ich wieder in den Kindergarten! Zusammen mit all den Kleinen! Nachdem ich ein Schüler gewesen war! Ein Erstklässler! Anstatt den Weg zur Schule, müsste ich das Weglein zum Kindergarten einschlagen. Alle würden dies sehen. Das kranke Kind ist nicht einmal fähig für die Schule, knapp reicht es für den Kindergarten.

«Und wer bezahlt den Kindergarten?», fragtest du, genauso laut wie zuvor.

Der Kindergarten sei nicht obligatorisch, deshalb müssen die Eltern halt das Schulgeld bezahlen. Es sei ja nicht so hoch.

Nun wurdest du wütend. Ich hörte, wie dein Stuhl ruckartig zurückgeschoben wurde. «Nicht so hoch!», riefst du. Überhaupt seist du mit dem Ganzen nicht einverstanden. Ich solle in die Schule und fertig.

Es tue ihm leid, antwortete der Doktor, nun auch ziemlich laut, aber die Schulpflege habe entschieden. Daran gebe es nichts zu rütteln. Wenn du dein Kind zu Hause behalten wollest, sei das deine Sache. Die Schwester Silvestra sei zwar informiert, dass ich wieder in den Kindergarten komme, aber Vater könne sich immer noch anders entscheiden.

Ich hatte geweint in meinem Bett, auch wenn ich mir vorhielt, dass ein Schüler zu gross sei, um zu weinen.

Jetzt im Spätherbst war das rote Dachgebälk über der Treppe längstens unbewohnt. Das wusste ich, und trotzdem hoffte ich. Doch so sehr ich mein Gehör auch anstrengte, da gab es nichts, was nach Schwalben tönte. Aber ich liess mich nicht entmutigen. Und jetzt hörte ich tatsächlich aus weiter Ferne ein ganz leises Geräusch: das Rauschen von Flügeln im Wind und das Piepsen von jungen Schwalben.

«Forollio», flüsterte ich, «Rölleli.» Doch die Geräusche kamen nicht näher, im Gegenteil, sie verloren sich. Lusitan sass allein da, am Boden kauerte er und konnte nicht abheben.

Als der Doktor gegangen war, rief mich Vater in die Küche. Du hast mich kurz gemustert und bist gleich verschwunden in eurem Schlafzimmer. Du musstest meine Tränen bemerkt haben, doch du hast nichts zu mir gesagt, schon gar nicht mich getröstet.

Vater hiess mich am Tisch Platz nehmen, schaute mich an, machte sein verlegenes Gesicht.

«Du hast es gehört?»

Ich nickte.

«Wir bezahlen dir den Kindergarten. Am besten gehst du gleich morgen. Die Schwestern wissen, dass du kommst. Und den Weg kennst du ja.» Dann fügte er hinzu: «Das ist nicht so schlimm.»

Schliesslich war ich zu spät, als ich beim Kindergarten ankam. Durch die Fenster sah ich die Kinder in einem Oval sitzen, an der Spitze, mit dem Rücken zu mir, thronte die Grüne. Wie ein Zelt wirkte sie in ihren weiten Nonnenkleidern, die ihren mächtigen Leib umhüllten. Ich habe mich oft gefragt, was für Haare sie habe, aber da guckte kein Härchen unter der strengen Haube hervor. So erbarmungslos die gestärkte Haube war, so liebevoll war ihr fleischiges Gesicht. Auch wenn sie ein Kind zurechtwies, behielten ihre grünen Augen den gütigen Glanz. Sie konnte das: streng sein und gütig bleiben. Ich hatte sie gern. Während ich dastand und ihren Rücken anschaute, verringerte sich meine Scham.

Plötzlich entdeckten mich ein paar Kinder, sie zeigten mit den Fingern auf mich und riefen meinen Namen. Die Grüne wendete sich zum Fenster und winkte mich hinein. Ich zögerte, betrachtete ihr gebräuntes Gesicht mit den dicken Wangen, den wulstigen Lippen und den grünen Augen. Sie lachte und machte mir Zeichen, die den Weg in den Kindergartenraum beschrieben, als ob mir der Eingang nicht mehr bekannt wäre.

Sie befahl den Kindern, den Kreis etwas weiter zu machen, und stellte einen Stuhl neben sich. Ich durfte mich zu ihrer Rechten setzen, gleichsam als ihr Gehilfe.

«Da bist du ja, Josef», hat sie zu mir gesagt, nicht «Seppli». Als ich noch in den Kindergarten ging - in den regulären - nannte sie mich wie alle andern Seppli. Jetzt war ich ein Schüler – eigentlich - und deshalb war ich kein Seppli mehr, sondern Josef. So verstand ich es.

Ich hörte mit ihr zusammen den Kleinen zu, die über den gestrigen Tag redeten. Nach einer Weile brach die Grüne das Gespräch ab und kündigte ein Spiel an. Sie forderte mich auf, mich vor sie hinzuknien und meinen Kopf auf ihre Schenkel zu legen. Schnell wischte ich mir den Mund ab und kuschelte mein Gesicht in den Stoff ihres weiten Kleides. Und schon war ich kein Gehilfe mehr, sondern ein Kind im Kindergarten, wie ich es zwei Jahre lang mit einigen Unterbrechungen gewesen war. Durch den Stoff hindurch fühlte ich das weiche Fleisch ihrer Beine. Ein Kind stupste mich mit dem Finger in den Rücken, ich durfte nun aufschauen und sollte erraten, wer es gewesen war. Aber da standen fünf Kinder. Ich hatte keine Ahnung, wer der Täter gewesen war. Die Kinder lachten, und ich legte meinen Kopf wieder auf die weichen Schenkel der Nonne.

Mein Kopf schmerzte, schlimmer als in letzter Zeit. Blitze aus dem Innern des Gehirns stachen in die Schädeldecke. Immer wieder. Mitten im Kopf explodierten sie, prallten auf die Schädelknochen, verursachten heftigen Schmerz, der allmählich etwas abebbte. Und bevor er ganz verschwand, explodierte bereits der nächste Schmerzensball. Meine Krankheit war zurück. Sie hatte sich schon ein paar Mal angekündigt. Aber ich hatte mir eingeredet, dass das nur ein letztes Aufbäumen war vor dem endgültigen Verschwinden. Aber nun half keine Ausflucht mehr: Die Krankheit war wieder da.

Ich solle viel essen, hat man mir gesagt, sonst werde ich zu dünn. Das tat ich ja, ich war ein Kind, das gerne ass, auch die langweiligen Salzkartoffeln, die es oft gab, aber es nützte nichts. Seit ich die Kopfschmerzen hatte, wurde ich immer magerer. Sobald mein Teller leer war, erhob ich mich wortlos und tappte, mich an der Wand abstützend, in mein Zimmer. Ich zog mich aus. In der nachtdunklen Fensterscheibe stand mein Spiegelbild, ein dünnes, kraftloses Kind. Der Hals war ein Schlauch, die Schultern, die Arme und Beine knochig dürr. Ich trat näher ans Fenster. Meine Pupillen waren gegen unten gerutscht, schauten knapp über die Lider. Die Türe ging auf, Vater fragte, was ich tue.

«Nichts», sagte ich, zog das Nachthemd an und schlüpfte unter die Decke.

Mit dem Rücken zu mir setzte er sich auf den Bettrand, schwieg, tastete nach einer Weile nach meinem Kopf, strich mir über die Haare.

«Schlaf gut», sagte er, erhob sich und zog die Türe leise hinter sich zu.

Ich blieb zurück in meiner Verzweiflung. Die Krankheit hatte mich wieder, obwohl ich nach dem Spitalaufenthalt geglaubt hatte, sie sei besiegt. Schliesslich döste ich ein, wachte wieder auf, döste ein, wachte auf. Ich sah in meinen Kopf hinein. Da war ein Wesen, rot und nackt, mit verzerrtem Gesicht. Es hantierte mit einem Dreizack, stach gegen meine Schädelknochen. Es war ein Teufel, der mir die Schmerzen in den Kopf jagte, der mir die Nahrung wegfrass, damit ich immer dünner und müder wurde. Sollte ich Gebete aufsagen? Um so den Teufel zu vertreiben? Sollte ich es vielleicht trotzdem wieder mit einer Geisselung auf dem Friedhof versuchen?

Aber was, wenn der Teufel zu stark war, stärker als der Liebegott? Dann würde er über mein Beten und Geisseln nur lachen. Oder wütend werden. Und umso schlimmer zustechen. War es nicht eher so, dass ich mich mit dem Teufel gut stellen musste, wenn ich ihn schon nicht aus meinem Kopf verjagen konnte? Anstatt Beten war Fluchen das Richtige. So wie der Weisse fluchte, wenn ihm der Rücken schmerzte. Ihm half das. Vielleicht hatte der Weisse einen Teufel im Rücken. Wenn ich schlimm fluchte, würde sich der Teufel freuen und mich dafür weniger plagen.

«Verdammiverdammiverdammiverdammi», murmelte ich. Und immer wieder:

«Verdammiverdammiverdammiverdammiverdammi.»

Tatsächlich dämpfte das Fluchen die Schmerzen, und ich schlief ein.

23

Es war schon hell im Zimmer, als ich aufwachte. Ich fühlte mich besser als gestern Abend, die Schmerzen waren bis auf einen kleinen Druck verschwunden. Ich stand auf und ging in die Küche. Die Beine waren allerdings schwer.

Du sassest an deinem Platz am Tisch und schautest mir mit weichen Augen entgegen. Dein Stechblick hatte sich verabschiedet.

«Trink. Du musst viel trinken. Das hilft.»

Ich trank dir zuliebe sogar zwei Tassen, obwohl mir die Milch heute widerstand. Kaum hatte ich den letzten Schluck hinuntergewürgt, stieg ein Brechreiz in mir hoch. Ich starrte auf das Tischtuch und wartete, bis die Übelkeit vorüber ging. Dass meine Krankheit nicht besiegt war, war mir klar. Aber was für eine Krankheit ich hatte, wusste ich nicht.

«Habe ich wieder eine Hirnhautentzündung?»

«Nein. Davon hat der Doktor im Spital nichts gesagt. Nimmst du noch eine Tasse?»

Du wolltest mir nicht sagen, was für eine Krankheit ich hatte. Dabei wusstest du mit Sicherheit, um was es sich handelte. Du hattest mit dem Arzt im Spital gesprochen. Es war undenkbar, dass er dir nicht gesagt hatte, woran dein Kind litt. Aber mir wolltest du es nicht sagen. Auch Vater durfte es mir nicht sagen. Als ich dann älter war und zum ersten Mal allein zum Arzt ging, fragte ich ihn. Er erklärte es mir: Hydrokephalus, auf Deutsch: Wasserkopf, vermutlich als Folge der Hirnhautentzündung. Zumindest war das die Diagnose auf Grund des damaligen medizinischen Wissens.

Warum bloss hast du mir dies verschwiegen? Hast du dich geschämt, ein Kind zu haben mit einem Wasserkopf? Wasserkopf-Kinder, die waren geistig behindert! Du wolltest dich und mich und Vater nicht dem zweifelhaften Ruf aussetzen, eine Familie mit einem geistig behinderten Kind zu sein. Und wenn du es mir gesagt hättest, dann hätte ich es selbstverständlich Hansi und allen Farbigen erzählt, dann hätte es in kürzester Zeit das ganze Dorf gewusst. Aber ich war ja nicht geistig behindert. Ganz im Gegenteil.

«Willst du im Bett bleiben?»
Das wollte ich nicht. Ich wollte in den Kindergarten gehen, weil ich mir vorstellte, dass das Normale des Alltags das Abnormale der Schmerzen verhindern würde.
«Vielleicht müssen wir bald wieder ins Spital.»
Du gabst mir das Geld, das ich der Schwester aushändigen sollte, und eine Einkaufstasche mit dem Pausenbrot.
Ich setzte mich ans gleiche Tischchen, an dem mir die Grüne vor einem Jahr den Unterschied zwischen rechts und links beigebracht hatte: Wenn ich mich so hinsetzte, dass vor mir die fensterlose Längswand des Zimmers und hinter mir die Fensterfront war, dann befand sich die Stirnwand mit den Regalen rechts und die lila gestrichene Eingangstüre links. Lila links, Regale rechts. Fühlte ich mich unsicher, und das war ich immer, wenn ich schnell entscheiden musste, stellte ich mir den Tisch im Kindergarten vor, und ich konnte links und rechts richtig zuordnen. Aber dafür brauchte ich halt etwas Zeit.
Der Tisch war in dem halben Jahr, in dem ich in die Schule gegangen war, kleiner geworden. Ich blieb eine Weile ruhig sitzen, beobachtete, was die anderen Kinder trieben, und begann dann zu zeichnen.
Die Grüne trat an mein Tischchen und fragte mich, was das sei, was ich hier zeichne.
Obwohl ich eigentlich fand, dass das, was ich darstellte, problemlos zu erkennen war, sagte ich ihr, dass es der Teufel sei.
«Was für ein Teufel?»
«In meinem Kopf.»
Mit gerunzelter Stirn musterte sie das rote Wesen mit der Gabel in der Hand, das in einer ovalen Blase steckte. Gabel, Hörner, Füsse stiessen gegen die Blasenhaut.
«Hast du einen Teufel im Kopf?»
Ich zuckte mit den Schultern. Die Schwester wartete, drängte mich nicht zu einer Antwort und liess mich weiter zeichnen.
Was ich schon seit dem Morgen befürchtete, trat nun plötzlich ein. Meine Muskeln begannen sich zu verkrampfen, zuerst im linken Arm, dann im rechten. Ich konnte nicht mehr weiter zeichnen, der Stift fiel mir aus der Hand auf den Boden.
Wellenartig steigerte sich die Verkrampfung, breitete sich über

den ganzen Körper aus. Schlagartig setzten die Kopfschmerzen ein. Mit einem Schrei kippte ich von meinem Stuhl und blieb, unfähig mich zu bewegen, am Boden liegen. Einige Kinder rannten herbei, stellten sich um mich herum und starrten mich an.

Mit grossen Schritten eilte die Grüne herbei und hob mich auf. Wie ein kleines Kind hielt sie mich auf ihren Armen, während sie den Kindern befahl, im Zimmer zu bleiben und sich ja anständig zu verhalten. Dann trug sie mich hinauf in die Wohnung der Nonnen und legte mich in ihrem Zimmer auf das Bett. Zuerst kühlte sie mit einem feuchten Lappen meine Stirn, dann setzte sie sich auf den Stuhl neben dem Bett und betrachtete mich. Ich lag regungslos da und schloss unter ihrem besorgten Blick die Augen. Ich wusste nicht, wie lange ich da lag, während sie still neben mir sass und scheinbar nichts tat.

Allmählich entspannten sich meine Muskeln und die Schmerzen verringerten sich. Ich schlug die Augen auf und richtete den Blick auf die Grüne.

Ich hatte alles mitbekommen, was geschehen war. Auch wenn der Schmerz mit einer ungewohnten Heftigkeit in mich hineingefahren war, ohnmächtig war ich nicht geworden. Ich hatte registriert, wie die Muskeln erstarrten, wie der Schmerz in mir explodierte, wie mich die Grüne auf ihre Arme nahm und in ihr Zimmer hinauftrug, wie sie sich zu mir setzte. Jetzt fühlte ich mich erschöpft, die Schmerzen aber waren fast gänzlich verebbt. Die Grüne rückte mit dem Stuhl etwas vom Bett weg, faltete die Hände im Schoss und lächelte mich an. Sie machte den Eindruck, als ob sie schwer gearbeitet hätte und nun mit Zufriedenheit das Ergebnis ihrer Arbeit betrachtete.

«Ich habe für dich gebetet.»

Das erstaunte mich. Ich hatte nicht den Eindruck, dass sie gebetet hatte. Beten war Paternoster, war Avemaria, war Knien. Die Grüne war einfach dagesessen.

«Das hat dir geholfen.»

Das war offensichtlich. Aber was für ein Beten war das? Hier hatte etwas völlig anderes stattgefunden, als was ich bisher unter Beten verstanden hatte. Das grüne Beten entsprach nicht der katholischen Vorschrift: das Hersagen von auswendig

Gelerntem, das Niederknien, all das, was man erledigen musste, damit man nicht ins Fegefeuer oder in die Hölle kam.

«Im Sitzen? Das Paternoster oder das Avemaria?» Ich wusste schon damals, dass dies eine dumme Frage war. Aber etwas Besseres fiel mir nicht ein.

«Wenn man wirklich betet, braucht man nichts auswendig Gelerntes. Und ob man kniet oder sitzt oder steht oder was auch immer, spielt keine Rolle.» Sie lächelte. «Das ist dann eher ein Gefühl, eine Verbundenheit. Verstehst du?»

Das tat ich nicht. Was sie mir zu erklären versuchte, war nicht das, was wir beim Schwarzen lernen mussten Ich schaute zur Decke und schwieg.

Schliesslich sagte ich: «Der Pfarrer hat uns gesagt, dass man die Gebete ganz genau auswendig lernen und aufsagen muss. Jeden Abend vor dem Schlafen. Und dazu muss man knien.»

«Und? Machst du das?»

Ich schüttelte den Kopf.

«Mach dir darüber keine Sorgen. Das Wichtigste ist, dass du wieder gesund wirst. Das will der liebe Gott auch. Und ob die Kinder beim Beten knien oder nicht, ist ihm nicht so wichtig. Das kannst du mir glauben.»

Sie erhob sich und befahl mir, ruhig liegen zu bleiben, bis der Kindergartenmorgen zu Ende sei. Dann werde sie mich nach Hause begleiten.

Das wollte ich nicht. So gern ich sie hatte, aber ich war kein Kind mehr, das von einer Nonne nach Hause begleitet werden musste, selbst wenn es die Grüne war. Ich sagte ihr, dass ich mich einigermassen gut fühle und allein nach Hause gehen könne.

Das liess sie zu. Ich musste ihr aber versprechen, dass ich dir und Vater erzählte, was mir heute Morgen widerfahren war.

24

Der Ausguss des Brunnens war zugefroren, so dass das Wasser über den Brunnenrand lief und zu Eiszäpfen gefror, die wie Stalaktiten am Brunnentrog hingen. Ich leckte mir der Zunge daran, das Eis war prickelnd kalt. Dann hielt ich die Zunge an die Brunnenröhre. Sie fühlte sich an, als ob sie mit Leim eingestrichen wäre, so dass die Zunge gleich am kalten Metall festkleben würde. Hansi riss mich zurück.

Ob ich wahnsinnig sei, rief er. Einer in seiner Klasse habe einmal zu lange gewartet und die Zunge nicht mehr wegbekommen. Man habe das Metallrohr absägen müssen. Mit dem an der Zunge festgefrorenen Brunnenrohr sei der Junge nach Hause gelaufen und habe dort lange warten müssen, bis die Zunge abgetaut sei.

Besser war es, das Auto-Spiel zu machen, wozu wir ja auch hergekommen waren. Bei uns im Hinterdorf, wo kein Auto vorbeifuhr, bestand dazu keine Gelegenheit, aber hier an der Hauptstrasse hatte es etwas Verkehr. Ich durfte beginnen. Solange ich die Autos richtig bezeichnete, blieb ich an der Reihe. Machte ich einen Fehler oder wusste ich die Marke und den Typ nicht, war Hansi dran. Sieger war, wer am Schluss mehr Autos korrekt bezeichnet hatte.

VW Käfer. Opel Rekord. Opel Kapitän. Ford Taunus. VW Käfer. Mercedes-Benz. VW Käfer.

Vorläufig war ich fehlerfrei. Jetzt näherte sich ein Citroen TA. Der TA war das schönste Auto, das es gab. Ich wusste, was TA bedeutete: Es war die Abkürzung für Vorderradantrieb auf Französisch: traction avant. Der TA war mein Lieblingsauto. Alle Gangster besassen einen TA und rasten damit der Polizei davon. Ich wusste damals schon, dass ich später einen Citroen TA besitzen werde.

«Citroen», sagte ich. Ich sprach den Namen französisch aus. Das hast du mir beigebracht. Citro-en! Die Endsilbe sei nasal, durch die Nase zu sprechen. Zuvor nannte ich dieses Auto wie alle Zitrön. Quatsch, hast du gesagt, nur Citro-en, nasal, sei richtig.

«Falsch!», rief Hansi, «das ist ein Zitrön.»

Ich liess ihm den Willen. Jetzt war er dran.

Ein alter Lastwagen fuhr neben uns aufs Trottoir. Das sei eine Berna, sagte Hansi. Das war mir neu. Der Fahrer kurbelte das Fenster hinunter, gab uns Geld, wir sollten ihm in der Bäckerei ein Zwei-Kilo-Brot holen. Ich starrte zu dem Mann hoch, der war so unglaublich dick, dass er die ganze Fahrerkabine mit seinem Leib ausfüllte. Einen so dicken Mann hatte ich noch nie gesehen.

Hansi war schon wieder zurück mit dem riesigen Brot, das Wechselgeld durfte er behalten. Der Fahrer fuhr weg, nachdem er uns ermahnt hatte, uns ja nicht von der Stelle zu rühren, bis er mit seinem Lastwagen auf der Strasse sei.

«Du hast ihn gekannt, oder?», fragte Hansi, als der Lastwagen verschwunden war.

Das hatte ich nicht, obwohl in unserem kleinen Dorf ein Mann mit einem so kolossalen Körper eigentlich auffallen sollte. Hansi schaute mich mit einem zweifelnden Blick an, als ob er mir nicht recht glauben könnte.

«Das ist der Jör-Hans gewesen! Den kennst du nicht?»

«Nein. Aber er ist unglaublich dick.»

«Ja. Das ist er. Der kommt nicht mehr aus seinem Lastwagen heraus. Seine Frau muss ihm das Essen in die Kabine reichen.»

«Ehrlich? Und zum Schlafen? Kommt er auch nicht heraus?»

Hansi zuckte die Schultern.

Ich hatte den Jör-Hans bisher nicht gekannt, das war ja nichts Besonderes. Warum tat Hansi so, als ob ich ihn unbedingt kennen müsste?

25

Du sassest neben mir im Tram, Vater stand, er hatte keinen freien Sitzplatz gefunden. Du trugst deinen grauen Wollmantel, an dessen Seite sich früher eine Stofflasche befand. Daran musste ich mich als kleines Kind festhalten, wenn ich mit dir unterwegs war. Vor einem Jahr etwa hattest du die Lasche abgeschnitten, ich war alt genug, um allein neben dir herzulaufen. Ich schaute durch das Tramfenster auf die Strasse und versuchte, die Autos nach ihrer Marke und nach ihrem Typ zu unterscheiden. Ganz alle schaffte ich nicht, aber einige schon. Ich war begeistert von der Stadt mit den hohen, aneinander gebauten Häusern, mit den vielen Läden, die alle grosse Schaufenster hatten, mit den zahlreichen eleganten Menschen auf den Trottoirs, mit den vielen verschiedenen Autos. Und mittendrin war ich, im Tram, und schaute auf all das hinab. Gestern hattest du mich ins städtische Spital gebracht. Ich wusste, was mich erwartete. Und so kam es dann auch: der gleiche gekachelte Raum, die gleichen Apparaturen. Anders war, dass mir die Krankenschwester nicht ein Medikament zu schlucken gab, sondern mir mit einer Spritze in den Arm stach. Schon als sie die Spritze herauszog, spürte ich, wie sich in mir eine angenehme Müdigkeit ausbreitete. Es war derselbe Arzt, der mit seiner Nadel in meinen Rücken fuhr, es war auch dieselbe Schwester, die mich herumkommandierte und danach im warmen Bett in ein Zimmer schob. Das Zimmer war ein anderes, an den Wänden hingen Farbstiftzeichnungen, in den Betten lagen Kinder, bei einigen sassen Mütter, die ihrem Kind Geschichten erzählten oder mit ihm spielten. Die Kinder lagen still in ihren Betten, sprachen nicht oder nur leise. Ich schlief gleich ein und schlief, bis mich heute Morgen eine Krankenschwester weckte. Nichts tat mir weh.
Ich hatte gestaunt, dass ihr beide, du und Vater, mich abholen kamt. Zusammen mit dem Doktor, der mir in den Rücken gestochen hatte, seid ihr ins Zimmer getreten. Ich musste mich rasch anziehen. Dann liefen wir hinter dem Doktor her, der uns mit weiten Schritten vorausging und uns, nachdem er angeklopft hatte, in ein Büro stiess. Dort sass hinter einem Schreibtisch ein

anderer Arzt, der, ohne uns zu beachten, lange Zeit etwas schrieb, bis er uns schliesslich tonlos begrüsste und auf die Stühle vor seinem Schreibtisch wies. Wir setzten uns. Dann begann er zu sprechen, niemand unterbrach ihn, er machte auch nicht den Anschein, als ob er dies geduldet hätte. Der andere Doktor schaute ihn aufmerksam an, machte sich Notizen und nickte ab und zu. Du sagtest ja, wenn der wichtige Doktor eine Pause machte und dich anschaute, Vater sagte nichts.

Soviel ich begriffen hatte, war dies das letzte Mal gewesen, dass man mir in den Rücken gestochen und Flüssigkeit herausgelassen hatte. Das hatte der wichtige Arzt hinter seinem Schreibtisch gleich am Anfang gesagt. Danach sagte er noch viel mehr, was ich nicht verstand. Niemand versuchte, mir den Sachverhalt zu erklären.

Beim Bahnhof verliessen wir das Tram. Vater nahm mich an der Hand, du ermahntest uns zur Eile, der Zug fahre gleich ab. Wir hasteten über den Bahnhofplatz, rannten zum Perron und sprangen in den Zug, der dann doch noch eine ganze Weile stehen blieb. Offenbar ging es dir darum, die Stadt so rasch als möglich zu verlassen. Warum auch immer. Vielleicht war die Stadt für dich eine Art Bedrohung, zumindest ein fremdes, wer weiss, sogar feindliches Territorium. Wir hätten durch die Gassen bummeln können, wenn wir schon einmal in der Stadt waren, die Schaufenster anschauen, in einem Kaffee (was damals Tea-Room hiess) etwas trinken gehen und uns gemeinsam daran freuen, dass ich nun wieder, wenigstens für eine gewisse Zeit, beschwerdefrei war.

Was mir als Kind nicht bewusst war: Wir waren arme Leute, wie die meisten Menschen in unserem Dorf. Unnötig Geld ausgeben, und in einem «Tea-Room» etwas trinken, wenn man ja gar keinen Durst hatte, und vielleicht sogar etwas Süsses essen, was ja ohnehin unnötig und schädlich war, das lag für uns finanziell einfach nicht drin. War unsere Schäbigkeit, die vor dem Hintergrund der reichen Städter besonders hervorstach - wobei in der Stadt ja längst nicht alle reich waren, aber auf mich machten sie diesen Eindruck -, der Grund für dich, die Stadt möglichst rasch zu verlassen? Dabei warst du selber in einer Stadt aufgewachsen.

Schliesslich fuhr der Zug aus dem Bahnhof hinaus.

«Hast du verstanden, was der Doktor erklärt hat?», fragte mich Vater.

«Eigentlich nicht.»

Du hast dich geräuspert und die Pupillen zum Stechblick verengt.

«Das müssen wir dem Kind doch erklären», sagte Vater leise.

«Nicht jetzt», hast du entschieden.

Warst du dir noch nicht im Klaren, ob du mich operieren lassen wolltest? Musstest du erst noch darüber nachdenken? Und vielleicht sogar mit Vater reden? Falls ja, dann aber nicht «vor dem Kind». Über ein Kind wurde entschieden, es hatte keine Meinung zu haben. So war das bei uns, und bei den meisten anderen Familien auch. Das Ungewöhnliche war deine Stellung. Üblicherweise war es der Vater, der die Anordnungen traf, und nicht die Mutter.

Niemand sprach mehr. Das gleichmässige Schlagen der Räder schläferte mich ein. Vater weckte mich erst, als der Zug in unserem Dorf hielt, und zog mich hinter sich aus dem Waggon. Zu Hause legte ich mich gleich ins Bett und schlief weiter.

Bis deine Stimme in meinen Kopf drang und mich aus dem Schlaf holte. Du warst im Gang am Telefonieren, redetest mit schriller Stimme. Enerviert erzähltest du etwas von der Krankenkasse, die wir zum Glück hatten, obwohl die andere Person das nicht wollte, bis ich schliesslich begriff, dass es um mich ging und du mit Grossmutter telefoniertest.

«Was sollen wir dann mit ihm tun!? Zusehen, wie er zu Grunde geht!? – Du hast ja keine Ahnung, was eine solche Operation kostet. – Ich rede nicht von ein bisschen in den Rücken Stechen. Das ist vorbei. Das bringt nichts mehr. - Hat dieser Arzt gesagt. – Einen Shunt. - Shunt! - S-H-U-N-T. – Das ist englisch. Weil das von England kommt. Oder von Amerika. Und jetzt machen die das auch bei uns. - Du musst halt zuhören, dann kann ich es dir erklären!»

Wenn du dich beim Telefonieren ärgertest, sprachst du meistens mit deiner Mutter. Wobei du eigentlich kaum je mit jemand anderem telefoniert hast.

«Gut, ich gebe mir Mühe, ruhig zu sein, und erkläre dir, was uns der Chefarzt mitgeteilt hat. – Ja, der Chefarzt. Sag ich ja. – Ich habe halt zugehört, ich bin ja nicht blöd! - Was man bisher gemacht hat, bringt ihm zwar Erleichterung, aber keine Heilung. – Und damit ist nun Ende. Er muss nun richtig operiert werden. Und zwar bald. – Die legen ihm eine Leitung aus dem Hirn. Dann kann die Hirnflüssigkeit durch diese Leitung in den Verdauungstrakt abfliessen. Und alle Probleme sind gelöst. Er hat keine Schmerzen mehr und kann ein normales Leben führen. Zum Beispiel in die Schule gehen und nicht in diesen blöden Kindergarten, den wir erst noch bezahlen müssen. – Aber natürlich habe ich dir das schon gesagt. Du musst halt zuhören und nicht alles gleich wieder vergessen. – Ist doch wahr! – Bin ich seine Mutter oder bist du es!? – Also! – Das Problem ist: Die Operation ist neu. Damit haben sie noch kaum Erfahrung. - Dann? Dann würde er langsam an Schmerzen und Verblödung zu Grunde gehen. – Hör doch auf damit! Ich schaue halt den Tatsachen ins Auge. – Es bleibt uns doch gar nichts anderes übrig. – Was!? - Ich und hartherzig?! Das sagst du mir?!! – Du weißt doch gar nicht, wovon du redest. Alle deine Kinder sind gesund und noch am Leben! Alle! Alle!»

Die letzten Worte hast du geschrien. Aus dem Hörer, den du nun offenbar nicht mehr ans Ohr hieltest, tönte noch eine Weile die Telefonstimme der Grossmutter, bis du aufhängtest. Kaum ein paar Sekunden später begann das Telefon zu klingeln. Ausdauernd. Du nahmst den Hörer nicht ab.

26

Mit steinernem Gesicht räumtest du das ganze Sonntagsgeschirr
aus dem Buffet in der Stube und türmtest es auf dem
Küchentisch auf: sechs Suppenteller, sechs flache Teller, sechs
Dessertteller, sechs Kaffeetassen, sechs Untertassen, eine
Suppenschüssel, zwei flache Schüsseln: alles aus Porzellan, alles
mit dem selben rot-grünen Blumenmuster verziert. Sechs
Wassergläser, sechs Weissweingläser, sechs Rotweingläser:
geschliffen, mit Initialen versehen, im Licht glänzend. Sechs
Messer, sechs Gabeln, sechs Suppenlöffel, sechs Kaffeelöffel,
eine Suppenkelle, zwei grosse Schöpflöffel, ein Tortenheber:
silbrig. Es war dein Hochzeitsgeschenk. Das wusste ich. Deine
Eltern hatten es dir geschenkt, als du geheiratet hattest. Noch nie
hatten wir aus diesem Geschirr gegessen, noch nie hatte ich
erlebt, dass irgendjemand es benutzt hätte. Nun musste es
abgewaschen, sorgfältig trockengerieben und wieder versorgt
werden. Warum, verstand ich nicht, du vermutlich auch nicht. Es
musste einfach getan werden.
Ich nahm mir vor, endlich die Peitsche herzustellen für den
Kampf gegen die Kommunisten. Alle dafür notwendigen
Bestandteile hatte ich beisammen und im Schuppen eingelagert,
sie zusammenzubauen bedeutete keinen grossen Aufwand.
Danach wollte ich üben. Wie ich mit Hansis Peitsche die
Büchsen heruntergeschlagen hatte, war enttäuschend. Das war
kein Herunterschlagen gewesen, eher ein Streicheln. Hansi hatte
mich nicht kritisiert, aber so, wie er mich anfeuerte, merkte ich
gut, dass er von mir Besseres erwartete. Nun wollte ich üben, bis
ich mit der Peitsche den Zielgegenstand präzis treffen und mit
Wucht vom Brett schleudern konnte. Jetzt, wo ich keine
Kopfschmerzen mehr hatte, fühlte ich mich dazu imstande.
Vielleicht konnte ich dann wieder in die erste Klasse gehen.
Obwohl mir in der Schule nicht nur die nach Essig riechende
Lehrerin drohte, sondern auch der Schwarze mit seinen
schrecklichen Geschichten. Doch ein Junge in meinem Alter
gehörte nicht in den Kindergarten, sondern in die Schule.
Die Grüne allerdings würde ich dann verlassen. Das war schade.
Sie war eine Frau, die Wärme ausstrahlte und die mich verstand.

Und sie glaubte an einen Liebegott, der zu ihrem freundlichen und bestimmten Wesen passte, das gefiel mir. Was sie über das Beten gesagt hatte, war etwas ganz anderes, als was uns der Schwarze vorschrieb. Und das wusste sie, und es kümmerte sie nicht. Dabei war der Schwarze der Hochwürdige Herr Pfarrer, er war der Herr und Meister in der Kirche, während die Nonnen, sogar die Grüne, mit gesenkten Köpfen in ihrer Bank knieten. Der Schwarze musste nur mit dem Finger schnipsen, schon machten Vater, der Violette und alle anderen, was er wollte. Doch die Grüne hatte sich nicht niedergekniet zum Beten, und sie hatte auch nicht ein bestimmtes Gebet hergesagt, sondern sie hatte gefühlt, hatte sie gesagt – und es hatte gewirkt, ich hatte es ja selbst erfahren: Die teuflischen Schmerzen waren allmählich gewichen. Aber wenn die Grüne Recht hatte, hatte der Schwarze Unrecht.

«Du bleibst hier!» Deine Stimme traf mich wie ein Hieb. «Siehst du nicht, wie ich schufte? Und du willst dich einfach davonschleichen?»

Ich liess die Türklinke los, warf einen Blick zu dir in die Küche, du hattest mit dem Abwaschen des Sonntagsgeschirrs begonnen. Ich ahnte, was mir blühte.

«Da, nimm das Tuch!»

Teller für Teller musste ich trockenreiben, dir anschliessend einzeln zur Begutachtung vorweisen und in der Stube, die ich sonst nie betrat und schon gar nicht allein betreten durfte, auf den Tisch legen. Dann alle Tassen, Schüsseln, Gläser, Bestecke. Es würde keine Zeit mehr bleiben für die Fertigung der Peitsche, geschweige denn fürs Üben. Für heute konnte ich es vergessen, Hansi mein Können vorzuweisen. Am schlimmsten waren die Gläser: kein Tröpfchen, kein Schlierchen, kein Stäubchen toleriertest du. An jedem einzelnen Glas rieb und rieb ich mit dem Tuch, das, je länger ich arbeitete, desto feuchter wurde und das Wasser immer schlechter aufsaugte.

Als ich endlich das letzte Glas in die Stube getragen hatte, überlegte ich, wo das ganze Geschirr zu versorgen war. Ich schaute in das offenstehende Buffet und entdeckte auf einem Tablar ganz hinten eine kleine Kartonschachtel. Ich zog sie hervor. Es war eine Schuhschachtel. Ich öffnete sie. Ein Paar

Schuhe befanden sich darin, braune, hohe Schuhe, für ein Kind, das vielleicht halb so alt war wie ich. Es waren nicht meine Schuhe. Nie hatte ich solche Schuhe getragen. Warum nur wurden diese Schuhe im Buffet aufbewahrt? Oder eher versteckt? Ich nahm einen Schuh heraus, dann den anderen. Es waren gebrauchte Schuhe, nicht besonders schmutzig, aber auch nicht geputzt.

«Was machst du da?!», schriest du hinter meinem Rücken. Erschrocken fuhr ich herum. Du warst riesig, wie du da standst, den ganzen Türrahmen ausfülltest.

«Leg sie sofort zurück, wo du sie hergenommen hast!»

Ich versorgte die Schuhe in dem Karton und legte ihn auf das Tablar zurück, genau wo ich ihn gefunden hatte.

«Wer hat dir erlaubt, hier herumzustöbern?!»

Ich starrte dich an. Was spielte sich hier ab?

«Mach das nie wieder! Verschwinde», sagtest du, nun mit kraftloser Stimme.

Du gabst mir die Türe frei. Ich schlich mit hängenden Schultern an dir vorbei, warf dir einen schnellen Blick zu. Du warst nicht mehr riesig. In dich zusammengefallen standst du da, mit Tränen in den Augen.

Ich setzte mich in meinem Schlafzimmer aufs Bett und versuchte zu verstehen, was nun gerade geschehen war. Das Telefon läutete, du nahmst nicht ab. Ich sass da, war verwirrt, fand nichts, was mir als Erklärung hätte dienen können. Die Peitsche zu bauen hatte ich keine Lust mehr, ich hatte zu gar nichts mehr Lust. Ich blieb einfach sitzen. Und wartete.

Das Telefon klingelte, verstummte nach einer Weile, um nach ein paar Minuten von Neuem zu klingeln. Ich hörte, wie deine Schlafzimmertüre aufgerissen wurde, hörte dich im Gang irgendetwas hantieren, während das Telefon weiterklingelte, danach wurde die Schlafzimmertüre mit einem Knall wieder zugeschlagen. Eine Weile herrschte Stille, danach begann das Telefon wieder zu schellen.

27

Ich wachte früh auf und blieb im Bett liegen. Ich wartete ab, was
nun geschehen würde.

Nach einer Weile tratst du ins Zimmer.

«Zeit aufzustehen», sagtest du kurz angebunden.

Bis ich mich getraute, dir ins Gesicht zu schauen, hattest du das
Zimmer schon wieder verlassen. Ich zog mich rasch an. Im
Gang warf ich einen Blick auf den Telefonapparat. Das Kabel
zwischen Apparat und Hörer hing in zwei Stücken herab, es war
mitten durchtrennt. Von dir. Nahm ich an. Das war es, was ich
gestern gehört hatte.

Vater sass am Küchentisch, kaute sein Brot. Was war denn los?
Um diese Zeit hatte Vater nicht mehr zu Hause zu sein - ausser
am Sonntag, aber heute war nicht Sonntag. Üblicherweise
begann er mit der Arbeit, lange bevor ich frühstückte. Er
umfasste mit beiden Händen die Tasse mit Milchkaffee, trank,
stellte die Tasse wieder hin, kaute, heftete seinen Blick an die
Kaffeetasse.

Du sassest an deinem üblichen Platz, assest aber nicht. Eine
Tasse mit schwarzem Kaffee stand vor dir, du trankst aber nicht.
Bei meinem Platz lag mein Frühstück bereit: ein Konfitürebrot
und eine Tasse Ovo-Milch. Das war unüblich. Sonst musste ich
mir die Sachen selbst besorgen. Ich begann zu essen.

Vieles stimmte nicht. Und warum hattest du gestern das
Telefonkabel durchgeschnitten?

«Ich muss schnell», murmelte ich und lief Richtung WC. Im
Vorbeirennen nahm ich aus dem Augenwinkel den
Telefonapparat wahr: Das Kabel war unversehrt.

Ich stellte mich vor die WC-Schüssel, gab Acht, dass kein
Tröpfchen die WC-Brille beschmutzte. Eigentlich war ich
verpflichtet, die WC-Brille heraufzuklappen, aber ich ekelte mich
vor dem bräunlichen Holz und wollte es nicht anfassen.

Ich hatte es gesehen: Das Kabel war ganz. Aber wie konnte das
sein? In dieser kurzen Zeit hatte das niemand geflickt. Wer auch?
Oder war das Kabel gar nie kaputt gewesen? Hatte ich mich
getäuscht? Dann wäre alles nicht so schlimm, obwohl dies
bedeutete, dass ich nun auch noch Sehstörungen hatte. Und

Vater war vielleicht ein bisschen krank und ging deshalb später oder überhaupt nicht zur Arbeit. Und überhaupt: Auch wenn das Kabel entzwei war, was war daran schlimm? Man würde es flicken lassen und fertig. Aber ich wusste genau: Das war vergebliches Hoffen. Was geschehen war – falls es geschehen war – bedeutete etwas Schlimmes für die Familie.

Ich drehte kurz den Hahn der Wasserspülung auf, liess beim Lavabo ein paar Tropfen Wasser über die Finger laufen und riss die WC-Türe auf: Das Kabel war entzwei.

Ich trat ins WC zurück und schloss die Türe. Zweimal kaputt, einmal ganz. Wenn ich nun wieder hinausginge und das Kabel wäre immer noch entzwei, dann war es entzwei. Endgültig.

Ich öffnete die Türe. Es war, wie ich befürchtet hatte: Das Kabel hing in zwei Stücken herab, ein Stück am Apparat, ein Stück am Hörer.

Als ich sah, dass auf meinem Teller eine zweite Brotscheibe lag, dick bestrichen mit Konfitüre, war dies ein kleiner Schritt Richtung Erleichterung. Die hattest du mir bereitet. Ich wollte dir danken, aber du warst nicht mehr da. Du sassest zwar noch vor mir, doch dein Gesicht war leer. In Wirklichkeit lagst du bereits im Bett und hast einfach vergessen, deinen Körper mitzunehmen. Wie eingefroren sassest du da, die Augen ins Leere gerichtet, nahmst nicht wahr, was ausserhalb von dir war, schautest nach innen, suchtest in dir drinnen nach etwas, was du nie fandst. Wonach du auch immer suchtest, ich hatte keine Ahnung davon. Du lebtest in einer Welt, die mir verschlossen war.

Vater musste doch gemerkt haben, dass mit dir etwas nicht stimmte. Hat er, ohne etwas zu unternehmen, nur zugesehen, wie es dir schlecht ging, und mit dir auch mir?

Jemand klopfte an die Haustüre und trat gleich ein. Es war der Violette, der in die Küche kam, einen kurzen Gruss murmelte und sich an Vater wendete:

«Der hochwürdige Herr Pfarrer wollte dich erreichen. Er hat mehrmals angerufen, aber bei euch nimmt niemand das Telefon ab. Was ist denn los? Du sollst sofort zu ihm gehen. Er ist verärgert.»

«Das Telefon ist halt kaputt. Kann ja vorkommen. Da braucht sich niemand zu ärgern.»

«Das kannst du ihm selbst erklären. Er wartet. Und das macht er nicht gern.»

Der Sigrist warf einen kurzen Blick auf dich und verliess die Küche. Er wartete im Gang, als ob er Angst hätte, Vater würde seiner Anordnung, die die Anordnung des Pfarrers war, keine Folge leisten. Auch der Violette hatte Angst vor dem Pfarrer. Vater trank die Tasse mit Milchkaffee leer und erhob sich. Ich wollte nicht allein bei dir sitzen bleiben und machte mich, obwohl es noch nicht Zeit war, für den Kindergarten bereit. Als ich die Haustür hinter mir zuzog, fuhr ein gelbes Auto der PTT vor und ein Monteur stieg aus. Ich geleitete ihn ins Haus und zeigte ihm die Zerstörung. Er schaute mich streng an und ermahnte mich, nie mehr so etwas zu machen. Da hätten meine Eltern keine Freude und die PTT auch nicht. Ich sagte nichts dazu.

28

Dein Gesicht war zwar immer noch verkniffen, aber immerhin sprachst du.

«Was wollte der auf dem Hügel so Dringendes?»

Deine Stechaugen spiessten Vater durch seine Zeitung hindurch auf.

Ich fragte mich, ob du auch so gesprochen hättest, wenn der Pfarrer es hätte hören können. Wahrscheinlich schon.

Vater liess die Zeitung sinken. «Ich soll dem Gärtner beim Aufhängen des Adventskranzes helfen.» Und las dann schnell weiter.

«Und? Ist das neu?»

«Vielleicht dachte er, ich hätte es vergessen», sprach er in die Zeitung.

«Vergessen! Seit Jahr und Tag machst du das.»

«Hör dir das an: *Russische Tanks und Maschinengewehre konnten am Sonntag mehr als 30'000 ungarische Frauen und Mädchen nicht davon abhalten, am Grab des unbekannten Soldaten im Gedenken an den schwarzen 4. November Blumen niederzulegen. Sowjetische Truppen waren aufgeboten worden, um die Kundgebung der Frauen, die spontan entstanden war, vom Heldenplatz fernzuhalten, wo das Grab des Unbekannten Soldaten steht. In einem der vereinzelten tätlichen Zusammenstösse wurde eine Frau durch eine russische Kugel verletzt.*»

«Warum ist der 4. November schwarz?», fragte ich.

«Schwarz bedeutet etwas Schlimmes. Am 4. November ist etwas Schlimmes geschehen.»

«Was denn?»

«Ich weiss nicht. Wahrscheinlich haben die Russen dann besonders viele Leute umgebracht.»

«Die Russen haben am 4. November Imre Nagy abgesetzt und Janos Kadar in die Regierung gehievt. Den einen Kommunisten durch den andern Kommunisten ersetzt», erklärtest du beiläufig. Die ganze Zeit tatst du so, als ob dich keinen Deut interessierte, was in Ungarn geschah. Dabei hattest du dich genau informiert. Schwarz bedeutete also etwas Schlimmes. Das schien mir logisch. Der Schwarze war der Schlimme, vor dem alle Angst hatten, auch Vater, aber du nicht.

Vater las weiter: «*Viele der Frauen, die sich kurz vor elf Uhr vormittags auf den Heldenplatz zu bewegten, führten kleine Kinder an der Hand oder schoben Kinderwagen vor sich her. Dutzende russische Panzerwagen hatten jedoch den Platz abgeriegelt, bevor die Kolonne das Denkmal erreichen konnte. Russische Soldaten mit Maschinenpistolen sprangen aus den Wagen und schoben die schreienden Frauen, die Blumensträusse in den Händen hielten, zurück. „Schaut euch diese Russen an!" schrie eine der Demonstrantinnen. „Sie haben Gewehre und doch haben sie Angst. Wir sind nur Frauen mit unseren Kindern, aber wir haben keine Angst." Die Demonstration gehörte ausschliesslich den Frauen.*»

Mit deinem löchernden Blick starrtest du Vater an.

«Vollkommene Idioten, diese Weiber.»

«Ich finde sie mutig.»

«Mutig? Du hast gelesen, dass geschossen wurde. Eine wurde angeschossen. Hast du das gelesen?»

«So steht es hier.»

«Die setzen ihre Kinder den Gewehren aus!» Du sprachst laut und schrill. «Ist denen egal, wenn eines ihrer Kinder stirbt?! Wenn es erschossen wird?! Aber vielleicht sind die zu blöd! Zu blöd, um sich vorzustellen, wie das ist, wenn einem ein Kind stirbt.»

Darauf herrschte Stille, bis die angespannte Atmosphäre durch einen Pfiff vor dem Haus unterbrochen wurde. Ich öffnete das Fenster, zu meiner Erleichterung stand Hansi draussen.

29

«Schnell! Die Ungaren kommen!»
Rasch zog ich die Jacke über und rannte mit Hansi los. Nach der
letzten Lumbalpunktion konnte ich wieder rennen, auch wenn
ich mit der Zeit das Tempo etwas verlangsamen musste.
Auf dem Bahnhofplatz standen ein paar Leute. Wir schlängelten
uns zwischen ihnen hindurch. Vorne stand ein Mann, um den
herum die Leute mit einigem Abstand einen Halbkreis bildeten.
Hoch aufgerichtet posierte er, in seinem dunklen Wintermantel,
mit seinem grauen Hut und seinen glänzenden Schuhen, die eine
Hand ruhte auf einem grossen eingerollten Schirm.
«Wer ist das?», flüsterte ich.
«Der Gemeindeammann.»
Neben ihm hatte sich die Dorfmusik aufgestellt. Die Musikanten
trugen Uniformen mit goldigen Schnüren.
Es begann zu regnen. Der Gemeindeammann spannte den
Schirm auf. Auf den Musikinstrumenten perlten die
Wassertropfen. Einzelne Musikanten stellten ihre Instrumente
vor sich auf den Boden, steckten die Hände in die Hosentaschen
und traten von einem Fuss auf den andern.
Ein Pferdewagen fuhr heran, drängte die dort Wartenden zur
Seite und hielt vor dem Gleis. Der Camionneur blieb auf seinem
Kutschbock sitzen, erhöht über den Leuten, und schaute wichtig
in die Runde.
Der Gemeindeammann öffnete die obersten Knöpfe seines
Mantels, griff hinein und zog ein Papierbündel heraus. Er
blätterte es durch, las die eine oder andere Stelle und steckte es in
die Manteltasche zurück.
Das Stimmengemurmel wurde nach und nach lauter. Ich schaute
hinter mich: Eine grosse Menge hatte sich inzwischen
eingefunden. Zwischen den Leuten hindurch glaubte ich den
Weissen zu sehen.
Ein Zug näherte sich. Der Dirigent löste sich aus der Gruppe der
Musikanten und stellte sich vor ihnen in Position. Sie nahmen
ihre Instrumente hoch und rückten zusammen. Der
Gemeindeammann liess seinen Blick über die Wartenden

schweifen. Schliesslich fasste er Hansi ins Auge und winkte ihn zu sich. Hansi trat zögerlich näher, der Gemeindeammann reichte ihm ungeduldig den Schirm, den Hansi aufgespannt über ihn halten musste. Der Gemeindeammann war gross, Hansi musste sich strecken.

Der Zug fuhr ein, und wie er zum Stillstand kam, verstummten die Wartenden. Eine Wagentüre wurde aufgestossen, ein paar BBC-Arbeiter stiegen aus, stutzten, als sie all die erwartungsvollen Blicke auf sich gerichtet sahen, und verschwanden rasch. Die Leute lachten, einzelne winkten den Arbeitern nach.

Jetzt öffnete sich eine weitere Türe. Ein Mann mit einem grossen Hut, zwei Knaben im Schulalter und eine elegante Frau wurden sichtbar. Die Ungarn. Der Mann trug eine Brille, trotzdem schien er schlecht zu sehen, so unsicher wie er mit seinen zwei Koffern auf das Perron hinabstieg. Hinter ihm verliessen die zwei Knaben den Zug, gebeugt unter der Last von unförmigen Rucksäcken, auch sie trugen Brillen. Mit ihren Brillen, ihren Schirmmützen und ihren Anzügen mit Knickerbockers sahen sie ganz anders aus als wir Kinder in unserem Dorf, fremd. Auch die Frau trug zwei Koffer. Doch sie stieg trotz ihres Gepäcks mit Leichtigkeit auf den Perron hinab. Sie war eine dünne Dame mit glänzend braunen Haaren. Einen Hut trug sie nicht, dafür Handschuhe, und zwar nicht wollene, sondern feine, die aussahen wie ein engmaschiges durchsichtiges Netz. Der Regen schien die Frau gar nicht zu treffen. Das also waren Kommunisten oder waren es gewesen oder mussten so tun, als ob sie es gewesen seien.

Der Gemeindeammann gab dem Dirigenten ein Zeichen. Der hob seinen Taktstock, schaute seine Musiker streng an und stiess mit dem Stöckchen schräg nach oben in die Luft. Die Musik setzte ein.

Die vier Ungarn blieben auf dem Perron stehen, schauten sich verlegen um, machten ein paar Schritte und blieben wieder stehen. Der Camionneur schwang sich von seinem Bock, schritt zu den Ungarn und nahm ihnen ihre Koffer ab, zuerst der Frau, dann dem Mann, den Knaben machte er ein Zeichen, sie mussten ihre Rücksäcke selbst auf den Wagen hieven. Dann deutete er mit dem Daumen auf den Gemeindeammann, zu dem sollten sie gehen und dann abwarten.

So standen sie da, lächelten abwechselnd die Musiker, den Gemeindeammann und die Menge an. Als die Musik verstummte, verbeugte sich der Mann und murmelte: «Danke sehr. Danke bestens.» So still war es auf dem Bahnhofplatz, dass man ihn trotz seiner leisen Stimme verstand.

Jetzt zog der Gemeindeammann seine Blätter hervor, warf einen Blick darauf und begann zu sprechen. Seine Stimme füllte den ganzen Platz, er war ein geübter Redner.

«Liebe Flüchtlinge aus Ungarn, liebe Familie Kovats. Als Gemeindeammann heisse ich Sie in unserem Dorf willkommen. Ab heute sind Sie ein Mitglied unserer Gemeinschaft. Ihre Flucht soll hier ein Ende haben. Mögen Sie hier Ruhe und Frieden finden, möge hier Ihr Neubeginn glücken. Wir alle haben mit grösster Bewunderung den Freiheitskampf der Ungarn verfolgt, wir alle haben mit tiefem Entsetzen die Unterdrückung durch die Russen zur Kenntnis nehmen müssen. Tag für Tag haben wir in den Zeitungen, auch in unserem Lokalblatt, gelesen, was in Ungarn geschieht. Wir durften lesen, was die Freiheit den Menschen bedeutet, wir mussten lesen, welch menschenverachtendes Regime der Kommunismus ist. Er hat uns wieder einmal sein wahres Gesicht gezeigt. Was wir gesehen haben, ist eine Fratze.»

Der Gemeindeammann sprach hochdeutsch. Der Mann aus Ungarn nickte zu allem, was der Gemeindeammann sagte. Die Frau machte eine kurze Bemerkung zu ihren beiden Kindern, die sich darauf gerade hinstellten.

«Mit Trauer nehmen wir zur Kenntnis, dass die ganze Opferbereitschaft, dass der heldenhafte Freiheitskampf des bewunderungswürdigen ungarischen Volkes vor der Übermacht des russischen Kommunismus kapitulieren musste. Gerade heute konnten oder vielmehr mussten wir das Folgende in unserer Zeitung lesen: ‹*Augenzeugenbericht aus Ungarn. Die letzten Minuten der ungarischen Revolution von 1956 gingen in dieser westlichsten Stadt Ungarns im Rattern des Maschinengewehrfeuers, im Dröhnen der Sowjettanks, im Weinen und Schreien der Frauen und im Gesang der ungarischen Nationalhymne unter.*

Einige Männer und Frauen liefen uns entgegen. Sie riefen: „Sie sind hier. Sie sind hier. Vier russische Tanks sind in der Stadt." Plötzliche Panik ergriff jedermann. Wir wurden in einer zusammengedrängten Menge von weinenden und unsinnig schreienden Frauen, Männern und Kindern fortgeschoben. In wenigen Sekunden war Sopron eine Geisterstadt geworden.>

Und weiter berichtet der Korrespondent: *<Am ungarischen Zollposten standen drei Lastwagen mit Flüchtlingen, die nach Sopron zurückblickten. Eine Reihe österreichischer Gendarmen und andere Beamte, Journalisten und Kameraleute und eine Menge Neugieriger standen um sie herum. Plötzliche stimmte ein Mann die Nationalhymne an: GOTT SCHÜTZE DIE UNGARN .... »*

Der Gemeindeammann stopfte seine Zettel in seine Manteltasche und schwieg einen Moment. Der ungarische Mann mit dem grossen Hut und der Brille nickte und begann leise vor sich hin zu summen.

«Ja, das wünschen auch wir, auch wenn wir die ungarische Nationalhymne nicht zu singen wissen: Gott schütze die Ungarn!»

Nun hob der Gemeindeammann seine Stimme: «Ich weiss sehr wohl, liebe Mitbürger, dass wir als neutrale Schweiz uns nicht in fremde Händel einzumischen haben. Aber dennoch, liebe Mitbürger: Es sei mir erlaubt, meine feste Meinung zum Ausdruck zu bringen: Wir, der Westen, haben versagt. Wie die Menge Neugieriger an der ungarischen Grenze haben wir nur zugeschaut, zugeschaut, wie die ungarischen Freiheitshelden verbluteten. Aber gehandelt haben wir nicht. Wir sind ihnen nicht zu Hilfe geeilt.»

Er machte eine längere Pause. Der Mann aus Ungarn schaute ihn an und öffnete schon den Mund, um etwas zu sagen. Doch der Gemeindeammann fuhr fort: «Umso wichtiger ist jetzt unsere Verpflichtung den Flüchtlingen gegenüber. Liebe Familie Kovats. Wenn wir Ihnen in Ihrem Freiheitskampf schon nicht geholfen haben, dann sollen Sie wenigsten unsere Hilfe in unserem Land, in unserer Schweiz, erhalten. Wir alle nehmen Sie in unserem Dorf und in unseren Herzen auf.»

In etwa so sprach der Gemeindeammann.

Applaus brandete auf. Die Leute klatschten lange, einige riefen Bravo. Ich war ergriffen: von der Rede des Gemeindeammanns, weniger von den Worten, eher vom Pathos, von der Andacht des Publikums und nicht zuletzt auch von der verletzlichen Eleganz der Geflüchteten, denen zu helfen als willkommene Pflicht erschien. Kommunisten hatte ich mir wahrlich anders vorgestellt. Die Familie Kovats war für mich der Beweis, dass eben nicht alle Ungarn Kommunisten waren.

Der ungarische Mann verneigte sich wieder. Der Gemeindeammann verliess seinen schützenden Schirm, trat auf den Ungarn zu und schüttelte ihm die Hand, danach der Frau und den beiden Knaben. Während die Musiker einen Marsch spielten, führte er die Familie zu seinem Wagen, einem Opel Rekord.

30

Er sei noch in der Schule, auch am Nachmittag habe er Schule, sagte mir seine Mutter. Ob es wichtig sei, dass ich ihn sehe.
Wie konnte ich ihr erklären, um was es ging? Reden über ein Geheimversteck ist gleichbedeutend wie Verrat.
Als ich am Morgen auf dem Weg zum Kindergarten beim leeren Haus vorbeigekommen war, hatte ich gesehen, dass etwas im Gange war. Ein Auto der ansässigen Elektrofirma stand davor, Frauen waren am Fensterputzen. Unser Versteck war in Gefahr.
Da Hansi noch nicht zu Hause war, zog ich halt allein los. Die Elektriker waren wieder abgezogen, dafür stand nun der Pferdewagen des Camionneurs vor dem Haus, beladen mit gebrauchten Möbeln.
Die Haustüre ging auf, und ich zog mich schnell vom Wagen zurück. Heraus traten der Camionneur und der ungarische Mann, der gestern Abend mit dem Zug angekommen war. Er trug immer noch seinen grossen Hut, den Kittel hatte er abgelegt, die Hemdsärmel hochgekrempelt. Der Camionneur schwang sich auf die Ladefläche und schob ein Bettgestell an den Rand, während der Ungar unten stand, seine Hände nach dem Möbel ausstreckte und nicht recht wusste, wo er zupacken sollte. Nun entdeckte er mich.
«Kommst du uns helfen? Das ist aber fein von dir.»
Er sprach so, als ob er mich kennen würde. Hatte er mich gestern gesehen und erinnerte sich nun an mich?
«Ach was!», rief der Camionneur, während er vom Wagen herabkletterte, «schauen Sie sich doch diesen Mägerlimuck an, den können wir nicht gebrauchen.» Der Camionneur sprach hochdeutsch.
«Was für ein Muck?», fragte der Ungar.
«Ein Mägerlimuck. Ein Sprenzel. Halt einer, an dem nichts dran ist. Hat keine Muskeln.»
Die beiden Männer trugen das Bett ins Haus, und ich machte ein paar Schritte hinter ihner her. Der Tisch im Gang, den Hansi und ich als Aufgang zum Estrich hingestellt hatten, war weggeräumt, die Falltür stand immer noch offen.

«Du wartest auf Arbeit», sagte der Ungar freundlich, als die beiden Männer sich ans nächste Möbelstück machten. «Er will uns helfen, Herr Camionneur, und Sie lassen ihn nicht.»

Der Ungar lachte, der Camionneur nicht.

Ich wartete, bis alle Möbel abgeladen waren und der Camionneur mit seinem Pferdegespann weggefahren war.

«Möchtest du mich besuchen? Bitte! Komm doch herein!»

Ich zögerte. Selbstverständlich wollte ich ins leere Haus. Ich musste wissen, ob die Comic-Heftchen noch da waren, und sie gegebenenfalls retten. Aber die Anwesenheit des Ungarn störte mich. Ich hätte eher daran gedacht abzuwarten, bis der Ungar das Haus verlassen hätte, und mich dann hineinzuschleichen. Dass er mich nun sogar einlud, überrumpelte mich.

Auf seine erneute Aufforderung hin betrat ich das leere Haus, das nun nicht mehr leer war.

«Bist du ein Nachbar?»

Ich nickte.

«Aber besonders gesprächig bist du nicht.»

«Ich wohne dort», sagte ich und deutete mit dem Finger in Richtung unseres Hauses.

Er führte mich in die Küche, füllte ein Glas mit Leitungswasser - das leere Haus war nun an die Wasserversorgung angeschlossen - gab einen Schuss Sirup dazu und reichte es mir.

Die Küche roch immer noch feucht, es war immer noch kalt, obwohl im Herd ein Feuer brannte. Das leere Haus war nun bewohnt, aber an Gemütlichkeit hat es nicht gewonnen.

«Setz dich doch!»

Er legte seinen Hut ab, und mein Blick blieb unwillkürlich an seinen Haaren haften. Seine Haare waren goldig, sie schimmerten, als ob sie aus lauter Leuchtkäfer bestünden. Es war mir sofort klar: Der Ungar war der Goldige.

Als ich meinen Blick abwendete, bemerkte ich, wie er mich lächelnd betrachtete. Das war mir peinlich.

«Wo sind die beiden Buben?», fragte ich.

«Imre und Peter? Sie sind in der Schule. Es ist gut, dass sie nach so langer Zeit wieder in die Schule gehen. Kennst du sie denn?»

Ich schüttelte den Kopf.

Er lachte. «Lass mich raten. Du bist gestern bei unserer Ankunft auf dem Bahnhofplatz gewesen.»

Ich überlegte, wie ich mich nach dem Versteck erkundigen könnte.

«Bringen Sie auch Sachen in den Estrich?»

Er zögerte einen Augenblick, bis er antwortete. Ich sprach schweizerdeutsch, das verstand er wahrscheinlich nur mit Mühe. «Weiss ich noch nicht. Das sehen wir dann. Wir haben ja nichts zum Verstauen. Auf die Flucht konnten wir nur das Allernötigste mitnehmen. Warum fragst du?»

Es sah ganz danach aus, als ob er unser Versteck noch nicht bemerkt hätte. In dem Fall würden Hansi und ich einen geeigneten Moment abpassen, wenn von der ungarischen Familie niemand zu Hause war, und dann in den Estrich schleichen und die Hefte holen.

Ich phantasierte drauflos: «Wir versorgen viele Sachen im Keller. Mein Vater sagt, dort kann man es besser holen, wenn man es wieder braucht.»

Er guckte mich verwundert an.

«Du möchtest wohl nicht, dass ich in den Estrich gehe?»

Ohne etwas zu überlegen, nickte ich.

«Warum denn nicht?»

Jetzt steckte ich in der Zwickmühle. Er schaute mich freundlich an und wartete geduldig, bis ich schliesslich nicht mehr anders konnte, als zu gestehen: «Der Estrich ist unser Geheimort. Dort haben Hansi und ich die Micky-Mouse-Heftchen.»

«Aha! Und nun wohnen wir hier. Weißt du was? Wir lassen die Sachen vorerst oben und schauen dann später, was wir mit eurem Geheimort machen.»

Ich trank den Sirup, und er schaute mir schweigend zu, bis ich das Glas leer getrunken hatte.

«Ich verrate deinen Geheimort nicht. Nicht einmal Imre und Peter erzähle ich davon.»

Ich nickte erleichtert.

«Ausser du würdest es mir erlauben.»

Ich staunte. Niemand im Dorf redete so mit mir.

«Musst du nicht zur Schule?»

Ich schüttelte den Kopf.

«Gerade viel redest du nicht. Hast aber ein Gesicht wie ein offenes Buch.»

Ich starrte ihn an.

«Jetzt zum Beispiel sagst du: Hat der herausgefunden, warum ich nicht zur Schule gehe? Meine Antwort: Ich habe es nicht herausgefunden, aber ich vermute, dass es mit einer Krankheit zusammenhängt. Entschuldige, ich wollte dich nicht verletzen. Manchmal bin ich leider allzu direkt.»

Er bereitete mir ein zweites Glas Sirup zu.

«Die guten Frauen, die unser Haus reinigten, haben uns auch mit dem Nötigsten versorgt. Sie brachten all die Lebensmittel und Getränke, stellten sie einfach auf den Küchentisch. Ohne viel zu sagen. Du bist mein erster Gast, so kann ich dich immerhin mit einem Glas Sirup bewirten.»

Er überreichte mir das Glas, mit einer kleinen Verbeugung. Noch nie hatte ich so etwas erlebt.

«Es ist mir recht, dass wir hier keinen Keller haben. Ich glaube nicht, dass ich mich je wieder in einen Keller getraue.»

Nach einer kleinen Pause streckte er mir die Hand entgegen: «Ich heisse Gabor Kovats. Ich freue mich, dein Nachbar zu sein. Und wie heisst du?»

Ich wollte schon „Seppli" sagen, besann mich aber: «Josef». Wir schüttelten uns die Hände.

«Ich bin froh, dass du mich besuchst, Josef. Das gibt mir ein Gefühl von Normalität. Eine neue Form von Alltag. Der Mensch braucht den gewohnten Alltag, um sich einigermassen sicher zu fühlen. Das ist es, was mir in den letzten Tagen und Wochen bewusst geworden ist, so klar wie nie zuvor. Nur unter der Voraussetzung von Sicherheit sind wir Menschen fähig, Gescheites zu tun, im Frieden miteinander zu leben.»

So in dieser Art redete er, leise, den Blick auf die kahle Küchenwand geheftet, als ob ich gar nicht da wäre. Plötzlich schien er sich meiner Gegenwart wieder bewusst zu werden und schaute mich lächelnd an.

«Entschuldige. Ich plappere einfach so daher. Das sind halt die unnützen Gedanken eines entwurzelten Mannes.»

«Spricht man Hochdeutsch in Ungarn?»

«Nein, selbstverständlich spricht man magyarisch in Ungarn.
Warum fragst du? Ah, weil ich hochdeutsch spreche! Meine
Mutter hat nie anders als deutsch mit mir gesprochen, mein
Vater magyarisch. Sie stammt aus Österreich, eine Untertanin
des k.u.k Herrschers Franz Josef, den sie noch immer verehrt.
Mit meinen Kindern spricht sie beides, deutsch und magyarisch.
So verstehen sie ein bisschen die deutsche Sprache. Nun sind wir
froh darüber.»
Ich nickte.
«Komm, ich zeige dir unser Haus. Vermutlich kennst du es
besser als ich, aber jetzt ist es dank der Möbel einigermassen
wohnlich. So hast du es wohl noch nie gesehen. Oder wohnte
vor uns jemand hier drinnen?»
Ich schüttelte den Kopf.
«Kann ich mir auch nicht vorstellen.»
Die beiden vorderen Räume waren nun als Schlafzimmer
eingerichtet. Im einen, dem Raum mit dem morschen Boden,
standen getrennt voneinander zwei Betten an den Wänden,
vermutlich das Zimmer der beiden Söhne. Sonst war der Raum
unmöbliert, die Wände waren kahl, lediglich die beiden
Rucksäcke, die die Knaben gestern aus dem Zug getragen hatten,
lagen in einer Ecke. Im andern Zimmer, dessen Mitte jetzt ein
Doppelbett einnahm, zogen zwei Fotografien, die über einem
kleinen, ehemals weiss gestrichenen Tisch hingen, meinen Blick
auf sich. Die eine zeigte den Goldigen und seine Frau zusammen
mit ihren zwei Kindern. Die andere war einige Jahre früher
aufgenommen worden. Zu sehen war das gleiche Paar, aber viel
jünger.
«Ist Ihre Frau mit den beiden Buben zur Schule gegangen?»
«Nein. Sie fuhr in die Stadt. Vielleicht erhält sie eine Anstellung
an der Universität.»
Was die Universität war, wusste ich selbstverständlich nicht, es
musste sich aber um etwas Vornehmes handeln.
Im Zimmer gegenüber der Küche standen der Tisch und die
Stühle, die schon vorher hier waren. Ein Elektroofen glühte,
schaffte es aber nicht, die Kälte aus den Mauern zu vertreiben.
Auch hier war eine Fotografie an die Wand geheftet. Sie zeigte
einen Mann mit ernsten Gesichtszügen und einem runden

Käppchen auf dem Kopf, gekleidet in eine schwarze Sutane. Um seinen Hals hing eine massive Kette mit einem grossen metallenen Kreuz. Der ernste Mann schaute mich an, schien mich mit seinem Blick festzuhalten.

Auch das sei ein Josef, Jozsef Mindszenty, Erzbischof und Primas von Ungarn. Seine Mutter habe ihnen das Bild mitgegeben. Es würde sie auf der Flucht beschützen, habe sie gemeint. Sie bewundere ihn sehr, mehr noch als den alten österreichisch-ungarischen Kaiser. Er verdiene Respekt, ohne jeden Zweifel. Er, der Goldige, kenne kaum einen Menschen, der mehr Mut habe als der Primas. Aber dessen Vorstellungen würden Ungarn nicht weiterhelfen. Mit seinem katholisch-konservativ-aristokratischen Denken sei er ein Mann der Vergangenheit. Und die Vergangenheit bringe heute gar nichts. Der Goldige warf mir einen kurzen Blick zu und entschuldigte sich. Er rede da von Dingen, die kaum in meine Welt gehören würden. Er habe die Fotografie aus Liebe zu seiner Mutter aufgehängt.

«Sind alle Ungarn Kommunisten?»

Ich wollte die Gelegenheit nutzen, um mir endlich Klarheit zu verschaffen, was denn ein Kommunist war, und wer konnte mir da besser Auskunft geben als der Ungar. Ich befürchtete zwar, dass er meine Frage als Frechheit auffassen würde. Schliesslich war er vor dem Kommunismus geflohen, das Wort Kommunist musste folglich ein Schimpfwort für ihn sein.

Und tatsächlich quittierte er meine Frage mit einem Gesicht, das meine Befürchtung bestätigte: eine Augenbraue hoch-, die andere zusammengezogen, so starrte er mich an.

«Welch seltsame Frage? Denkt man das hier? Dass alle Ungarn Kommunisten sind?»

«Meine Mutter sagt das.»

«Interessant», sagte er gedehnt und sprach nicht weiter. Dann begann er zu meiner Erleichterung zu lachen.

«Was heisst, man ist Kommunist? Ist das ein Glaubensbekenntnis? Ist es politische Überzeugung? Ist es eine Form von Opportunismus? Wir waren Teil der österreichisch-ungarischen Monarchie, also waren wir Monarchisten. Wir lebten unter dem Faschismus, also waren wir Faschisten. Jetzt herrscht

der Kommunismus. Also sind wir Kommunisten.
Wahrscheinlich wäre mit dem Kommunismus sogar etwas
anzufangen, wenn tatsächlich Kommunismus herrschen würde.
Immerhin ist diese Ideologie an sich um einiges
menschenfreundlicher als der Faschismus. Was aber in Tat und
Wahrheit bei uns herrscht, ist plumpe Diktatur. Die Diktatur
Russlands, wohl verstanden. Deine Mutter sagt, alle Ungarn
seien Kommunisten? Sie hat Recht, wir alle sind Kommunisten.
Nicht weil wir uns dazu entschieden hätten, sondern weil es für
uns so entschieden wurde.»
Sehr viel konnte ich mit seiner Erklärung, die etwa so getönt
hatte, nicht anfangen. Aber eines hatte ich begriffen: Man
entschied sich nicht aus freien Stücken, Kommunist zu sein, es
wurde einem befohlen.
Ich fühlte mich wohl in der Anwesenheit des Goldigen. Wie die
Grüne nahm er mich ernst. Er redete mit mir wie mit einer
gleichgestellten Person. Er ging auf meine Fragen ein und
versuchte, mir eine gescheite Antwort zu geben, anstatt das
sattsam bekannte: Das verstehst du noch nicht.
Es war Zeit für mich zu gehen. Vermutlich war Hansi
inzwischen von der Schule zurück. Ich musste ihn sofort
erreichen. Der Goldige verabschiedete sich höflich von mir, mit
einer angedeuteten Verbeugung.
Tatsächlich war Hansi zu Hause, beschäftigt mit seinen
Hausaufgaben. Ich dachte, ihn mit der Neuigkeit, dass die
Ungarn jetzt im leeren Haus wohnten, überraschen zu können.
Aber er wusste es schon, und nicht nur das, er fand es auch
nichts Besonderes. Der Verlust unseres Geheimortes war in
seinen Augen nicht weiter schlimm. Es werde sich sicher etwas
anderes finden lassen, falls wir denn überhaupt wieder einen
Geheimort benötigten.
Ich wollte gleich wieder gehen, aber Hansi hielt mich zurück, er
sei gleich fertig. Ich schaute ihm zu, wie er Zahlen in ein
kariertes Heft schrieb und es schliesslich zuklappte.
«Der Kovats ist ziemlich nett.»
«Der Flüchtling? Klar! Warum sollte er nicht?»
«Weil er ein Kommunist ist.»
«Warum weißt du das?»

125

Jetzt war er doch überrascht.

«Er hat es mir selbst gesagt. Meine Mutter sagte, dass alle Ungarn Kommunisten seien, und er hat gesagt, dass das stimmt. Er hat mir vieles erzählt, was ich nicht alles verstanden habe. Aber das habe ich verstanden. Und er hat ein Bild von einem mutigen Erzbischof, der Josef heisst.»

31

Ich schaute hinauf in die Baumkrone. Was ich sah, war ein
Gewirr von Ästen und Zweigen. Nichts schien miteinander
zusammenzuhängen. Ein Chaos. Chaos mochte ich nicht. Ich
blieb liegen und schaute, folgte mit den Augen dem Stamm, den
verschiedenen Äste, den einzelnen Zweigen. Allmählich
entdeckte ich, was zusammengehörte, und ich wurde ruhig. Ich
hatte die Ordnung erkannt.
Was widersprüchlich und ungeklärt war, verunsicherte mich.
Anders als Hansi, der einfach die Schultern zuckte, wenn er
etwas nicht wusste, konnte ich nicht lockerlassen. Es verfolgte
mich, ich wollte es begreifen. Wenn ich so am Grübeln war und
sich eine Lösung einfach nicht abzeichnen wollte, beneidete ich
Hansi um seine Leichtigkeit. Aber in letzter Zeit fragte ich mich,
ob seine Unbekümmertheit nicht eine Art von Dummheit sei. Es
konnte doch nicht sein, dass man etwas, das man nicht verstand,
einfach links liegen liess und nicht daran arbeitete, bis man es
begriffen hatte.
Vater hatte mir vorgelesen, welch bedrohliche Gefahr der
Kommunismus war. Nicht nur für die Ungarn, sondern auch für
uns in der Schweiz, selbst für uns im Hinterdorf. Es gab allen
Grund für mich, vor dem Kommunismus Angst zu haben.
Der Kommunismus war der Glaube der Kommunisten, so wie
die katholische Religion der Glaube der Katholiken war. So weit
war die Sache klar. Aber was genau den Kommunismus
auszeichnete, hatte ich immer noch nicht begriffen. Ausser dass
er etwas Böses war.
Ich hatte dir zugehört und ich hatte anderen zugehört, was ihr
über die Kommunisten gesagt habt:
Die Kommunisten sind böse, man muss sie bekämpfen, indem
man sie schlägt: Hansi.
Die Kommunisten nehmen den Menschen alles weg und geben
es dem Staat: Vater.
Die Kommunisten sind Mörder: Vater.
Alle Ungarn sind Kommunisten, sollen sie doch einander
totschlagen, wenn sie wollen, das geht uns nichts an: du.

Alle Ungarn sind Kommunisten, weil sie das müssen: der Goldige.

Die Kommunisten haben einen Teufel im Kopf: ich.

Vielleicht wäre es gar nicht so schlecht, Kommunist zu sein, wenn man etwas Gutes daraus machen würde: der Goldige.

Wie sollte ich da einen gemeinsamen Nenner finden? Gemäss dem Goldigen wurde man Kommunist, weil es einem befohlen wurde. Aber irgendjemand musste einmal damit begonnen haben. Gab es eine Art von Urkommunisten, die dann nach und nach die anderen unter ihre Knute gezwungen hatten und sie auch zu Kommunisten machten?

Was nun in Ungarn geschah, zeigte deutlich, dass der Kommunismus böse war. Etwas anderes liess sich nun wirklich nicht behaupten. Und wenn der Kommunismus böse war, waren auch alle Kommunisten böse. Und das stimmte eindeutig nicht. Der Goldige und alle Widerstandskämpfer waren eben gerade nicht böse, obwohl sie auch Kommunisten waren.

Ich war zuerst erleichtert gewesen, als der Goldige gesagt hatte, du habest Recht, alle Ungarn seien Kommunisten. Wer sollte dies besser wissen als er, schliesslich war er ja selbst Ungar und somit Kommunist! Aber schnell wurde mir klar, dass du etwas anderes gemeint hattest als er. Für dich war es eine Anklage, für den Goldigen eine Verteidigung. Und überhaupt: Wenn alle Ungarn Kommunisten waren, warum verfolgten dann die einen die andern und töteten sie sogar?

Mein Problem mit dem Kommunismus hatte eine gewisse Ähnlichkeit mit der Frage der Reformierten. Wir waren katholisch. Die meisten Leute in unserem Dorf waren katholisch. Persönlich kannte ich niemand, der nicht katholisch war. Katholisch zu sein, war normal und folglich richtig. Die Reformierten waren auf irgendeine Weise anders, nicht normal, mit ihnen stimmte irgendetwas nicht. Das hatte mir zwar niemand so direkt gesagt, aber es war so. Es ging aus dem, wie du, wie Vater, wie Hansi und unsere Nachbarn über die Reformierten sprachen, einfach hervor.

«Das ist doch ein Reformierter!» Das bedeutete, dass man mit einem solchen Menschen eher keinen Kontakt haben sollte. Auch bei den Reformierten stellte sich wie bei den

Kommunisten die Frage, wie man dazu kam, ein Reformierter zu sein. Wollte man das? Oder war man das einfach? Wenn man das einfach war, dann war das ein böses Schicksal, wie zum Beispiel Blindheit von Geburt an.

Aber es gab auch einzelne Katholiken, mit denen irgendetwas nicht stimmte, die ich sogar verabscheute, zum Beispiel den Schwarzen. Und vielleicht gab es auch Reformierte, die gut waren. War denn nun ein schlechter Katholik besser oder schlimmer als ein guter Reformierter?

Ich musste mir eingestehen, dass ich bei all dem noch nicht durchblickte. Langsam wurde mir kalt in meinem Versteck, und ich beschloss, der Hellgrau-Roten einen Besuch abzustatten. Ich klopfte ans Küchenfenster und sie winkte mich hinein.

«Wie geht's dir? Bist etwas bleich. Hast wieder Kopfschmerzen?»

Ich schüttelte den Kopf.

«Magst etwas trinken?»

Die Frage hatte ich vorausgeahnt und wünschte mir gleich einen Sirup. Das war die Brücke, um das Gespräch auf den Goldigen und auf die Ungarn zu lenken.

«Bei diesem kalten Wetter? Na, wie du willst.»

Sie lachte, drückte meinen Kopf an ihren Busen, kraulte mich in den Haaren und tätschelte mir die Wange. Dann bereitete sie mir ein Glas Sirup.

«Wie alt bist du jetzt?»

«Bald acht.»

«Schon! Und bist noch so klein. Bleib nur so, dann kann ich dich noch lange knuddeln.»

Ich mochte sie. Trotzdem wäre mir lieber gewesen, wenn sie den Unterschied zwischen Seppli und Josef beachtet hätte.

«Der Goldige hat auch einen guten Sirup.»

«Wer ist das nun wieder?»

«Der Ungar.»

«Den kennst du schon? Aber ja doch! Was frag ich auch! Die Gemeinde hat die Flüchtlinge bei euch im Hinterdorf einquartiert. Die können von Glück reden, dass sie nun bei uns sind. In ihrem Land wird es immer schlimmer. Wirst sehen. Da kann man ihnen nur zurufen: Lasst alle Hoffnung fahren!»

Sie schüttelte bekümmert den Kopf und fragte mich, ob ich wisse, was in Ungarn geschehe.

«Ja. Vater erzählt mir davon und liest mir manchmal aus der Zeitung vor.»

«Da hat er Recht. Alle müssen wissen, was dort geschieht, selbst die Kinder. Den Nagy und seine Regierung haben sie nun verhaftet. Wie kann man nur?! Der sieht so harmlos aus mit seinem dicken Schnauzbart und seiner lustigen Brille. Vielleicht bringen sie ihn um. Was heisst vielleicht? Sicher bringen sie ihn um. Den Russen trau ich alles zu. Leute vertreiben, Leute umbringen, das können sie. Ich hab's ja selbst erlebt damals. Uns blieb nur noch die Flucht. Wenn ich daran denke, was heute wieder in der Zeitung steht, dann packt mich der heilige Zorn. Da, hör mal!»

Sie nahm sich die Zeitung vor, die offen auf dem Tisch lag.

«Ungarn vom Hunger bedroht. Bedeutend mehr zu schaffen gibt der kommunistischen Regierung Ungarns – also das ist der Kadar, den die Russen an Stelle von Nagy zum Regierungschef gemacht haben – *mehr zu schaffen gibt der kommunistischen Regierung Ungarns anscheinend der anhaltende Streik der ungarischen Arbeiter. Radio Budapest strahlte am Mittwoch eine Reihe von Aufrufen an die Arbeiter aus, an die Arbeitsplätze zurückzukehren. Der genannte Sender bezeichnete die Lage als sehr ernst. Die Vorräte schwänden von Tag zu Tag. Hilfsangebote des Westens wurden in einer Sendung von Radio Budapest zurückgewiesen, «da unser Stolz uns verbietet, Hilfe von kapitalistischen Ländern anzunehmen»».*

Sie warf die Zeitung wütend auf den Tisch.

«Das sind Kriminelle! Verbrecher sind das! Lassen lieber das Volk verhungern, anstatt Hilfe anzunehmen! Aber ich sag dir eines, der Kadar und seine Bande haben mit Bestimmtheit einen gedeckten Tisch. Und die Russen sowieso. Zumindest die, die den Ton angeben. Die hungern nicht. Das kannst du mir glauben.»

Ich wollte dem Schwarzen nicht begegnen und verliess rechtzeitig das Pfarrhaus. Ich schlug den kürzesten Weg nach Hause ein, verliess bei meinem Versteck die Treppe und schlich unterhalb der Friedhofsmauer entlang durch die Gärten, bis ich über Studers Häuschen anlangte. Schon von oben sah ich ihn

mit der Axt hantieren, dabei war sein Haus mit Brennholz bereits
eingepackt.

Ich rutschte den Hang hinab. Als ich bei ihm anlangte, warf er
mir einen misslaunigen Blick zu und wandte sich gleich wieder
seiner Arbeit zu. Ich wartete, bis er mich begrüsste. Aber der
Weisse tat nichts Dergleichen.

Schliesslich getraute ich mich zu fragen, wozu er das mache, er
habe ja schon genug Holz gespalten.

«Wie willst du denn Feuer machen?»

Dann herrschte wieder Schweigen. Ich setzte mich auf die Bank
und schaute ihm zu. Er legte sich einen Holzklotz auf den
Spaltstock und mit präzisen Schlägen trennte er ihn in vier gleich
grosse Scheite, wobei er das so raffiniert hinkriegte, dass die
abgeschlagenen Stücke auf dem Spaltstock stehen blieben und er
sich mit seinem schlimmen Rücken nicht zu bücken brauchte.
Dann nahm er sich die Viertelstücke vor, in einer Kaskade
spickte Stäbchen für Stäbchen zu Boden. Und schon legte er sich
den nächsten Klotz auf den Spaltstock: Zaak – zaak – zaak!
Zack-zack-zack-zack-zack ..... Schnell wuchs ein Berg von
Holzstäbchen um ihn herum.

«Du spionierst mir nach», sagte Studer plötzlich, ohne seine
Arbeit zu unterbrechen.

Ich spürte, wie mir die Wärme in die Wangen schoss. Studer
bemerkte es, obwohl er von seiner Arbeit nicht abliess.

«Jetzt wirst du rot. Du weißt also, dass sich dies nicht gehört. Alt
genug bist du ja.»

Ohne Unterbruch arbeitete er weiter, bis er schliesslich ins Haus
schlurfte und mit drei Kartonschachteln zurückkehrte.

«Du reichst mir die Hölzchen und ich lege sie in die Schachteln.»
Ich gab mir Mühe, es ihm recht zu machen. Und er wurde
allmählich versöhnlicher.

«Ich habe das mit meinen Kindern auch so gehalten. Wenn sie
etwas angestellt haben, was sich nicht gehörte, habe ich es ihnen
deutsch und deutlich gesagt. Und damit war es erledigt und
vergessen. Dein Spionieren ist jetzt auch vergessen.»

Er setzte sich auf die Bank und nickte mir zu. Ich nahm neben
ihm Platz, froh, dass das Arbeiten zu Ende war.

«Vermutlich hast du es auch gesehen. Wir haben neue Nachbarn. Die Ungarn. Es scheinen Mehr-Bessere zu sein, so wie die aussehen. Über Ungarn steht jetzt viel in der Zeitung. Heute habe ich gelesen, dass die Arbeiter in Ungarn streiken und dass die Regierung ihnen droht. Und das will eine kommunistische Regierung sein! Droht den eigenen Arbeitern! Eines sollst du wissen: Wenn Arbeiter streiken, dann haben sie Grund dazu, dann ist etwas faul, dann besteht ein Missstand und der muss behoben werden. Wer streikende Arbeiter mit Drohungen unterdrücken will, ist sicher kein Sozialist und auch kein Kommunist. So einer ist ein Kapitalist!»

Ein Kapitalist? Was war nun das? Aber der Weisse hatte heute keine Lust, auf meine Fragen einzugehen.

«Verräter sind das! Jawohl! Verräter an der Sache des Proletariats!»

Auch der Weisse war heute wütend.

32

Der Hintern und die Oberschenkel fühlten sich unangenehm feucht an. Eindeutig: Ich lag in der Nässe.

Du hattest mich in die Bäckerei an der Hauptstrasse geschickt, um Brot zu holen. Schon bevor ich von zu Hause weglief, drückte mich die Blase. Doch ich wollte zuerst zum Bäcker und erst danach aufs Klo. Mit dem Kilobrot unter dem Arm stand ich an der Strasse und wartete, bis ich sie endlich überqueren konnte. Dicht an dicht fuhren die Autos vor mir vorbei, die Blase drückte und drückte. Zum Glück tat sich schliesslich eine Lücke in der Autoschlange auf, ich rannte los, rannte und rannte. Obwohl ich rennen konnte wie früher, dauerte es eine Ewigkeit, bis unser Haus in Sicht kam. Meine Hand berührte schon die Türklinke, doch genau jetzt war der Druck in der Blase zu gross geworden, und der Urin floss einfach aus mir heraus. Vor Scham kauerte ich mich nieder, immer mehr Urin schoss in die Hose und tropfte auf den Boden. Und jetzt standen alle Leute um mich herum und starrten mich an: der Beyeler, die Pfarrköchin, der Sigrist, Schwester Silvestra, auch der Studer stand hier. Braun, hellgrau-rot, violett, grün, weiss – ein hässliches Farbengemisch.

Es war ein Traum gewesen, das war mir klar, aber das nasse Nachthemd und die nassen Leintücher waren Wirklichkeit. Und Wirklichkeit waren auch die starken Kopfschmerzen. Nach einer längeren Zeit hatten sich die Schmerzen jetzt mit Wucht zurückgemeldet. Noch nie hatte ich ins Bett gemacht. Ich verstand nicht, was mit mir los war. Mein Hals verengte sich und ich begann zu weinen.

Nach einer Weile kletterte ich aus dem Bett und zerrte die feuchten Leintücher von der Matratze. Ich öffnete das Fenster und legte sie über den Sims. Vielleicht trockneten sie bis zum Morgen. Dann zog ich das eingenässte Nachthemd über den Kopf und hängte es über die Lehne des Stuhls neben meinem Bett. Mehr wusste ich im Moment nicht zu tun. Ich setzte mich auf die Bettkante und versuchte, die Schmerzen mit Kopfpendeln zu mildern. Vergeblich. Vorsichtig stieg ich zurück ins Bett und zog die Bettdecke über mich. Schlafen konnte ich nicht.

Die Schmerzen wichen auch bis zum Morgen nicht. Ich blieb im Bett liegen, ich hatte keine Ahnung, was nun geschehen sollte. Ich hörte dich nach mir rufen, reagierte aber nicht. Du riefst nochmals, lauter und ungeduldiger. Ich überlegte schon, ob ich nicht vielleicht doch aufstehen und in die Küche gehen sollte, vielleicht merktest du dann nicht, was in meinem Zimmer geschehen war, als die Türe energisch aufgestossen wurde und du ins Zimmer tratst.

«Warum bist du noch im Bett? Und warum antwortest du nicht, wenn ich dich rufe?»

Dann sahst du die Tücher im offenen Fenster, stiertest darauf, befühltest sie, rochst daran und mit einem Ruck drehtest du dich zu mir, fixiertest mich mit deinem Stechblick. Wie eine Explosion brach es aus dir heraus, eine Schimpftirade, gefüllt mit Wut und Verzweiflung.

Was das nun solle. Ich sei doch kein Kleinkind mehr. Ich sei jetzt bald acht Jahre und mache noch ins Bett. Ob man so etwas schon je gehört habe. Ob du das der Schwester Silvestra erzählen sollest. Niemand in meinem Alter mache so etwas. Das setze mit Bestimmtheit eine Strafe ab, und zwar eine gesalzene.

Und dann stiessest du in deiner Wut hervor: «Warum hat mich Gott bloss mit einem solchen Kind bestraft. Wenn ich doch nur dich verloren hätte! Ich wäre froh, wenn du gar nicht geboren wärst.»

Ich wollte dir eigentlich sagen, dass ich grässliche Kopfschmerzen habe, dass ich selbst nicht wisse, was mit mir geschehe, dass ich dies irgendwie wieder gut machen wolle. Vielleicht hätte ich dir das sagen können. Aber mit den Worten, die du mir soeben an den Kopf geworfen hattest, raubtest du mir die Luft. Stumm starrte ich dich an.

Du rafftest die nassen Sachen zusammen und verliessest damit das Zimmer. Bewegungslos blieb ich im Bett liegen.

Gleich darauf kamst du zurück und warfst mir eine Gummimatte hin.

«Hier! Darauf kannst du nun schlafen. Leintücher gibt es keine mehr. Und zu essen und zu trinken für heute auch nicht.»

Ich lag da und konnte nicht verstehen, warum plötzlich so viel Unglück auf mich herabprasselte. Die Kopfschmerzen wären schon schlimm genug, aber ich hatte inzwischen gelernt, damit umzugehen. Schlimmer war die Sache mit dem Bett Nässen. Warum tat ich das? Würde sich das wiederholen? Das Schlimmste aber war, was du mir gesagt hattest: Ich war für dich eine Strafe Gottes. Du wärst froh, wenn es mich gar nicht gäbe. Wieder begann ich zu weinen. Ich beschloss, für immer im Bett zu bleiben, mit niemandem zu reden, nichts zu essen und nichts zu trinken, nie mehr.

Trotz meines Elends liessen die Kopfschmerzen im Lauf des Morgens etwas nach, nicht gänzlich, aber immerhin wurden sie erträglicher. Ich hörte auf zu weinen und dämmerte vor mich hin.

Ich musste eingeschlafen sein, denn unvermutet sah ich Vater neben dem Bett stehen. Offenbar war Mittagszeit.

«Wie geht's dir?»

Ich zuckte die Schultern.

«Hast du wieder Kopfschmerzen?»

Ich nickte.

Darauf schwieg Vater, blieb einfach neben meinem Bett stehen. Schliesslich fragte er:

«Warum machst du solche Sachen?»

Ich spürte, wie sich mein Hals wieder verengte, und zuckte die Schultern.

«Magst du etwas essen?»

Ich schüttelte den Kopf.

«Aber etwas trinken? Trinken musst du, das hilft gegen Kopfschmerzen.»

Vater verliess das Zimmer.

Nach einer Weile kam er mit einer Teetasse zurück.

«Hier! Kamillentee. Hat dir Mutti zubereitet. Sie sagt, das sei jetzt gesund für dich.»

Ich setzte mich auf im Bett, nahm die Tasse vorsichtig entgegen und trank in kleinen Schlucken. Vater wartete, bis ich die Tasse geleert hatte und sie ihm zurückgab.

«Mutti will mich nicht. Sie ist froh, wenn es mich nicht mehr gibt.»

«Was sagst du da? Red doch nicht solchen Blödsinn!»
«Sie wäre froh, wenn ich gar nie geboren wäre, hat sie mir heute Morgen gesagt.»
Vater starrte mich an, als ob er mir nicht glauben wollte, dabei aber wohl wusste, dass ich nichts erfunden hatte, legte dann abrupt die Tasse auf den Stuhl neben meinem Bett und stürmte wortlos aus dem Zimmer. Ich hörte ihn durch den Gang laufen, die Haustüre aufreissen und hinter sich ins Schloss werfen.

33

Als ich erwachte, musste ich als erstes daran denken, dass ich für
dich eine Strafe Gottes sei und dass du mich nicht haben wollest.
Auch am nächsten Morgen erwachte ich mit diesem Gedanken,
und am übernächsten und an allen kommenden Morgen.
Entgegen meiner Erfahrung, dass Schlimmes sich durch den
nächtlichen Schlaf in weniger Schlimmes verwandelt, geschah
diesmal nichts Derartiges.
Ich phantasierte, wie du in mein Zimmer kämest und mir sagtest,
dass du so wütend geworden seiest und dummes Zeug geredet
habest. Selbstverständlich hättest du mich gern, alle Mütter
hätten ihre Kinder gern. Aber das geschah nicht.
Oder dass Vater zu mir käme, mich in die Arme nähme und mir
sagte, wie glücklich er sei, dass es mich gäbe. Aber das geschah
nicht.
Trotz meines Vorsatzes, nie mehr das Bett zu verlassen, stand
ich auf und zog mich an. Dir wollte ich nicht begegnen. Leise
trat ich in den Gang und horchte. Es war totenstill in unserem
Haus. Vielleicht warst du weggegangen, vielleicht lagst du im
Bett. Auf Socken schlich ich zur Haustür hinaus und zog erst
draussen die Schuhe an.
Mein Ziel war das leere Haus. Ich guckte durch die Fenster in die
Schlafräume und in das Esszimmer, niemand war da. Das
Küchenfenster stand offen, hier entdeckte ich den Goldigen. Er
trug einen Berufsmantel, der mit Farbe verkleckert war.
Sogar seine Brillengläser waren mit kleinen Farbklecksen
gesprenkelt. Er machte einen schlampigen Eindruck. Das passte
gar nicht zu ihm.
Mit einem breiten, grobhaarigen Pinsel fuhr er über die
Küchenwände. Die weisse Farbe verlief auf den schmutzigen
Wänden zu einem grau-braunen schmierigen Anstrich.
Missmutig musterte er, was als Resultat seiner Bemühungen
vorlag, schaute sich hilflos in der Küche um, und bemerkte mich.
«Aha, der Nachbarjunge. Treibt sich wieder in der Gegend
herum.»
Mit einer ärgerlichen Bewegung warf er den Pinsel in den
Farbkübel, einzelne Tropfen spritzten auf den Boden.

«Ich weiss es selbst: Man könnte dies besser machen. Na, komm schon, schau es dir aus der Nähe an. Den Weg kennst du ja.»
Als ich die Küche betrat, reinigte der Goldige den Pinsel in einem mit Wasser gefüllten Becken. Nachdem er mit einem feuchten Lappen auch noch die Brille gesäubert und die Farbkleckse vom Boden aufgewischt hatte, wendete er sich mir zu und reichte mir die Hand.
«Mein Gott!», rief er, «wie siehst denn du aus! Geht es dir nicht gut?»
Ich zuckte die Schultern. Schon wieder engte sich mein Hals.
«Entschuldige mein ruppiges Benehmen. Ich habe heute einen schlechten Tag. Ich habe unseren Eid gebrochen. Als wir Ungarn verliessen, haben wir vier uns geschworen, Heimweh niemals zuzulassen. Wir versprachen uns, Heimweh schlicht und einfach zu verbieten, zu tilgen, mindestens zu unterdrücken. Jetzt stehe ich da, krank vor Heimweh. Ich vermisse Budapest, ich vermisse meine Bibliothek, ich vermisse meine Arbeit, ich vermisse meine Freunde, ich vermisse meine Mutter. Wenn ich daran denke, dass sie uns nie mehr sehen wird, in ihrem ganzen verbleibenden Leben, werde ich krank vor Gram. Kannst du dir das vorstellen? Kaum. Sei froh, dass du dir das nicht vorstellen musst. Weißt du, was Heimweh ist?»
Ich war noch nie für längere Zeit von zu Hause fort gewesen. So viel ich wusste, hatte ich mein ganzes bisheriges Leben im Hinterdorf verbracht. Gelegenheit für Heimweh hatte ich noch nie gehabt. Ich versuchte mir vorzustellen, dass ich wie der Goldige meine Heimat für immer verlassen müsste. Besonders schlimm kam mir das nicht vor, auf jeden Fall nicht schlimmer, als was ich jetzt empfand.
«Setz dich. Möchtest du einen Sirup? Du bist der Einzige, der ihn liebt. Meine Frau trinkt lieber Wasser, Imre und Peter finden ihn zu wenig süss.»
Ich hatte Durst und trank das Glas in einem Zug leer. Der Goldige füllt es mir nach.
«Es ist falsch und sinnlos, die jetzige Situation mit früher zu vergleichen. Ich weiss es. Trotzdem tu ich es. Es ist wie ein Zwang, dem ich mich nicht entziehen kann. Dabei bringt das Vergleichen nichts als Kummer.»

Wieder stellte er mich in die Rolle des verständigen Zuhörers. Behandelte er alle Kinder so? Auch seine eigenen? Auch als sie noch so klein waren wie ich? Oder brauchte er einfach jemand, der ihm zuhörte, wer auch immer das war? Doch seine Freundlichkeit mir gegenüber, ja sogar seine Zuneigung, dünkten mich echt.

«Wir hätten die Studenten von der Strasse holen sollen. Wir hätten sie in den Hörsälen der Universität einsperren sollen. Wir hätten ihnen in ihre jungen Köpfe hämmern sollen, dass ihr Aufstand zwar mutig, aber in Tat und Wahrheit extrem dumm sei. Mehr noch als dumm. Was wir heute haben, ist um Welten schlechter, als was wir zuvor hatten. Die ganzen Zerstörungen, all die Leute in den Gefängnissen und auf der Flucht, all die Verletzten und Toten. Der Fortschritt lässt sich nun mal nicht mit einer spontanen Aktion herbeizwingen, auch wenn sie noch so glänzend erscheinen mag. Den grossen Wurf gibt es nicht.»

Nach meinen Erfahrungen teilten sich die Erwachsenen in zwei Gruppen auf: Die einen befahlen und kritisierten, sie mochten die Kinder nicht. Die andern fanden die Kinder nett, sie erklärten ihnen vieles, erzählten ihnen in gut verständliche Weise Dinge, von denen sie annahmen, dass diese für die Kinder interessant und wichtig seien. Der Goldige gehörte keiner der beiden Gruppen an, für ihn war ich gar kein Kind, er sprach mit mir, als ob ich jemand wäre wie er. Das tat mir gut.

Er erzählte mir, wie sie sich nicht mehr auf die Strasse getraut hatten, wie sie in ihrer Wohnung hockten und voller Angst auf das warteten, was nun geschehen würde. Plötzlich klopfte, nein, schlug die Concierge an ihre Wohnungstür, rief, noch bevor er öffnete: Herr Doktor Kovats, kommen Sie schnell! Flüchten Sie in den Keller, mit Ihrer Familie! Schnell! Die Panzer kommen! Dann lief sie zur nächsten Wohnungstür, um die Leute zu warnen. Er war mit seiner Familie den ganzen Tag in der Wohnung geblieben, hatte Radio gehört, alle möglichen Sender, und dabei drang wie ein Hintergrundgeräusch beständig das Schiessen in seine Ohren. Es schien weit weg zu sein, nicht wirklich bedrohlich, so als ob es gar nicht in der Stadt, sondern nur im Radio stattfände. Aber kurz bevor die Concierge an die Türe schlug, hatten sich die Geräusche verändert, sie wurden lauter, realer und bedrohlicher. Die einzelnen Schüsse und Explosionen waren nun gut auszumachen und dazu ertönte eine Art Grollen. Sie rannten einfach los, ohne irgendetwas mitzunehmen, die Treppe hinab, in den Keller. Das ganze Haus fand sich dort wie zu einer Mieterversammlung ein. Es war ein gewölbter Raum, ziemlich vollgestopft mit allem möglichen alten Zeug, das niemand mehr brauchte, aber auch nicht wegwerfen wollte. Im Kommunismus werfe man nichts fort. Sie stapelten den Plunder aufeinander, um Platz für alle zu schaffen. Dann kauerten sie da auf Koffern und Kisten, schwiegen und lauschten den Kriegsgeräuschen, die von draussen in das Kellerversteck eindrangen, immer lauter und immer gefährlicher. Sie hörten, wie die Panzer in ihre Strasse eindrangen. Die Russen! Sie schossen aus ihren Panzern mit Maschinengewehren und Kanonen. Menschen konnten sie keine mehr erschiessen, denn auf der Strasse war niemand. Als Ersatz zielten sie auf die Häuser. Wenn sie die Ungarn schon nicht töten konnten, wollten sie wenigstens ihre Häuser zerstören. Sie wollten das ungarische Volk quälen. Genau das war ihr Ziel.

Der Goldige unterbrach sich, betrachtete mit leerem Blick die frisch gestrichene Küchenwand, dann lachte er plötzlich, etwas bemüht.

«Was meinst du, Josef? Es ist wohl besser, dass ich nicht Maler geworden bin.»

«Man muss die Wand zweimal streichen, mindestens zweimal.» Erstaunt schaute er mich an.

«Aha. Das weißt du?»

«Der Braune macht das so, wenn er einen Sarg machen muss.»

«Und wer ist dieser Herr Braun?»

Verlegen lächelte ich.

«Er heisst nicht Braun. Ich sage ihm bloss so. Aber nur, wenn er es nicht hört. Er heisst Beyeler. Er wohnt gleich nebenan. Er hat eine Schreinerei. Eigentlich ist er Wagner, hat er mir gesagt. Aber heute macht man die Wagen nicht mehr von Hand, deshalb ist er jetzt Schreiner.»

«Gut, dass du mich besuchen kommst, Josef. Dank dir lerne ich viel über meine neue Heimat.»

Dann schwiegen wir, bis der Goldige mit seiner Erzählung fortfuhr.

Er habe noch nie etwas erlebt, was ihn so überfordert habe wie diese Nacht im Keller. Er habe auch noch nie etwas erlebt, was sich so tief in sein Gedächtnis eingegraben habe. Wenn plötzlich und unerwartet etwas Schreckliches geschehe, erschrecke man. Wenn man aber mit dem Schrecklichen rechne, dann warte man darauf, bis es endlich geschehe, und dann erschrecke man seltsamerweise nicht weniger, sondern mehr.

Ein Knall von unglaublicher Lautstärke liess die Bewohner im Keller zusammenzucken. Eine riesige Faust hieb auf das Haus, donnerte an seinen Kopf, zerfetzte sein Trommelfell, wie er im ersten Moment befürchtete, gefolgt vom Krachen und Prasseln fallender Mauern und Gegenstände. Alle schrien. Es war nicht ein Aufschrei, sondern ein Schreien ohne Unterlass, unaufhörlich. Auch er schrie. Sein rationales Denken war weg, ausgelöscht, nur noch Schrecken und Angst. Ein russisches Geschoss hatte das Haus getroffen, danach folgten weitere Schüsse, weiteres Krachen zusammenstürzender Mauern, einzelne Trümmer schlugen gegen die Kellertüre, wie Poltergeister, die gegen die Bohlen der Türe hieben. Und gleichzeitig ging das Licht aus.

Dann verstummten sie. Sie hockten im Dunkeln, eingesperrt, gefangen. Irgendwann wurde eine Kerze angezündet. Es war die Concierge, diese einfache Frau, die ihnen all die Jahre mit einer gewissen Unterwürfigkeit begegnet war, dabei war sie ja nicht nur Concierge, sondern auch Aufpasserin im Dienst des Regimes. Nun erwies sie sich als die einzige mit Weitsicht. Sie hatte eine Kerze und Streichhölzer mitgenommen. Keiner der im Keller Eingeschlossenen sprach auch nur ein einziges Wort, sie waren eine schweigende Versammlung. Wie lange sie da hockten, wusste er nicht. Er hatte das Zeitgefühl verloren. Irgendeinmal fiel ihm auf, dass der Lärm der Panzer verstummt war. Es herrschte nun Stille, nur ab und zu unterbrochen vom Geräusch herabstürzender Teile, Mauern, Möbeln, was wusste er, kein grosser Lärm mehr, nur noch ein spätes Echo auf die Hauptgeräusche. Falls er jemals die Hoffnung gehabt hatte, dass jemand sie aus dem Keller befreien käme, ging die ihm ob dem langen Warten verloren. Das war das Schlimme. Nicht die Beklemmung, in diesem Keller eingeschlossen zu sein, war schlimm. Schlimm war die Gewissheit, diesen Keller nie mehr verlassen zu können. Einmal versuchten ein paar, die Türe aufzumachen, um vielleicht aus eigenen Kräften einen Ausweg zu schaffen. Ein völlig vergebliches Unterfangen. Die Türe liess sich zwar öffnen, sie schwang gegen innen auf, ein paar kleinere Mauerbrocken fielen in den Keller, aber sie erkannten gleich, dass das Treppenhaus mit Trümmern und Geröll vollkommen blockiert war. Dagegen kamen sie mit blossen Händen nicht an. Schliesslich war die Kerze heruntergebrannt, und es herrschte wieder Finsternis. Mit Scham wurde ihm plötzlich bewusst, dass er nicht nur ein verängstigtes Wesen, sondern auch ein Vater war. Er tastete nach seinen beiden Kindern und zog ihre Köpfe an seine Schultern. Sie schliefen nach einer Weile ein, tatsächlich. Ihr Schlafen bedeutete ihm Trost und Grund zur Verzweiflung in einem. Er hatte sie in diese Falle geführt, aus der sie nicht mehr herausfänden.

Er hatte keine Ahnung, wie viele Stunden vergangen waren, nach seinem Gefühl waren es unendlich viele, als er seine Frau flüstern hörte: Gabor, schau! Und wirklich: Ein ganz schwacher Lichtschimmer war zu erkennen.

Das Licht stammte von einer kleinen Luke in einem Nebenraum. Sie stellten ein paar Kisten, die in ihrem Kellerraum lagen, darunter, kletterten darüber hinauf und zwängten sich durch das kleine Loch. So einfach war das.

Sie landeten im Hinterhof und schauten zu ihrer Wohnung hinauf. Oder vielmehr zu dem, was noch gestern ihre Wohnung gewesen war. Das Haus war eine Ruine. Ein grosser Teil der Aussenmauern war weggebrochen, die Zwischenwände, die Böden, die Treppen, bis auf wenige Reste war alles in sich zusammengestürzt.

«Vielleicht begreifst du nun, Josef, warum ich Keller nicht mehr so mag.»

Ich nickte.

Dann begann ihre Flucht. Sie arbeiteten sich aus der Stadt hinaus, vermieden die grossen Strassen, kletterten über Trümmer, bis sie schliesslich Budapest hinter sich hatten. Nach zwei Tagen langten sie im Dorf seiner Mutter an. Sie bewohnte dort zwei Zimmer in einem stattlichen Haus, das ihr früher gehört hatte. Sie beschwor ihn, sofort ins Ausland zu fliehen. Denn die Russen hätten es auf Leute wie sie abgesehen. Sie versorgte ihn und seine Familie, so gut sie konnte, mit dem Nötigsten, und auch mit weniger Nötigem wie den Fotos, die ich ja kannte.

«Doch was heisst, weniger nötig? Vielleicht sind die Bilder das Wichtigste, was ich mitnehmen konnte. Sie hingen bei ihr hinter einer Vitrine. Auch der Kaiser hatte dort seinen Platz. Der Alte, Franz Josef. Nicht Karl, sein Nachfolger. Von dem hielt sie nichts. Ihre Verehrung galt dem Alten. Den allerdings überliess ich ihr. Und dann sind wir mit dem Zug nach Österreich und am Schluss in die Schweiz gekommen.»

Mir kam in den Sinn, was der Weisse über die Leute, die jetzt in Ungarn regierten, gesagt hatte.

«Was ist ein Kapitalist?», fragte ich.

«Bitte? Was?»

«Ich weiss nicht, was ein Kapitalist ist. Es gibt so viele Wörter, die ich nicht verstehe.»

«Wie kommst du denn ausgerechnet jetzt auf diesen Begriff?»

«Studer hat mir gesagt, dass die, die jetzt in Ungarn regieren, Kapitalisten seien, weil sie den Arbeitern, die streiken, schlimme Sachen androhen.»

«Wer ist Studer? Auch ein Nachbar?»

«Er arbeitet in der Lehmgrube. Er wohnt gleich da drüben. Die Leute mögen ihn nicht. Sie sagen, er sei ein Kommunist oder ein Sozialist oder so etwas. Am Sonntag geht er nicht in die Kirche.»

«Und in deiner Sprache? Ist er der Rote?»

«Nein. Der Weisse.»

Das sei nicht dumm, was mein Weisser gesagt habe. Es treffe den Sachverhalt sogar ziemlich genau. Den Begriff Kapitalismus zu erklären, sei nicht einfach. Ein Kapitalist sei einer, der sehr reich sei, für den viele Leute arbeiten, und der über sie befehlen könne. Vielleicht das Wichtigste: Die Leute würden gehorchen, weil sie Angst hätten. Angst sei der Motor des Kapitalismus.

Ich schaute den Goldigen an und lächelte unsicher. Der Goldige lachte.

Es tue ihm leid, er könne es halt nicht besser erklären. Einfach ausgedrückt: Den Kapitalisten gehöre alles, den Arbeitern nichts - oder fast nichts, nur ihre Arbeit, und die müssen sie verkaufen. Die Leute, die arbeiten, können nicht selbst bestimmen. Sie hätten einfach zu akzeptieren, was ihnen befohlen werde. Sie können nichts anderes tun als gehorchen.

Ich musste ja auch gehorchen, dachte ich. Alle verlangten das von mir.

34

Auf deine Anordnung hin nahm mich Vater mit in die Kirche.
Du bliebst wie gewohnt zu Hause.
«Ich weiss nicht, wohin ich mich setzen muss.»
«Warum nicht?»
«Ich bin kein Erstklässler mehr.»
«In die vorderste Bank. Wie bisher. Ob du jetzt in die erste
Klasse gehst oder wieder in den Kindergarten, das spielt doch
keine Rolle.»
Doch ich weigerte mich, zu den Erstklässlern zu gehen.
Glücklicherweise trafen wir noch vor der Kirche den Sigrist an,
jetzt in seiner Funktion als Kirchenwächter. Ich hatte Recht, die
vorderste Bank war ausschliesslich für Kinder vorgesehen, die
die erste Klasse besuchten. Eigentlich sei ich, da ich nun wieder
in den Kindergarten gehe, nicht mehr verpflichtet, am Sonntag
der Messe beizuwohnen.
Vater wurde allmählich ungeduldig. Was er denn nun mit mir
machen müsse.
Der Violette sagte ihm, er solle machen, was er wolle.
Vater entschied, dass ich mich halt neben ihn setzen solle. Das
war mir recht. Den Erwachsenen war die hintere Hälfte der
Kirche vorbehalten, von wo aus ich eine gute Sicht auf mein
Lieblingsbild hatte. Ich kniff die Augen zusammen, bis ich den
Teufel und die nackten Verdammten nur noch verschwommen
wahrnahm, und riss dann schlagartig die Augen wieder auf.
Doch was ich erhofft hatte, trat nicht ein. Die Figuren blieben
starr, wie sie hingemalt wurden, nicht ein kleines Bisschen
bewegten sie sich.
Das Bild daneben zeigte die Fortsetzung, die Verdammten
sassen nun in der Hölle. Von ihren Körpern war nicht viel zu
sehen, eigentlich nur ihre Köpfe mit den flehenden, nach oben
gerichteten Blicken. Zu sehen waren vor allem Flammen, die
unter ihnen und rings um sie herum loderten. Die Insassen der
Hölle mussten fürchterliche Schmerzen erleiden, Tag und Nacht,
Jahr für Jahr, bis in alle Ewigkeit. Wenn sie tausend Jahre hinter
sich hatten, war das nichts. Ewig weniger tausend war Unsinn,
ewig war ohne Ende. Da gab's nichts zu zählen und nichts zu

rechnen, nur zu leiden. Seltsamerweise sah man ihnen die
Qualen nicht an. Keine verzerrten Gesichter, keine
aufgerissenen, schreienden Münder. Es machte den Anschein, als
ob die Hölle vor allem langweilig sei. Aber so war es bestimmt
nicht. Vermutlich getraute sich der Maler bloss nicht, das
Schreckliche der Hölle mit aller Genauigkeit zu zeigen. Denn
dann hätte er auch die Himmelsbewohner zeigen müssen, die auf
die Höllenbewohner herabschauten und ihnen beim Leiden
zusahen. Freuten sich die Himmlischen an der Qual der
Hölleninsassen?
Der Schwarze stieg auf die Kanzel und begann zu predigen. Ich
hörte nicht zu, bis ich plötzlich das Wort Ungarn vernahm. Der
Pfarrer redete über Ungarn? Das hätte ich nicht erwartet. Ungarn
und die Flüchtlinge waren doch kein Thema für die Kirche!
«Wenn wir als Katholiken eines aus dem ungarischen Drama
lernen können, dann ist es die Bewunderung für Josef
Mindszenty. Schauen wir in sein Gesicht, das von eben so viel
Güte wie Strenge gezeichnet ist: Güte gegen seine Schäfchen,
Strenge gegen die Sündigen. Erzbischof und Primas Mindszenty.
Es war eine der ersten Grosstaten der Aufständischen, den
Erzbischof und Primas von Ungarn aus der Kerkerhaft zu
befreien und ihn im Triumph in seinen Palast zu tragen. Und als
erste Amtshandlung hat der Primas all die Priester, die der
Versuchung erlegen waren, die sich dem kommunistischen
Regime angepasst und sich auf diese Weise als unwürdig
erwiesen hatten, den Titel Priester zu tragen, die hat er aus ihren
Ämtern gefegt. Erzbischof und Primas Mindszenty. Solange kein
König in Ungarn regiert, ist er der Herrscher über die Ungarn.
Dafür und für nichts anderes kämpfen die Ungarn. Nicht für
volle Gestelle in den Läden oder für anderen irdischen Kram,
sondern für die Rechte der wahren und katholischen Kirche mit
ihrem Primas an der Spitze. Sollte der grosse Kampf in Ungarn
gelingen, dann erstrahlt dieses Land im alten katholischen Glanz
mit einem Kirchenfürsten an der Spitze. Dann können wir
gemeinsam mit den Ungarn ausrufen: Der Kampf hat sich
gelohnt. Doch es sieht nicht so aus. Leider ist anzunehmen, dass
das Böse obsiegen wird. Der Glaube war zu schwach, um das
ganz Grosse zu vollbringen.»

146

Der Goldige hatte mir das Bild von Mindszenty gezeigt. Strenge hatte ich in seinen Zügen nicht gefunden, eher Leiden. Er schien ein Mann zu sein, dem es nicht gut ging. Ich versuchte, Mindszentys Gesicht dem Schwarzen aufzupfropfen. Und tatsächlich: Plötzlich war der Schwarze gar nicht mehr auf der Kanzel, sondern Mindszenty. Der Schwarze hatte die Kanzel verlassen müssen, um dem Ungarn Platz zu machen. Mit wütendem Gesicht stand er nun vor dem Altar, wo er ausharren musste, solange es Mindszenty gefiel. Genau unter dem Adventskranz musste der Schwarze stehen, unter dem schweren Kranz mit den vier Kerzen, den Vater und ich aufgehängt hatten. Der Gärtner und der Violette hatten sich nicht getraut. Aber wir stiegen in den Turm hinauf und gelangten durch eine kleine Türe auf den Estrich, der keinen ebenen, stabilen Boden hatte, worauf man sich problemlos hätte fortbewegen können, sondern nur einen Rost von Balken, an denen die Wölbung des Kirchenhimmels aufgehängt war. Auf dem Rost lagen schmale Bretter, worauf wir uns vorwärts balancierten. Nur Vater und ich getrauten sich. Der Violette nicht. Der Gärtner nicht. Der lieferte bloss den Kranz und wartete dann unten im Chor, bis Vater durch ein Loch in der Decke einen Draht hinabfallen liess, an dem der Gärtner und der Violette den mächtigen Kranz aufhängten. Mit einer Seilwinde zog Vater den Kranz in die richtige Höhe. Wenn der Violette die Kerzen anzünden musste, verwendete er eine lange Stange mit einem brennenden Docht an der Spitze.
Vielleicht hatte Vater die Seilwinde nicht richtig arretiert, vielleicht war der Draht schon alt und rostig, auf jeden Fall stürzte mit einem Mal der Kranz hinunter. Er fiel exakt auf den Schwarzen hinab, genau betrachtet fiel er gar nicht so schnell, eher schwebte er, schwebte auf den Schwarzen zu, nahm den Kopf in seine Mitte und blieb schliesslich auf dem dicken Bauch stecken. Eine Zwangsjacke hatte sich um den Schwarzen gelegt, er war der Gefangene des Adventskranzes, seine Glubschaugen glotzten blöd zwischen den brennenden Kerzen hindurch.
Ich drückte die Augen zu und blickte danach wieder zur Kanzel. Da stand nun nicht mehr Mindszenty, sondern wieder der Schwarze. Auch der Kranz hing wieder an seinem Ort. Der

Schwarze predigte immer noch. Er redete nun nicht mehr über die Ungarn und den Mindszenty, sondern über die Frauen. Wie die Frauen mit den Ungarn zusammenhingen, hatte ich verpasst. Irgendetwas machten die Frauen falsch, so dass die Männer als Folge auf einen schlimmen Pfad gerieten. Was nur machten sie falsch? Der Teufel habe sie zur Eitelkeit verführt, sagte der Pfarrer mit drohender Stimme. Das sehe man beispielsweise an der unangemessenen Kleidung, die die eitlen Frauen tragen. Eitel, eitel, eitel, wiederholte ich im Kopf. Was bedeutete eitel? Ich hatte das Wort noch nie gehört, verstand es aber auf Anhieb. Das Wort hatte etwas Angriffiges, war etwas wie eine scharfe Klinge, sie konnte einen verletzen. Eitle Kommunisten! Eitle Kapitalisten! Passte gut. Eitler Schwarzer? Passte noch besser. Ich schaute nach links, wo die Frauen sassen. Schämten sie sich? Die meisten schauten gelangweilt vor sich hin. Sie hörten dem Schwarzen gar nicht zu. Sie warteten auf das Ende der Predigt und der Messe.

35

Vor einer Stunde hatte ich mich für den Kindergarten bereit gemacht, ich fühlte mich aber matt. Du fragtest mich, ob ich lieber zu Hause bleiben wolle. Ich nickte und legte mich auf mein Bett.

Gleich darauf verliessest du das Haus, ohne nach mir zu sehen. Im letzten Frühling, als ich eingeschult wurde, hattest du begonnen, einen Tag in der Woche in der Gärtnerei zu arbeiten. Du machtest das Büro. Ich fragte dich, ob ich dir einmal zusehen dürfe, wenn du das Büro machtest. Ich durfte nicht.

Die Leintücher, auf denen ich lag, waren neu, verziert mit einem Bärchen, das du hineingestickt hattest. Auch wenn ich fand, dass ich aus dem Bärchen-Alter hinaus war, freute ich mich darüber. War dies ein Versöhnungsangebot von dir? Vermutlich schon. Aber du sprachst nicht mit mir. Immerhin musste ich nicht, wie von dir angedroht, auf der nackten Gummimatte liegen. Du hattest die verschmutzten Leintücher gewaschen, hattest zusätzliche Leintücher gekauft, damit für jeden Fall saubere zur Verfügung stünden.

Dein Stechaugengesicht setztest du nicht mehr auf, du sahst mich gar nicht an. Du warst verstummt, redetest weder mit mir noch mit Vater, so dass auch der meistens schwieg. Es war noch stiller geworden als zuvor in deiner Familie.

Du kauftest mir wunderbare Sachen: einmal eine Flasche Coca-Cola, ein andermal eine Dose Schokoladen-Creme.

Aber ich wartete vergebens darauf, dass du mit mir reden würdest. Wenn du das Schweigen gebrochen hättest, dann hättest du deinem Kind sagen müssen: Ich habe dich gern. Du hättest ihm versichert, es sei völliger Blödsinn gewesen, was du ihm an den Kopf geworfen hattest, dass dir lieber wäre, es würde nicht existieren. Du hast geschwiegen, nicht weil dir der Mut zu einem solchen Gespräch gefehlt hätte, du warst eine mutige Frau, sondern weil du nicht lügen wolltest. Denke ich heute.

Ich dämmerte ein. Tagsüber war ich jetzt meistens müde. Denn ich schlief unruhig, weckte mich selbst immer wieder auf, ging mehrmals pro Nacht aufs WC. Ich wandte alle meine Kräfte auf, um nicht noch einmal im Schlaf ins Bett zu pissen. Bettnässer. Mit fast acht Jahren. Das durfte nicht sein.

Nach kurzem Schlaf erwachte ich, stieg aus dem Bett, rückte ein paar meiner Holzklötzchen zurecht, entschied mich aber, nicht damit zu spielen, ging in die Küche, um etwas zu trinken. Ich stellte mir vor, was die anderen Kinder jetzt wohl täten. Wichtig war es mir nicht.

Dann kehrte ich in den Gang zurück, liess meinen Blick den Flur hinauf und hinab gleiten und stiess die Türe zur guten Stube auf. Hier war alles so, wie es immer war. Nach kurzem Zögern öffnete ich die eine Türe des Buffets, suchte alle Fächer ab, öffnete auch die andere Türe, zog die Schubladen heraus. Die kleinen Schuhe fand ich nicht.

Ich verliess die Stube, prüfte, ob die Haustüre verschlossen war, und betrat auf Zehen dein Schlafzimmer. Die Schublade deines Nachttischchens stand halb offen. Ich zog sie ganz heraus. Auch hier fand ich die Schuhe nicht, nur ein Buch mit einem goldenen Kreuz, einen Rosenkranz und einen umgedrehten silbernen Fotorahmen. Ich nahm ihn heraus: Ein kleines Mädchen schaute mich an, ernst, sogar kritisch mit seinen leicht verkniffenen Augenbrauen, als ob es das, was ich tat, nicht billigte. Dunkle, halblange, gekrauste Haare rahmten das bleiche Gesicht ein. Die Haare trug es offen, die Masche diente der Verzierung, nicht der Bändigung seiner Locken. Seine Augen, über hohen Wangenknochen, waren lang und schmal, fast wie bei einer Chinesin. In der linken Hand hielt es ein Spielzeug, fest umklammert, als wäre es eine Waffe, einen Stab, an dessen Ende sich eine Holzkugel befand, vielleicht eine Rassel. Es trug ein Röckchen mit einem geklöppelten Kragen, gestrickte Strümpfe und kräftige Schuhe. Ich kannte die Schuhe. Es waren die Schuhe, die du versteckt hieltest.

Ich legte die Fotografie zurück, genau so, wie ich sie vorgefunden hatte, und schob die Schublade wieder halb zu. Im Gang stellte ich mich vor den Spiegel und betrachtete mein Gesicht. Auch meine Augen waren lang und schmal.

Ich zog Jacke und Schuhe an, verliess das Haus, läutete bei der Nachbarin und fragte, ob Hansi noch in der Schule sei. Er habe bald aus, sagte sie mir. Ich eilte zur Schule, um ihn abzufangen.

«Ich muss etwas wissen», sagte ich in bestimmtem Ton, als er auf mich zukam.

«Was denn?»

Anstatt einer Erklärung schlug ich den Weg zum Friedhof ein. Zu meiner Erleichterung war Vater heute nicht auf dem Friedhof beschäftigt. Vor dem Grab, das Vater so sorgfältig pflegte, blieb ich sehen.

«Da!», sagte ich, «was steht da auf dem Grabstein?»

Der weisse, glänzend geschliffene Stein war beschriftet mit eingravierten, goldig bemalten Buchstaben und Ziffern. Die Kerze davor war erneuert worden und brannte. Sie brannte immer.

«Das weißt du nicht?»

Ich schüttelte den Kopf.

Hansi musterte mich von der Seite und las dann vor: «Gott gab dich uns. Gott nahm dich uns. Ruth. Geboren am 6. Januar 1947. Gestorben am 20. Oktober 1949.»

Ich fuhr mit dem Zeigefinger den grossen Buchstaben nach.

«Diese Buchstaben heissen Ruth?»

«Das hast du nicht gewusst?»

«Der 6. Januar ist mein Geburtstag.»

«Das ist Zufall! Aber geboren bist du nicht im gleichen Jahr.»

«1949.»

Hansi schwieg, bis ich Anstalten machte zu gehen. Wir verliessen den Friedhof und gingen den Weg vom Kirchhügel hinab.

«Tschau», sagte ich, als wir vor seinem Haus angekommen waren.

«Das von deiner Schwester hast du nicht gewusst?»

Ich schüttelte den Kopf.

Hansi schaute mich verwundert an. «Deine Eltern haben dir nie davon erzählt?»

Ich ging, ohne zu antworten. Ich konnte nicht sprechen.

Ich beschloss, mich ins Bett zu legen. Kurze Zeit später hörte ich dich mit Vater nach Hause kommen. Du schautest nach mir in meinem Schlafzimmer. Ich stellte mich schlafend, hörte zu, wie ihr das Tischgebet spracht, wortlos asst und wieder das Haus verliesst.

Zur Sicherheit wartete ich noch eine Weile, bis ich mich wieder erhob. Auf dem Küchentisch fand ich mein Mittagessen: geschwellte Kartoffeln, ein Stück Käse, Konfitüre und ein Glas Most. Schnell ass ich, spülte das Geschirr und machte mich wieder auf die Suche. Selbst den Keller und den Schuppen liess ich nicht aus. Aber die Schuhe fand ich nicht. Vielleicht hattest du sie gar nicht versteckt, sondern weggeworfen, vernichtet, im Ofen verbrannt. Oder in Ruths Grab beigesetzt, ihr zurückgegeben.

Das Abendessen verlief schweigend, wie immer in letzter Zeit. Kauend las Vater in der Zeitung. Du schienst dich nicht daran zu stören.

Ich legte mir die Worte zurecht, die ich nun an dich richten wollte:

Wer ist Ruth? Ist Ruth meine Schwester? Hansi hat mich so blöd angeschaut. Der weiss alles, ich nichts. Warum hast du die Schuhe versteckt? Warum darf ich das Foto vom kleinen Mädchen ... von Ruth .... nicht sehen? Wie habt ihr dem Mädchen gesagt ... meiner Schwester? Ruth oder Ruthli? Woran ist sie gestorben? Warum habt ihr mir nie von ihr erzählt?

«Das gefällt mir!», rief Vater unvermittelt, und begann vorzulesen, ohne sich an jemand Bestimmten zu wenden:

«Die Ereignisse in Ungarn haben in unserem Lande eine Grundwelle der Empörung und des Mitgefühls aufgeworfen. Die Tatsache, dass die Russen ihre Maske fallen liessen und jetzt ihr wahres Gesicht zeigen, hat bei uns eine Schock-Wirkung hervorgerufen. Die Weltgeschichte pocht wieder an unsere Tore. Nur allzuviele Schweizer wurden aus Träumen, beeinflusst von Hochkonjunktur und Wunschdenken, aufgeschreckt. Wie lange werden diese Schweizer aber wach bleiben?

Die Reaktion des Schweizervolkes auf die Ereignisse im Osten ist erhebend; aber Empörung und Hilfsbereitschaft genügen nicht. Das Gedächtnis der Menschen ist kurz; rasch ebbt eine Gefühlsaufwallung ab. Erinnern wir uns des 17. Juni 1953 und der folgenden Koexistenz-Kampagne der Russen mit ihrem unbestreitbaren enormen Erfolg für den Osten. Das darf sich nicht wiederholen! Der West-Ost-Konflikt geht weiter. Auch ohne direkte Gefahr eines generellen Krieges gelten für uns Wachsamkeit und Bereitschaft, solange keine Dauerlösung erreicht ist.

Zwei Konsequenzen haben wir heute zu ziehen:

152

Erstens ist unsere Landesverteidigung im weitesten Sinne entsprechend unseren Möglichkeiten absolut à jour zu halten. Irgendein Nachlassen gibt es nicht.

Zweitens muss nun endlich bei uns gegenüber dem russischen Imperial-Kommunismus eine eindeutig saubere Haltung eingenommen werden. Unsere politische Neutralität bleibt unangetastet. Nie haben wir aber eine Gesinnungsneutralität gekannt. Der heutige Feind unseres Wesens und unseres Lebens ist der Kommunismus. Dementsprechend sei auch unsere Einstellung. Jeder Annäherungsversuch des Westens ist vom Osten je und je als Schwächezeichen und als Einladung zur Aggression aufgefasst worden. Es ist heute Zeit, endgültig die Konsequenzen zu ziehen, wenn wir nicht wieder der nächsten Propagandawelle zum Opfer fallen wollen.

Die Aargauische Vaterländische Vereinigung, die seit Jahrzehnten in unserem Kanton gegen den Kommunismus und für unsere Armee kämpft und die immer wieder aufrüttelt und auf die wahren Verhältnisse hinweist, stellt sich auch heute wieder in den Dienst dieser Aufgabe.»

Nach dieser langen Lesung atmete Vater tief ein, blies die Wangen auf und liess die Luft hörbar durch die gespitzten Lippen entweichen. Er legte die Zeitung nieder und schaute dich mit scheuem, zugleich erwartungsvollem Blick an.

Du hast tatsächlich etwas erwidert. «Und?», sagtest du und nach einer kurzen Pause: «Trittst du nun der Aargauischen Vaterländischen Vereinigung bei?»

Vater antwortete nicht.

«Dummerweise sind die nicht interessiert an solch armen Schluckern, wie du einer bist.»

Ich schaute dich erschrocken an. Du hast Vater verletzt, das hattest du bisher noch nie getan.

«Nein. Natürlich nicht!», antwortete Vater verärgert, «darum geht es ja auch gar nicht!»

Du hattest deinen Mann gerne, nehme ich an. Du hast seine ehrliche, verlässliche Art geschätzt, auch wenn du ihm intellektuell überlegen warst, denke ich. Warum begegnetest du ihm plötzlich mit Sarkasmus? Aber vielleicht galt dein Sarkasmus gar nicht ihm, sondern deinem Leben, so wie du es dir eingerichtet und zurechtgeredet hast.

36

Jeden Tag hatte ich mir vorgenommen, dich zur Rede zu stellen, aber ich brachte den Mut nicht auf. Und jetzt war es plötzlich aus mir herausgebrochen, ohne dass ich mir zuvor zurechtgelegt hätte, wie ich es angehen sollte. Als ob jemand in mir drinnen einen Schieber hochgezogen hätte. Du hattest, nach einigen Sekunden völliger Erstarrung, zu schreien begonnen, noch nie hatte ich dich so schreien hören, dann ranntest du davon, in dein Schlafzimmer, warfst die Türe zu, wolltest mich nicht mehr sehen, wolltest für dich allein sein, wolltest in deinem Zimmer weinen. Ich hörte, wie du wimmertest. Ich wartete auf das schlechte Gewissen, das aber nicht kam.

Vater blieb zunächst bei mir, stand hilflos im Zimmer, ohne mich anzuschauen.

«Später», flüsterte er, «ich erklär es dir einmal, aber später. Jetzt ist es noch zu früh. Es geht einfach noch nicht.» Dann liess er mich allein.

Ich lag auf meinem Bett, benebelt von den Medikamenten und von dem, was ich soeben erlebt hatte.

Ich wollte nicht in den Kindergarten gehen. Heute nicht, und überhaupt nicht mehr. Ich gehörte nicht mehr in den Kindergarten, längst war ich kein Kindergartenkind mehr. Die Kleinen im Kindergarten waren langweilig, sie redeten dummes Zeug. Lieber hörte ich Erwachsenen zu. Dem Goldigen. Auch dem Weissen. Ich war ein Schüler und kein Kindergärtner, auch wenn mich der Schwarze mit seiner Schulpflege aus der Schule hinausgeworfen hatte. Schwester Silvestra war auf keinen Fall schuld an meiner Abneigung gegen den Kindergarten, im Gegenteil, ich mochte ihre Ruhe und ihre Herzlichkeit, ich hatte sie gern. Trotzdem kam der Kindergarten für mich nicht mehr in Frage.

Ich fühlte mich müder als sonst, ich stand in der Küche herum, ich stand im Gang herum, was ich tun sollte, wusste ich nicht, ich wusste nur, dass ich nicht in den Kindergarten gehen würde. Irgendeinmal hast du mich angeschnauzt: «Steh mir wenigstens nicht im Weg herum, wenn du schon nicht in den Kindergarten gehst!», aber du liessest mich gewähren.

Im Laufe des Nachmittags machte ich mich auf, um den Goldigen zu besuchen. Aber er war nicht zu Hause, niemand von der Familie war zu Hause, das leere Haus war leer. Gerne hätte ich ihm zugehört, auch wenn ich nicht alles verstand, was er redete. Vielleicht sprach er gar nicht mit mir, sondern mit sich selbst. Und wenn schon, das störte mich nicht. Der Goldige war mein Freund. Er hatte mir gesagt, ich solle niemandem von seinem Heimweh erzählen, und als ich nickte, fügte er lachend hinzu: «Du bist mein Freund, Josef!»

Auch Hansi war mein Freund. Aber Hansi hatte schon seit einiger Zeit nicht mehr nach mir gefragt. Nach dem Mittagessen hatte ich zuerst bei ihm geklopft, am Samstagnachmittag hatte er ja schulfrei. Er sei nicht zu Hause, sei mit Kollegen aus seiner Klasse spielen gegangen, wohin wisse er nicht, erklärte mir sein Vater. Auch seine Mutter wusste nichts Genaueres.

Vielleicht würde Vater zurückkommen? Vielleicht würde er nach seinem Kind schauen, sich um es kümmern. Aber ich wusste, dass das nicht geschehen würde. Wenn du nicht mit mir sprachst, sprach Vater auch nicht mit mir. Ich schloss die Augen und wartete darauf, dass ich einschlief.

Ich schlief nicht ein. Ich überlegte mir, aus dem Haus zu schleichen und zum Goldigen zu gehen, vielleicht war er jetzt zu Hause. Ich liess es aber. Ich war ohnehin zu schwach, um aufzustehen. Und überhaupt: Es war ja Nacht, da konnte ich doch nicht einfach so beim Goldigen anklopfen.

Es stimmte nicht, dass ich beim Goldigen herumspioniert hatte. Ich hatte geklopft, und erst als niemand aufmachte, ging ich um das leere Haus herum und spähte durch die Fenster. Die Wände in der Küche waren jetzt schön weiss, zweimal gestrichen, aber es war niemand da. Plötzlich hörte ich hinter mir den Weissen rufen:

«Was spionierst du da herum?! Das macht man nicht! Hab ich dir schon mal gesagt!»

Er winkte mich zu sich und musterte mich mit grimmigem Blick.

«Du hast dich verändert. Bist noch bleicher als sonst. Siehst aus, als ob die Luft aus dir gewichen sei. Wie geht's dir denn?»
Ich zuckte die Schultern, was er nicht gelten liess. Ich musste mit einem Satz antworten. Dann lud er mich zu einem Kaffee ein. Ich sei zwar noch ein Kind, ein Kaffee würde mir aber guttun. Die Frau vom Studer schenkte mir in ihrer Küche eine Tasse ein. Sie legte sich dann hin. Sie habe es mit der Pumpe und deshalb rote Flecken auf der Backe, sagte der Weisse. Sie war die Rote, mit ihren roten Wangen, nicht der Studer, wie es der Goldige meinte.
Zusammen mit dem Weissen trank ich Kaffee. Noch nie zuvor hatte ich Kaffee getrunken, er war bitter, schmeckte mir eigentlich nicht, aber belebte mich auf eigentümliche Weise.
Der Weisse fragte mich, warum mich der Ungar interessiere. Ich sagte ihm, dass er mir von seiner Flucht erzählt habe und dass er ein Kommunist sei oder gewesen sei.
Der Weisse verzog ungläubig sein Gesicht. Das störte mich. Schliesslich hatte der Goldige seine Geschichte mir erzählt, und nicht dem Weissen, er durfte ruhig glauben, was ich ihm berichtete.
«Seine Mutter hat ihm gesagt, er soll fliehen. Die Russen würden ihm sonst etwas Böses antun. Und die Panzer haben sein Haus kaputt geschossen.»
Studer langte zur Kaffeepfanne und füllte seine Tasse neu auf. Unvermittelt wechselte er das Thema und fragte mich, ob ich gut in der Schule sei.
«Ich gehe nicht zur Schule.»
Das verstand er nicht. Er habe von mir nicht den Eindruck, dass ich ein Dummkopf sei.
«Der Pfarrer will nicht mehr, dass ich in die Schule gehe.»
Das verstand er noch weniger.
«Die Schulpflege hat gesagt, ich müsse wieder in den Kindergarten. Und in der Schulpflege ist der Pfarrer. Und vor ihm haben alle Angst.»

Die Tabletten, die Vater auf deine Anweisung in der Apotheke geholt hatte und ich schlucken musste, wirkten nun, zumindest was die Schmerzen im Kopf betraf. Ich verspürte sogar Hunger.

156

Doch ich blieb im Bett liegen, ich wollte nicht in die Küche gehen. Ich wollte, dass du zu mir kämest, oder Vater. Aber nicht ich zu euch.

Der Weisse hatte dann von seinen Söhnen erzählt, die alle einen Beruf erlernt hätten, was wichtig und richtig sei. Er habe das nicht tun dürfen, seine Eltern hätten dies nicht zugelassen oder nicht zulassen können, weil sie arm gewesen seien. Ich müsse auch einen Beruf erlernen und deshalb müsse ich mich in der Schule anstrengen. Das sah ich ein. Aber in die Schule ging ich ja nicht, weil der Schwarze mich nicht in der Schule haben wollte. Genau in dem Augenblick begann es in meinem Kopf zu pochen. Das Wohlsein nach dem Kaffee hatte sich verflüchtigt, der Druck im Kopf wuchs schnell an, verstärkte sich zu einem stechenden Schmerz über den Augen. Doch seltsam war, dass ich zwar Schmerzen empfand, aber dass gleichzeitig in mir eine nie gekannte Klarheit erwachte. Wie wenn Vorhänge, die mich bisher daran gehindert hatten, die Sachen richtig zu sehen, nun weggerissen wären.
«Der Pfarrer ist ein Kapitalist.»
Der Weisse schaute mich verblüfft an und erklärte mir irgendetwas, warum dies nicht sein könne.
«Er will, dass ihm alle gehorchen. Allen jagt er Angst ein.»
Ich liess mich nun nicht mehr aufhalten, auch wenn dem Weissen das, was ich erklärte, nicht zu gefallen schien.
«Vielleicht steckt in ihm ein Teufel. Nein! Nicht vielleicht! Sicher steckt in ihm ein Teufel! Er hat selbst gesagt, dass ein Teufel plötzlich in einen Menschen hineinfahren kann. Warum weiss er das? Niemand anders weiss etwas davon, nur er. Weil er selbst einen Teufel in sich hat. In seinem Kopf oder in seinem Bauch. Der Teufel hat Freude, wenn die Leute Angst haben vor ihm.»
Der Weisse murmelte etwas von Hokuspokus, von dem er gar nichts halte. Aberglauben sei das. Alles nur erfunden, um die Leute gefügig zu machen.
Plötzlich vermochte ich nicht mehr zu sprechen. Aber ich nahm weiterhin wahr, was um mich herum geschah. Der Weisse warf mir einen Blick zu und riss die Augen auf, sein Gesicht

versteinerte sich. Dann rief er nach seiner Frau, und gemeinsam legten sie mich auf ein Bett.

Kurz darauf traf der Sohn der Studers ein. Ob er ohnehin seine Eltern besuchen wollte? Oder ob sie ihn angerufen hatten? Auf jeden Fall brachte er mich nach Hause.

Wie ein Postpaket nahm mich Vater entgegen und hielt mich auf den Armen.

«Mein Gott! Wie leicht du bist», murmelte er.

Du zogst mir die Schuhe aus und schlugst die Bettdecke zurück. Vater legte mich hin und deckte mich zu.

Ihr habt beratschlagt, was nun zu tun sei, bis du schliesslich Vater in die Apotheke schicktest, um Schmerzmittel zu kaufen.

«Bring die stärksten!», sagtest du, «solche für Erwachsene!»

Du bliebst bei meinem Bett stehen die ganze Zeit, bis Vater mit den Medikamenten zurück war.

Du verabreichtest mir eine Tablette. Als diese keine Wirkung zeigte, gabst du mir eine zweite, dann eine dritte.

«Ich glaube, du musst am Montag im Spital anrufen», sagte Vater zu dir.

Bevor du antworten konntest, fragte ich: «Wer ist Ruth?»

Eine Weile herrschte erstarrtes Schweigen, bis schliesslich Vater flüsterte: «Was? Was sagst du da?»

«Wer ist Ruth?», wiederholte ich und sprach dann schnell: «Ruth? Ist das meine Schwester? Hansi hat mich so blöd angeschaut. Der weiss alles, und ich weiss nichts. Und warum versteckst du ihre Schuhe? Wie habt ihr sie genannt? Ruth oder Ruthli?»

37

Ich brauchte mich nicht sonderlich zu bemühen, um unentdeckt zu bleiben, es war bereits dunkel, Anfang Dezember setzt der Abend früh ein. Die Laternen, die unter dem Dachgebälk hingen, beleuchteten knapp die Treppe, nicht aber mein Versteck. Es war kalt, auch wenn noch kein Schnee lag. Adventszeit.

Der gestrige Sonntag war seltsamerweise ein Sonntag gewesen wie immer. Ihr spracht wenig, was üblich war. Weder du noch Vater machten den Anschein, als ob am Abend zuvor etwas Bedeutendes geschehen wäre. Auch ich nicht. Ich fragte nicht nach, obwohl ich von euch noch keine Antwort bekommen hatte. Eigentlich brauchte ich keine. Euer Verhalten am Samstagabend bestätigte mir, was ich selbst herausgefunden hatte: Ich hatte eine Schwester, die war gestorben, als ich noch ganz klein war.

Ich redete mir ein, dass ich von dir und von Vater gar keine Antwort mehr brauchte. Nun wusste ich es ja. Was würde sich ändern, wenn ich mit dir über dein totes Töchterchen reden würde? Über meine Schwester? Nichts, sagte ich mir. Aber ich glaubte mir nicht.

Ich zog meine Jacke enger um mich, ich fror, trotz langen Unterhosen, trotz wollenem Leibchen und dickem Pullover. Kopfschmerzen allerdings hatte ich seit Samstagabend keine mehr, aber müde war ich.

Woran denn war Ruth gestorben? Es ist nicht normal, dass man mit nicht einmal drei Jahren stirbt. War es ein Unfall? Oder hatte sie eine Krankheit?

Ich hörte jemand kommen. Eine Frau und ein Mann, etwa in eurem Alter, stiegen schweigend an mir vorbei, sie drei Stufen voraus, entschlossen, er missmutig hinterher. Ich wartete, bis die beiden einen genügenden Abstand hatten, dann kroch ich aus meinem Versteck und schlich ihnen nach. Bis ich das Ende der Treppe erreichte, waren sie schon beim Eingang zum Pfarrhof, und die Hellgrau-Rote liess sie eintreten.

Ich huschte die paar Stufen zum Choreingang der Kirche hinauf, von hier aus konnte ich die Pfarrhaustüre gut beobachten. Es war kalt. Ich trat von einem Fuss auf den andern, schlug die Hände gegeneinander, steckte sie in die Hosentaschen, zog sie heraus, blies hinein. Ich fror, doch ich harrte aus.

Was, wenn Ruth dieselbe Krankheit hatte wie ich? Erst mit einigen Sekunden Verspätung durchfuhr mich wie eine heisse Welle die Angst, was das für mich bedeuten könnte. Wenn ich die gleiche Krankheit hatte wie Ruth, dann würde ich ebenfalls sterben. War das der Grund, warum du nicht mit mir reden wolltest? Weil das zu schrecklich war, wenn ich ebenfalls sterben würde, dein zweites Kind - das du lieber nicht haben wolltest. Ich schlotterte, vor Kälte, vor Verwirrung und vor Angst.

Ich werde an meiner Krankheit sterben, sagte ich mir. Und zwanghaft musste ich immer und immer wiederholen: Ich werde an meiner Krankheit sterben. Ich stellte mir das kleine Mädchen vor, das weinte, weil es Kopfschmerzen hatte, und schliesslich starb. So klein war das Ruthli gewesen, so klein, und starb mit nicht einmal drei Jahren.

Dann tauchte zaghaft eine schwache Hoffnung auf: Im Gegensatz zu Ruth war ich kein kleines Kind mehr, ich war ja immerhin dreimal so alt wie sie, in meinem Alter starb man nicht mehr so schnell. Ich wiederholte diesen Gedanken: In meinem Alter stirbt man nicht so schnell an irgendeiner Krankheit, machte eine Pause und murmelte den Satz nochmals und dann nochmals und nochmals. Nach jeder Wiederholung prüfte ich, ob ich an meinen eigenen Gedanken glaubte. Das Ergebnis war unklar, aber immerhin nicht eindeutig negativ.

Jetzt öffnete sich die Türe, der Schwarze selbst erschien im Hauseingang, zusammen mit dem Paar, das er mit einem süssen Lächeln entliess. Nun war es der Mann, der vorausging, mit einem triumphierenden Grinsen, und die Frau schlich hinter ihm nach. Der Besuch beim Schwarzen hatte sie von einer starken Frau zu einem schwachen Wesen gemacht.

Meine Beine setzten sich in Bewegung, hinter dem Paar nach. Der Mann sprach nun, wandte sich seiner Frau aber nicht zu, redete geradeaus gegen die kalte Luft an. Die Frau schwieg, sie verstand nicht, was ihr Mann redete, wollte es auch gar nicht verstehen. Es interessierte sie nicht, was er von sich gab.

Bei der Stufe 157 brach ich die Verfolgung ab, kroch in mein Versteck und wartete, bis die Frau und der Mann verschwunden waren.

«Hoi», sagte ich
«Hoi», sagtest du, mehr nicht. So begrüssten wir uns üblicherweise. Ich erzählte dir nichts von meiner Angst, obwohl ich spürte, dass ich das tun sollte. Aber ich war zu feige.
Ich setzte mich an den Tisch und schaute dir zu, wie du das Abendessen zubereitetest. Auf deine übliche Aufforderung hin: «Wasch dir die Hände!» erhob ich mich und ging ins WC.
«Warum muss ich dir das immer sagen», sagtest du, als ich wieder zurück war. Ich zuckte die Schultern. Aber das hast du nicht beachtet.
Bald kam Vater nach Hause, und wir assen. Ich hatte keinen Hunger, ich sass da, verwickelt in meine Gedanken und Ängste. Immerhin: Hier in unserer Küche fühlte ich mich sicherer und ich hatte weniger Angst.
Ich dachte an die Frau, die mit ihrem Mann den Schwarzen aufgesucht hatte, weil sie es wollte, weil sie sich etwas von ihm erhoffte, nun aber enttäuscht und erniedrigt wurde. Was ich beobachtet hatte, bestätigte, was ich schon lange wusste: Der Schwarze übte Macht über andere aus. Die Starken versuchte er klein zu machen. Und das gelang ihm. Auch Vater machte er klein. Da konnte Vater lange in seiner Zeitung lesen und dir und mir erklären, was in der Welt geschah. Vor dem Schwarzen hatte er trotzdem Angst. Du warst die Ausnahme. Du warst anders als die Frau von heute Abend. Selbst wenn der Schwarze sein ganzes Pfarrherrentum aufbot, dich zwang er nicht in die Knie. Dafür liess er an mir, dem kleinen Jungen, seine Wut aus. Er entfernte mich aus der Schule und schickte mich zurück in den Kindergarten. Und er war an meiner Krankheit schuld. Und wer weiss: vielleicht auch an Ruths Krankheit. Falls sie tatsächlich krank gewesen war. Der Weisse glaubte zwar nicht an Teufel und solche Sachen. Es musste ja nicht gerade ein Teufel sein, den der Schwarze in andere Menschen hineinpflanzte. Der wusste sich auch sonst zu helfen, wenn es darum ging, anderen etwas Schlimmes anzutun. Das konnte der, und das tat der, und

deshalb hatten alle Angst vor ihm, die Kinder, und auch die Erwachsenen, obwohl es nicht normal war, dass Erwachsene Angst hatten.

«Schau mich an», befahlst du mir. «Deine Augen sind wieder nach unten gerutscht.»

Ich wusste es selbst. Wenn ich erschöpft war, kippten meine Pupillen nach unten, und nur mit Anstrengung konnte ich sie wieder in die richtige Position bringen.

Wie in letzter Zeit üblich, begab ich mich früh zu Bett.

38

Der Beschluss war plötzlich da. Es gab kein vorgängiges Soll-ich-
oder-soll-ich-nicht, kein Hin-und-her-Überlegen, kein Zögern
und kein Warten, bis sich der Mut zum Handeln endlich
eingestellt hat. Genau genommen gab es gar keinen Beschluss,
das Handeln setzte unmittelbar ein. Leise stieg ich aus dem Bett,
zog warme Sachen an - als ob ich es vorausgeahnt hätte, hatte
ich die Jacke am Abend in meinem Zimmer und nicht im Gang
aufgehängt - öffnete das Fenster, kletterte hinaus, schlich um das
Haus herum in den Schuppen. Alle Fenster waren dunkel, du
schliefst, Vater auch.
Ich wusste, wo Vater die Streichhölzer, die Zündschnüre und
den Sprengstoff verwahrte. Ich war auch schon dabei gewesen,
wenn er im Winter ein Grab ausheben musste und der Boden
gefroren war. Er bohrte dann mit dem Locheisen ein paar
Löcher in die harte Erde, steckte in jedes Loch eine
Sprengstoffwurst, verband sie mit der Zündschnur, die er aus
sicherer Distanz in Brand setzte. Die Flamme frass sich der
Schnur entlang und mit einem dumpfen Knall riss der
explodierende Sprengstoff Brocken von gefrorener Erde heraus.
Mit Sprengstoff sei nicht zu spassen, damit könne man Häuser
zerstören, sogar Menschen töten, sagte Vater. Es war mir streng
verboten, den Sprengstoff auch nur zu berühren. Aber ich
brauchte den Sprengstoff ja gar nicht. Was ich benötigte, waren
bloss eine lange Zündschnur, eine Schachtel Streichhölzer und
ein Stapel Zeitungen. Ich kletterte den Kirchhügel hinauf, ganz
leicht bewegte ich mich, als wäre ich gesund.
Die Kirche war hell erleuchtet. Leise zog ich den einen Flügel
der grossen Mitteltüre einen Spalt auf, der Pfarrer stand vor dem
Alter, in den Bänken knieten die Leute. Ich schloss die Türe
wieder.
Das Pfarrhaus hingegen war dunkel und verlassen, die Hellgrau-
Rote war schon längstens zu Hause in ihrer Wohnung im Dorf.
Ich drückte mich gegenüber dem Pfarrhaus an die Kirchenmauer
und nahm die Umgebung unter Kontrolle. Niemand war
unterwegs, nur die Menschen in der Kirche waren zu hören, sie
sangen ein Lied, das ich kannte. Ich summte leise mit:

Tauet Himmel den Gerechten!
Wolken! regnet ihn herab!
Also rief in langen Nächten
Einst die Welt, ein weites Grab!
In von Gott verfluchten Gründen
Herrschten Satan, Tod und Sünden.

Jetzt löste ich mich von der Mauer, huschte zur Türe des Pfarrhauses, stiess sie auf - dass sie nicht abgeschlossen war, erstaunte mich keineswegs - und schlich in das pfarrherrliche Studierzimmer. Hier breitete ich unter dem Schreibtisch die zusammengeknüllten Zeitungen aus, brach die Beine des Schreibtischstuhls ab, warf sie zusammen mit dem Sitzkissen auf die Zeitungsknäuel, knüpfte das eine Ende der Zündschnur um eines der Stuhlbeine und wickelte die Schnur ab. Sie reichte genau bis vor die Haustüre. Ohne Verzug zündete ich sie an und beobachtete, wie die Flamme der Schnur entlang lief Richtung Studierzimmer. Jetzt schloss ich die Haustüre und stellte mich wieder an meinen vorherigen Platz.

Von draussen gesehen schien sich im Pfarrhaus nichts abzuspielen, schwarz stand es da, wie immer. Aber ich blieb ruhig, keine Sekunde zweifelte ich am Erfolg.

Nach zwei, drei Minuten war im Studierzimmer ein feiner Schimmer zu erkennen, schwach wurde eines der Fenster erleuchtet. Der Schimmer schwoll an, und nun glomm es auch hinter dem andern Fenster. Hui! Plötzlich rissen Feuerhände die weissen Vorhänge von den Fenstern herunter. Das Glimmen wuchs, bis es zu einem Leuchten wurde und die Studierstube in eine grosse Laterne verwandelte. Mit einem Knall explodierten die Glasscheiben und prasselten auf den Platz vor dem Pfarrhaus hinab, einzelne Scherben spickten bis vor meine Füsse. Und nun sah ich, wie der Schreibtisch in Flammen stand, wie die Wandgestelle und alle Bücher brannten, wie die Bilder und das Kreuz an der Wand loderten.

Eigentlich hätte ich nun gehen können, mein Werk war getan. Es wäre sogar besser gewesen, wenn ich mich vom Brandplatz zurückgezogen hätte, denn die singenden Gläubigen in der Kirche mussten doch bemerkt haben, dass nebenan das Pfarrhaus brannte, gleich würden sie herbeieilen. Trotzdem blieb ich, wo ich war, und auch die Kirchgänger blieben, wo sie waren. Das schöne Zimmer, in dem der Schwarze bisher gesessen und studiert hatte, war nun erfüllt von Feuer. Einzelne Gegenstände liessen sich jetzt nicht mehr unterscheiden, das Zimmer des Pfarrers war ein einziges Gewühl von Flammen geworden, rote, blaue, gelbe, orange, sogar grüne. Nun wurde ihnen das Zimmer zu eng, sie züngelten aus den Fenstern hinaus und reckten sich hoch in den nächtlichen Himmel. Als ob sie bisher in der Studierstube eingezwängt gewesen wären und sich nun endlich hätten Bahn brechen können, tanzten sie im Freien, formten sich zu Figuren, zu Gestalten mit langen, hämisch grinsenden Fratzen, mit Spiessen in den Händen und Hörnern auf den Köpfen.

Am Morgen, als ich erwachte, fühlte ich von meinem nächtlichen Wohlbefinden nichts mehr. Müde öffnete ich das Fenster, zog die Luft ein, Brandgeruch konnte ich nicht wahrnehmen, auch wenn ich die Nasenlöcher noch so blähte und noch so viel Luft einatmete. Ich zog mich an, bevor du mich riefst, heute wollte ich trotz meines Beschlusses den Kindergarten besuchen.

Du sasst mit Vater am Tisch und – anders als in den letzten Tagen – spracht ihr miteinander, wenn auch nur über Alltägliches. Mein Vorhaben, heute wieder in den Kindergarten zu gehen, fand deine Zustimmung. Dass in der Nacht das Pfarrhaus abgebrannt war, erwähntet ihr nicht.

Früh verliess ich das Haus, um für den Umweg über den Kirchenhügel genügend Zeit zu haben. Ich ging rasch zum Hinterdorf hinaus - das abgebrannte Pfarrhaus konnte ich noch nicht sehen, logisch, es wurde ja von der Kirche verdeckt - zweigte ab zur Kirchentreppe und spähte die Stufen hinauf: Alles, was sich mir darbot, war unversehrt, nichts deutete an, dass in der Nacht ein Brand gewütet hätte. Ich stieg die Treppe hinauf und zwang mich, den Blick immerfort auf den Boden zu richten. Oben angekommen, blieb ich stehen und hob langsam den Kopf: Das Pfarrhaus stand da, wie immer, unbeschädigt, keine Spur eines Brands. Selbst die Vorhänge in den beiden Fenstern der Studierstube hingen noch an ihrem Platz, weiss wie zuvor.

165

39

Seit ich mit eigenen Augen gesehen hatte, dass das Pfarrhaus trotz meiner Brandstiftung unbeschädigt blieb oder wieder war, grübelte ich darüber nach, was ich denn wirklich getan hatte, oder warum ich das, was ich getan hatte, eben nicht getan hatte. Ich versuchte methodisch vorzugehen: Am Abend vor zwei Tagen hatte ich das Pfarrhaus in Brand gesteckt, am Morgen danach stand das Pfarrhaus in alter Wucht da. Beides zusammen konnte nicht zutreffen, eines war falsch. Es war eine Wirklichkeit, dass das Pfarrhaus unversehrt war, also gab es keine Brandstiftung. Aber wie war das möglich? Ich hatte in der Studierstube Feuer entfacht, ich hatte mit allen Einzelheiten erlebt, wie die Flammen aus den Fenstern schossen und schliesslich das ganze Haus in Brand stand. Das war auch eine Wirklichkeit. Folglich existierten nebeneinander zwei verschiedene, sogar widersprüchliche Wirklichkeiten. Das verwirrte mich.

Bevor du zur Arbeit gingst, kamst du nach mir sehen. Du drängtest mich nicht zum Besuch des Kindergartens, sagtest, dass du mir eine Heliomalt-Milch und ein Konfitürebrot bereitgelegt habest. Aber ich hatte keinen Hunger.

Ich stand auf, ordnete meine Spielsachen und verliess anschliessend das Haus. Nachdenken konnte ich am besten in meinem Versteck. Doch so sehr ich mich bemühte, ich kriegte die Widersprüchlichkeit meiner Erlebnisse nicht weg. Um die Sache zu einem Ende zu bringen, entschied ich, das brennende Pfarrhaus sei ein Traum gewesen, auch wenn mein Gefühl dieser Lösung nicht zustimmen wollte, meine Träume fühlten sich anders an als meine Brandstiftung.

Ich kroch aus dem Versteck, spähte treppabwärts und -aufwärts, ich wollte jetzt niemandem begegnen, und schlich zum Friedhof. Niemand war da, auch Vater nicht.

Auf dem Grab von Ruth brannte eine neue Kerze. Du oder Vater hattet sie wohl heute Morgen angezündet. Ich betrachtete die Grabschrift, als ob ich sie lesen würde, ich kannte sie ja auswendig. Die vier grossen Zeichen bedeuteten ihren Vornamen: RUTH.

Gott gab dich uns.
Gott nahm dich uns.
RUTH.
Geboren am 6. Januar 1947.
Gestorben am 20. Oktober 1949.
Hier lag Ruth, meine Schwester, in einem kleinen Sarg in der
Erde. Gestorben vor etwas mehr als sieben Jahren. Hatte Vater
den Sarg an den Stricken ins Grab hinabgesenkt? Das Grab
zugeschaufelt? Sein Kind mit Erde bedeckt? Oder hatte ihm dies
jemand abgenommen? Und du? Standst du daneben und
verfolgtest du, wie dein Töchterchen für immer im Boden des
Friedhofs verschwand? Weintest du? Oder standst du da mit
versteinertem Gesicht?
Mein Blick drang durch die Erde. Vom Sarg war nun nichts
mehr vorhanden. Und von Ruth nur noch ein kleiner Schädel
und einige Knochen, zierlich wie die anderen Kinderskelette, die
im Beinhaus lagerten.
Ruth, meine grosse Schwester, die gestorben war, als sie kleiner
war als ich. Sie hatte im selben Zimmer geschlafen wie ich, im
selben Bett, am Küchentisch am selben Platz gesessen wie ich.
Vermutete ich. Oder hast du alles geändert? Denn ich war nicht
Ruth. Ruth, das war mir klar, Ruth hattest du geliebt.
Ich kehrte zum Pfarrhaus zurück, klopfte ans Küchenfenster, die
Hellgrau-Rote hiess mich eintreten.
Sie wandte mir den Rücken zu, hantierte etwas am Kochherd
und fragte mich, ob ich eine Tasse Milch wolle.
«Ich bin vorhin auf dem Grab von Ruth gewesen.»
Sie fuhr herum und schaute mich erschrocken an.
«Ich mache dir jetzt eine heisse Ovo, das tut dir gut», meinte sie
und drehte sich wieder zum Kochherd.
«Hast du Ruth gekannt?»
«Ruth? Welche Ruth?», sprach sie zum Kochherd.
«Meine Schwester.»
«Was du auch fragst! Klar habe ich sie gekannt. Ich kenne mehr
oder weniger alle Leute im Dorf.»
«Woran ist sie gestorben?»
«Das weißt du nicht?»
Ich sagte nichts, wartete auf ihre Antwort.

167

Die Hellgrau-Rote schwieg eine Weile, bis sie sich schliesslich zu mir drehte:

«Ich glaube, das musst du deine Eltern fragen.»

«Die sagen mir aber nichts!», rief ich heftig.

«Hast du sie denn gefragt?»

«Ja. Vater hat nur gesagt: später. Und Mutter hat einfach geweint und ist ins Schlafzimmer gerannt.»

Sie stellte mir die dampfende Milch hin, gab reichlich Ovo dazu und rührte für mich um.

Ich setzte mich und leerte die Tasse, obwohl ich eigentlich stehen bleiben und nichts trinken wollte.

«Danke», sagte ich. Sie lächelte und setzte sich zu mir an den Tisch.

«Genaueres weiss ich nicht. Ich bin nicht dabei gewesen. - Es war ein Unfall. Ein Lastwagen hat sie überrollt. Sie war gleich tot. Glaube ich. So sagte man auf jeden Fall.»

«Wo?»

«Nicht weit von euch. Vor Beyelers Werkstatt.»

«Gegenüber dem Haus vom Studer?»

«Ja.»

Ein Lastwagen. Bei uns im Hinterdorf. War einfach über das kleine Kind hinweggefahren. Wie konnte so etwas geschehen? Man fährt doch nicht einfach so über ein Kind, wie beispielsweise über ein Stück Papier, das auf der Strasse liegt!

«Magst du noch eine Tasse?»

Ich schüttelte den Kopf und verliess sie.

Zu Hause öffnete ich die Eingangstüre einen Spalt und rief nach dir. Als niemand antwortete, machte ich mich gleich wieder auf den Weg. Ich ging langsam, ich wollte nicht ausser Atem geraten. Für mich war jetzt halt die Zeit des Rennens vorbei, damit musste ich mich abfinden. Ich brauchte einige Zeit, bis ich bei der Tongrube ankam.

Beim Eingang der Verladestation blieb ich stehen und wartete darauf, dass der Weisse mich bemerkte. Doch der stand da an seinem Platz, sah nichts und hörte nichts. Er regierte über das Förderband und die Loren und sonst gab es nichts für ihn. Ich trat zu ihm und stiess ihn an. Er wandte sich mit verärgerter

Miene um. Als er mich bemerkte, wurden seine Augen freundlicher.

«Was willst du?», brüllte er.

Ich öffnete den Mund und stockte. Wie sollte ich ihm das, was ich wollte, in dem Lärm, der hier herrschte, erklären?

«Arbeitest du noch lange?», schrie ich.

«Ja. Natürlich. Es ist noch längst nicht Abend!»

Ich lächelte verlegen und zuckte die Schultern.

«Also: tschau!»

Dann ging ich.

40

Das Geräusch bohrte sich in mein Gehirn, anschwellend, abschwellend, fast absterbend, von neuem anschwellend, abschwellend, fast absterbend .... Es drang in mein Träumen, in mein Dösen, in mein Aufwachen, bis ich begriff: Die Sirene heulte. Ich hörte Vater durch den Gang hasten, hinter sich die Haustüre zuschlagen, wegrennen. Und fortwährend die Sirene. Immer wenn ich glaubte, das Geheul sei nun abgestorben, hob es von Neuem an, stieg an, schriller, lauter, verharrte auf dem Höhepunkt, kippte weg bis zum Erschlaffen, verlöschte, aber nur, um von Neuem emporzuklimmen, nie endend. Neben dem Heulen der Sirene verblassten alle anderen Geräusche: die Schritte und Wortfetzen nächtlicher Heimkehrer, die fernen Geräusche der Autos. Thronend auf dem Dach des Gemeindehauses, dominierte die Sirene.

Jetzt, da ich schon mal wach war, suchte ich schnell das WC auf. Auf dem Rückweg bemerkte ich, dass die Türe zu eurem Schlafzimmer offenstand. Ich spähte hinein und glaubte zu sehen, dass die Decken beider Betten zurückgeschlagen waren. Leise rief ich nach dir. Niemand antwortete. Ich drehte den Lichtschalter im Gang an. Nicht nur Vater, auch du warst fort. Ich löschte das Licht und ging zurück in mein Zimmer. Durch die Spalten der Fensterläden drang ein flackernder Lichtschein. Ich öffnete die Fensterflügel und stiess die Läden auf. Draussen herrschte ein unruhiges, rötliches Licht. Hansis Haus stand wie ein Scherenschnitt gegen den rötlichen Himmel. Ein unangenehmer Geruch stieg mir in die Nase: Rauch. Es brannte. Vater war ein Feuerwehrmann. Wenn er als solcher im Einsatz war, zog er die schwarze Uniform an. Die Ränder seiner Jacke waren verziert mit roten Streifen und auf die metallenen Knöpfe waren gekreuzte Pickel geprägt. Die Feuerwehruniform samt den schweren Stiefeln und dem roten Helm musste er ständig in Griffnähe aufbewahren, damit er sie bei Bedarf gleich zur Hand hatte. So wie jetzt. Wo aber warst du?

Die Sirene hat nun Konkurrenz bekommen. Der Zweiklang eines Feuerwehrautos schwoll rasch an, ohne Zweifel, es fuhr in meine Richtung. Weitere Zweiklangsirenen näherten sich in hohem Tempo. Und immer noch die Sirene auf dem Dach des Gemeindehauses. Warum wurde die nicht endlich abgeschaltet? Die Feuerwehr musste doch längstens vollzählig beim Brandplatz sein, Vater war ja schon vor einer ganzen Weile aus dem Haus gestürmt.

Und nun konnte ich ein drittes Geräusch ausmachen. Wenn der Sirenenton abschwoll, hörte ich es deutlich: das Knattern des Feuers. Was da brannte, war Holz. Balken, Bretter, Möbel: es war ein Haus, das brannte. Und vermutlich hier im Hinderdorf. Sehen konnte ich es nicht, denn Hansis Haus verdeckte mir die Sicht.

Kurz überlegte ich, ob ich nach draussen gehen sollte, um nachzusehen, welches Haus denn brannte. Studers Häuschen, das eingepackt war mit Brennholz? Beyelers Werkstatt, die voll von Brettern, Sägespänen, Holzstaub und Leim war? Oder das leere Haus, in dessen Estrich Hansis Heftchen lagerten und das Stroh, das wir hinaufgetragen hatten? Doch was würden die Feuerwehrleute sagen, wenn ich plötzlich auftauchte, ich, ein Kind, mitten in der Nacht? Und erst recht Vater? Ich blieb in meinem Zimmer.

Der feurige Schein wurde jetzt heller. Und gleichzeitig veränderte sich der Brandgeruch. Ich kannte diesen Geruch von der Feuerwehrhauptprobe, bei der ich jeweils dabei sein durfte. Wenn die Feuerwehr Wasser in das Feuer spritzte, begann es zu stinken, der trockene Brandgeruch veränderte sich zu etwas Öligem, Muffigem.

Die Feuerwehrmänner mussten inzwischen ihre Leitungen gelegt haben, dicke, graue Schläuche, die sich, wenn das Wasser vom Hydranten in sie hineinjagte, wie riesige Schlangen wanden und nur schwer zu bändigen waren, es brauchte dann mindestens zwei Männer, um das Schlauchende zu halten, einen allein würde der Schlauch vom Platz schleudern.

Endlich hatte sich jemand entschlossen, die Sirene auf dem Gemeindehaus auszuschalten. Auch die Sirenen der Löschfahrzeuge schwiegen. Zu hören war nur noch das Knattern des Feuers, vereinzelte Rufe der Feuerwehrmänner und das Zischen des Wassers, das aus den Schläuchen in die Flammen spritzte.

Konnte ein Haus von sich aus zu brennen beginnen? Oder lag jedes Mal Brandstiftung vor? Wer aber wollte Beyelers Werkstatt anzünden: Ich kannte niemand, der auf den Braunen böse war, alle mochten ihn. Das Haus der Flüchtlinge? Die waren vom Gemeindeammann persönlich empfangen und in seinem schönen Opel zum leeren Haus gefahren worden. Oder das Haus des Weissen? Es gab zwar viele im Dorf, denen er mit seinen Ideen nicht passte. Aber gleich sein Haus in Brand stecken?

Plötzlich ertönte ein lautes Rumpeln. Hohe Flammen, durchsetzt von glühenden Funken, schossen über Hansis Dachfirst hinaus, trieben eine riesige Rauchwolke hinauf in den nächtlichen Himmel.

Merkte man rechtzeitig, wenn das eigene Haus zu brennen begann, selbst wenn man schlief? Gelang es einem dann noch, aus dem Haus zu rennen? Glücklicherweise waren fast alle Häuser im Hinterdorf eingeschossig, da war man sofort draussen: ein Sprung aus dem Fenster, und schon war man in Sicherheit. Nur Hansis Haus hatte zwei Stockwerke und einen grossen Estrich mit Lukarnen. Hansi wohnte mit seiner Familie im oberen Stock, im Parterre lebte seine Grossmutter, die bei schönem Wetter den ganzen Tag vor dem Haus sass auf ihrer Bank, die Füsse in dicken Pantoffeln, parkiert auf einem Holzbrettchen. Wie käme die alte Frau, wenn sie im Bett lag, aus dem brennenden Haus heraus? Und wie Hansi und seine Familie aus dem oberen Stockwerk? Es musste furchtbar sein, in den Flammen ums Leben zu kommen, bei lebendigem Leibe zu verbrennen, so wie in der Hölle.

Die Flammen und Funken waren nun von meinem Fenster aus kaum mehr zu sehen, nur noch der fahrige Feuerschein. Wie es ausschaute, kriegte die Feuerwehr den Brand langsam unter Kontrolle.

Ich ging in den Gang und schaute in euer Schlafzimmer: Du warst immer noch nicht da. Selbstverständlich, ich hätte dich ja gehört. Ich kehrte in mein Zimmer zurück, schloss Läden und Fenster und stieg ins Bett.

172

Als ich aufwachte, hörte ich euch in der Küche reden, vor allem Vater sprach. Du warst wieder zurück.

Ich ging schnell in die Küche, um von Vater zu hören, was in der Nacht geschehen war. Vaters Uniform hing über einem Stuhl. Ein beissender Brandgeruch ging von ihr aus, der die ganze Küche anfüllte. Als ich mich an meinen Platz gesetzt hatte, begann Vater für mich von neuem mit seiner Erzählung.

Es war das leere Haus, das Haus der Flüchtlinge, das abgebrannt war. Ob es Brandstiftung war, wusste man noch nicht. Zum Glück hatte die Familie das Feuer rechtzeitig bemerkt und konnte sich in Sicherheit bringen. Vom Haus stand kaum mehr etwas. Am Anfang hatte die Feuerwehr noch versucht, den Schaden zu begrenzen. Aber spätestens, als der Dachstock in sich zusammenstürzte, war jeder Versuch zwecklos geworden. Das Feuer loderte mit unglaublicher Wucht, das alte Haus brannte wie Zunder. Man beschränkte sich darauf, Beyelers Werkstatt zu schützen, die ja dicht neben dem Flüchtlingshaus stand, und richtete die meisten Wasserstrahle auf dieses Gebäude. Es hätte nicht viel gefehlt, ein paar stiebende Funken hätten genügt, und die ganze Schreinerwerkstatt wäre in Flammen aufgegangen. Was das bedeutet hätte, wollte Vater sich lieber nicht ausmalen.

«Ich habe es auch gesehen», sagtest du plötzlich, «es sah schrecklich aus.»

«Wo warst du denn?», fragte Vater, nun in einem ganz anderen Ton. Seine Begeisterung als Feuerwehrmann war weggeblasen. Was zurückblieb, waren Müdigkeit und Traurigkeit.

«Auf dem Friedhof. Auf dem Grab», sagtest du mit einer Stimme, die zu Vaters Ton passte. Nicht lieblos, aber leblos. Als ob es euch Mühe bereiten würde, miteinander sprechen zu müssen, als ob es euch lieber wäre zu schweigen, so spracht ihr jetzt miteinander. War das euer übliche Ton, wenn ich nicht dabei war? Genau genommen, hat mich die Leblosigkeit deiner Stimme nicht überrascht, so sprachst du oft, aber Vater habe ich noch nie so reden gehört, weder mit mir, noch mit dir.

«Mitten in der Nacht? Ich habe mir Sorgen gemacht, als ich sah, dass du nicht da warst.»

«Ich konnte nicht schlafen. Oft gehe ich zum Grab, wenn ich nicht schlafen kann. Davon merkst du halt nichts. Du schläfst wie ein Bär. Glücklicher Mensch.»

Ich starrte dich verblüfft an. Du redetest vom Grab, von Ruths Grab! Dann ging mir auf, dass ich dich nachts auf dem Friedhof gesehen hatte. Als ich meine komische Geisselübung durchführte, tauchte eine Frau auf. Das warst du!

«Dann schleichst du nachts auf dem Friedhof herum?»

«Ich schleiche nicht herum. Ich besuche das Grab. Du wolltest ja, dass ich das tagsüber nicht tue.»

«Jetzt übertreibst du. Der Pfarrer hat mir gesagt, ich solle dir verbieten, die ganze Zeit das Grab aufzusuchen.»

«Hochwürden ordnet an. Hochwürden verbietet.»

«Das tue dir nicht gut, hat er gesagt.»

Ich stand auf und ging in mein Zimmer zurück. Du hast mich nicht zurückgerufen, als ob du und Vater mein Weggehen gar nicht bemerkt hättet. Oder weil es euch egal war.

41

Ich ging um Hansis Haus herum und sah dann gleich die
Brandruine. Von den Hauswänden standen nur noch einzelne
Stücke. Abstossend in ihren schmutzig schwarzen Farben, ragten
sie über die Haufen von Brandschutt heraus. Von den Fenstern
war nichts mehr übrig. Nur ungefähr liess sich ausmachen, wo
früher die Türen ins Haus führten. Das Innere des Hauses war
eine wirre Landschaft von zusammengestürzten
Zwischenwänden und schwarzen, rissigen Balkenstümpfen, die
wie erstarrte Arme kreuz und quer in die Luft ragten. Das
Einzige, was einigermassen heil blieb, waren die Dachziegel, die
verstreut herumlagen, einige zerbrochen, andere unversehrt,
dumpf rot und angeschwärzt. Ein schwacher Rauch stieg aus
einzelnen Haufen auf, nur noch Rauch, keine Flammen mehr.
Der Boden rings um das leere Haus und um Beyelers Werkstatt
war zertrampelt, morastig, durchsetzt mit Wasserlachen.
Die Feuerwehrautos waren weggefahren. Nur noch drei, vier
Schläuche hatte die Feuerwehr zurückgelassen, einer war prall,
die andern lagen schlaff am Boden. Drei Feuerwehrmänner mit
müden, schmutzigen Gesichtern überwachten den Brandplatz.
Einer spritzte einen schwachen Wasserstrahl auf den einen oder
anderen rauchenden Trümmerhaufen.
Ich blieb in gebührendem Abstand stehen. Die Hitze, die immer
noch vom Brandplatz ausstrahlte, der Respekt vor den
Feuerwehrmännern und vor allem der üble Gestank hielten mich
auf Distanz. Aber auch aus der Ferne prägte sich mir das
Schreckliche der Brandstätte ein. Sah Budapest so aus, nachdem
die Russen gewütet hatten?
Ich schaute zu Beyelers Werkstatt hinüber. Das Gebäude, die
Bretterbeigen an den Hauswänden, der alte Leiterwagen neben
dem Eingang, Beyelers Militärvelo mit dem Anhänger, alles war
tropfnass. Jetzt, wo das abgebrannte leere Haus eine Lücke
hinterlassen hatte, präsentierte sich einem das ganze
Werkstattgebäude und nicht nur die Vorderseite. Es wirkte
anders, grösser.
Vor Beyelers Werkstatt stand der Weisse.

Nun trat er zu mir. Wortlos starrten wir miteinander auf die Brandruine.

«Schlimm ist das», sagte er schliesslich.

«Wo sind die Ungarn jetzt hingegangen?»

«Ich weiss nicht. Vermutlich in die Stadt.»

«Und all ihre Sachen sind verbrannt?»

«Viel hatten sie ja nicht. Als Flüchtlinge.»

«Aber Fotos. Von sich und vom Kardinal Mindszenty.»

«Die konnten kaum etwas retten. Das ging alles rasend schnell, soviel ich mitbekommen habe. Die mussten einfach raus aus dem Haus, so rasch wie möglich.»

Zwei der Feuerwehrmänner rollten die nicht mehr gebrauchten Schläuche auf und stapelten sie zu einem Haufen.

«Was wolltest du mich fragen, als du zu mir in die Lehmgrube gekommen bist?»

Die Frage überrumpelte mich. Schon wollte ich die Schultern zucken, entschloss mich dann aber anders.

«Die Pfarrköchin hat mir erzählt, dass Ruth, meine Schwester, dass sie vor deinem Haus, dass hier das Unglück geschehen ist.»

Überrascht musterte er mich, ich hielt seinem Blick stand.

«Deine Eltern haben dir nichts davon erzählt?»

Ich schüttelte den Kopf und fügte an: «Nein.»

Er wandte seinen Blick von mir ab, liess ihn über die Strasse schweifen und betrachtete scheinbar interessiert Beyelers Werkstatt.

«Komm mit!»

Er führte mich in sein Haus und liess mich am Küchentisch Platz nehmen.

«Eigentlich wäre es Sache deiner Eltern, dir das zu erzählen. Aber wenn du schon mal fragst.» Dann machte er eine Pause. «Ich war an der Arbeit und habe das Ganze erst am Abend mitbekommen, als das Unglück schon geschehen war. Deine Schwester war noch ein kleines Kind. Zwei, drei Jahre, so etwa. Sie spielte auf der Strasse. Wie alle Kinder auf der Strasse spielten. Damals. Auch unsere Kinder haben auf der Strasse gespielt. Die Kinder haben selbst aufeinander aufgepasst, oder eine der Mütter schaute zum Rechten. Aber als das Unglück geschah, war das Ruthli allein auf der Strasse. Vielleicht ist es in einem unbeobachteten Augenblick von zu Hause weggelaufen. Ich weiss es nicht. Es war noch so klein. Auf jeden Fall stand vor Beyelers Werkstatt ein Lastwagen, und das Ruthli hielt sich hinter dem Lastwagen auf. Vielleicht schaute es sich etwas Bestimmtes an, oder es spielte dort mit irgendetwas. Dann ist der Fahrer eingestiegen und rückwärtsgefahren. Er konnte das Kind nicht sehen, auch wenn er beim Rückwärtsfahren nach hinten geschaut hatte.»

Ich stellte mir das Kind vor, das ich auf der Fotografie gesehen hatte, wie es von zu Hause wegzottelte, mit seinem Spielzeugstab in der Hand, wie es mit dem Stab gegen eines der Lastwagenräder stiess, dagegen trommelte, dazu Klopfgeräusche von sich gab: Bum, bum, bum! Oder im Staub der Strasse wühlte, um eine Rinne zu graben, durch die dann später das Regenwasser fliessen sollte.

«Das war seltsam: Selbstverständlich wusste ich noch von nichts, als ich nach der Arbeit heimkehrte. Aber als ich die ersten Häuser des Hinterdorfs erreichte, spürte ich gleich, dass etwas nicht stimmte. Es war, als ob das Unglück die Luft verändert hätte, als ob etwas Schlimmes zwischen den Häusern hockte. Meine Frau hat es mir dann erzählt.»

«Als der Lastwagen rückwärtsfuhr, was ist dann passiert?»

«Das eine Rad hat das Kind erwischt.»

«Erwischt?»

«Das Rad überrollte den Körper des Mädchens. Es war gleich tot. Da bestand keine Chance mehr für eine Rettung.»

«Und der Lastwagenfahrer, hat der denn nichts gemerkt? Hat er nicht gemerkt, dass er jemand überfuhr, dass er meine Schwester überfuhr?»

«Wahrscheinlich schon. Aber wie gesagt, ich war nicht dabei. Er musste Möbel oder Kisten, die der Beyeler hergestellt hatte, abholen.»

Ich erhob mich. Der Weisse trat rasch zur Türe und legte eine Hand auf die Falle, stiess die Türe aber noch nicht auf. Er musterte mich mit einem unsicheren Blick, vielleicht fragte er sich, ob er richtig getan habe, mir das alles zu erzählen. Ich schaute zu ihm auf, wortlos. Er wartete einen Augenblick, als ob

noch etwas zu klären wäre, dann öffnete er die Türe und liess
mich gehen.

Ich konnte nicht anders als unablässig an das verletzte Mädchen
denken. Ich musste mir vor Augen halten, wie es ausgesehen
hatte, nachdem das Rad des schweren Lastwagens über den
kleinen, zerbrechlichen Körper gerollt war. Ob es heftig geblutet
hatte? Ob sich eine grosse Blutlache auf der Strasse vor Beyelers
Werkstatt gebildet hatte? Ob es Schmerzen gehabt hatte? Die
Hellgrau-Rote und der Weisse hatten beide betont, dass es gleich
tot war. Woher wussten die das? Vielleicht war es nicht gleich
tot, sondern schrie noch lange. Vielleicht wurde nicht nur sein
Körper, sondern auch sein Kopf vom Rad überrollt. Ich starrte
die Brandruine an. Ich wollte das Bild des zerquetschten
Köpfchens verscheuchen, doch beharrlich und quälend blieb es
gegenwärtig, liess mich nicht los und vermengte sich mit den
einsetzenden Kopfschmerzen.

Wenn aber auch der Kopf zerdrückt wurde, dachte ich jetzt,
dann war es sicher gleich tot. Darüber wollte ich Gewissheit
erlangen. Ich wollte sofort davon überzeugt werden, dass das
überfahrene Mädchen, das tödlich verletzt auf der Strasse vor
Beyelers Werkstatt lag, gleich gestorben war.

Doch meine Kopfschmerzen waren zu heftig. Ich musste mich
hinlegen und mein Vorhaben auf morgen oder übermorgen
verschieben.

42

Die Werkstatttüre des Braunen war geschlossen, doch durch ein Fenster hindurch sah ich ihn am Tisch sitzen und etwas schreiben oder zeichnen. Ich klopfte an die Scheibe, er winkte mir.

Er begann gleich zu klagen, was für einen Schaden er davontrage, die ganzen Holzbeigen seien durch und durch nass, richtig eingeweicht sei das Holz, das trockne nur langsam und verziehe und verbiege sich, schöner nütze nichts. Dabei habe er der Sägerei schon alles bezahlt. Nun müsse er nochmals Holz bestellen und nochmals bezahlen. Aber er dürfe nicht jammern, ermahnte er sich selbst, er könne Gott danken, dass seine Werkstatt noch stehe, so fürchterlich wie das Haus von den Flüchtlingen gebrannt habe.

Die Ungarn täten ihm leid. Zuerst hätten sie vor dem Kommunismus fliehen müssen und jetzt gleich nochmals, diesmal vor dem Feuer. Es gebe Menschen, denen bleibe nichts erspart. Weiss der Himmel, wozu dies gut sein solle. Sie seien abgereist aus dem Dorf. Der Gemeindeammann habe sie in seinem Auto in die Stadt gebracht, wo ihnen eine Wohnung zugewiesen worden sei.

Nein, er habe keine Ahnung, warum das Haus gebrannt habe. So etwas komme halt vor. Ob ich schon mitbekommen habe, was Studer geschehen sei. Irgendwelche Lausbuben hätten ihm einen bösen Streich gespielt. Er selbst habe noch keine Zeit gehabt, sich das Ganze anzuschauen. Der Camionneur, der heute Morgen ausnahmsweise nüchtern gewesen sei, habe eine Andeutung gemacht, aber auch nichts Näheres gewusst.

«Ich muss dich etwas fragen», sagte ich, als der Braune mit seinen Neuigkeiten zu Ende war.

«Was denn?»

«Die Pfarrköchin hat mir erzählt, dass meine Schwester bei einem Unfall ums Leben gekommen ist.»

«Ruthli. Ja, das ist so. Leider Gottes. Warum erzählt sie dir das?»

«Sie hat mir gesagt, dass meine Schwester von einem Lastwagen gleich vor deiner Werkstatt überfahren worden sei.»

«Mein Gott, Seppli. Du rührst eine schlimme Geschichte an. Was willst du nun wissen?»

«Wenn es vor deiner Werkstatt geschehen ist. Hast du es gesehen? Wie es passiert ist? Und ist sie gleich tot gewesen?»

Der Braune verzog das Gesicht, als ob er etwas Bitteres hätte schlucken müssen, schob seinen ewigen Hut in den Nacken, um ihn gleich wieder nach vorne zu ziehen. Ich befürchtete schon, dass ich keine Antwort erhalten würde.

«Mein Gott, Seppli», wiederholte er sich. «Was du auch fragst.»

Ich wartete.

«Ich mache mir immer noch Vorwürfe. Ich hätte daran denken müssen, dass sich hinter dem Lastwagen ein Kind aufhalten könnte. Damals gab es noch viele Kinder im Hinterdorf, und die spielten oft auf der Strasse. Wir alle im Hinterdorf wussten das und haben aufgepasst. Aber warum um Gottes Willen der zuerst retour fahren musste, anstatt einfach geradeaus wegzufahren, das verstehe ich heute noch nicht! Nichts wäre geschehen, wenn der einfach normal weggefahren wäre. Aber nein, er musste unbedingt rückwärtsfahren.»

Der Braune, der mit starrem Blick vor sich hin gesprochen hatte, lenkte nun seinen Blick auf mich und musterte mich von Kopf bis Fuss.

«Ich glaube, du bist alt genug, um das alles zu erfahren. Deine Eltern haben dir nichts davon erzählt?»

Ich schüttelte den Kopf.

«Kann ich verstehen. Das ist zu schlimm für sie. Vor allem für deine Mutter.»

Er seufzte, schwieg einen Moment und begann dann zu berichten.

«Der Jör-Hans ist mit seinem Lastwagen zu mir gekommen. Ich hatte eine grosse Menge von Kisten für die Fabrik bereit und hatte ihm telefoniert, dass er sie abtransportieren soll. Er war schon damals dick, aber im Vergleich zu heute war das nichts. Wir luden alles miteinander auf die Brücke, dann standen wir noch eine Weile zusammen und redeten über dies und jenes. Er verabschiedete sich, stieg in seine Kabine und fuhr los. Eben nach hinten! Ich habe ihn nachher gefragt, warum zum Teufel er denn retour gefahren sei. Zuerst hat er mir überhaupt nicht

180

geantwortet, vor lauter Schreck war er taubstumm geworden. Später hat er mir erklärt, dass er ein paar Schritte nach hinten hätte fahren müssen, damit er besser in die Strasse hätte einbiegen können. Ich glaube, so hat er es auch der Polizei erzählt.»

Er starrte ein paar Sekunden schweigend durch das Fenster auf die Strasse.

«Ich habe es noch genau vor Augen: Der Jör-Hans setzt sich hinter das Steuerrad, hebt kurz die Hand zum Gruss. Ich wende mich ab, starte die Hobelmaschine und achte nicht weiter auf den Jör-Hans und seinen Lastwagen. Ein paar Augenblicke später gucke ich aus dem Fenster, so wie ich ab und zu auf die Strasse schaue. Ich stutze: Der Lastwagen steht immer noch da. Dass er sich nicht mehr an der genau gleichen Stelle befindet, habe ich im ersten Augenblick nicht bemerkt. Dann wundere ich mich noch mehr: Der Jör-Hans sitzt ja gar nicht in seiner Kabine. Und jetzt erst fällt mir auf, dass der Lastwagen weiter links steht. Mir ahnt, dass etwas nicht stimmt, und renne hinaus. Ich sehe den Jör-Hans, wie er beim Hinterrad seines Lastwagens steht, wie eine Salzsäule, und auf etwas am Boden starrt. Ich hab's dann auch gesehen.»

Er unterbrach sich für einen Augenblick, als ob er mir Zeit lassen wollte, um das Schreckliche zu bewältigen.

«Ich glaube wirklich, dass es gleich tot war. Es hat gar nicht geschrien. Der Arzt, der herbeigerufen wurde, hat uns gesagt, dass das Kind schlagartig eine grosse Menge Blut verloren habe und deshalb gleich nach der Verletzung ohnmächtig geworden und gestorben sei.»

Als ob er mich vergessen hätte, murmelte der Braune: «Zum Glück war das Köpfchen unversehrt. Aber das Körperchen, das sah schlimm aus.»

Dann blickte er mich erschrocken an. Ich glaube, er erschrak über das, was er mir, dem Kind, dem Bruder des getöteten Mädchens, erzählt und zugemutet hatte.

«Hast du aus diesem Fenster hinausgeschaut, als es geschehen ist?»

«Ja. Da war der Lastwagen. Der Jör-Hans stand die ganze Zeit wie eingefroren da, auch als die Polizei kam. Ich habe mir überlegt, ob wir mit dem Kind etwas anstellen müssten, es unter dem Lastwagen hervorziehen, ihm irgendwie helfen. Ich habe es sein lassen, aus Angst, ich könnte die Verletzungen noch schlimmer machen, wenn ich etwas Falsches tue. Ich habe dann einfach die Polizei angerufen, die haben alles Nötige in die Wege geleitet. Der Arzt kam, untersuchte das Kind und liess es mit dem Krankenwagen abtransportieren. Aber es war ja schon tot.» Der Braune zog ein Taschentuch hervor und fuhr sich damit über das Gesicht.

«Der Lastwagen blieb noch zwei Tage vor meiner Werkstatt stehen. Den Jör-Hans hat die Polizei mitgenommen. Als sie ihn später gehen liessen, weigerte er sich, den Lastwagen wegzufahren. An sich hätte er das noch tun dürfen, den Führerschein hat ihm das Gericht erst später abgenommen. Er könne es nicht, sagte er mir am Telefon. Und er sei kein Lastwagen-Büffel, fügte er an. Er habe gleich gemerkt, dass sein Hinterrad etwas überrollt habe, und sei deshalb sofort ausgestiegen, um nachzusehen. Ein anderer hätte sich um nichts gekümmert und wäre einfach weggefahren. Hätte vielleicht nicht einmal etwas gespürt. Er nicht. Nein. Er sei kein Lastwagen-Büffel. Das wiederholte er mir immer wieder, weiss nicht mehr wie oft.

Die Fabrik hat dann jemand geschickt, der den Wagen weggefahren hat. Sie brauchten meine Kisten. Auch als er den Führerschein zurückerhielt und wieder fahren durfte, machte er keine Fuhre mehr für mich. Es tue ihm leid, sagte er, er fahre nie mehr ins Hinterdorf, er könne es einfach nicht. Er beginne schon zu zittern beim blossen Gedanken daran. Jetzt bleibt mir halt nichts anderes übrig, als mich mit dem versoffenen Camionneur abzugeben.»

Der Braune zuckte die Schultern.

«Das ist das Schlimmste, was einem Chauffeur passieren kann: ein Kind zu töten. Seitdem wird er immer dicker und dicker. Wahrscheinlich will er seinen Kummer im Fett ertränken.»

Zusammen mit Hansi hatte ich den Jör-Hans gesehen. Der war tatsächlich unwirklich dick. Alle Menschen waren damals schlank, vielleicht mit Ausnahme des Metzgers, aber der war dünn im Vergleich zum Jör-Hans.

«Der Sarg. War der auch weiss?»

«Ja. Wie alle Kindersärge. Ich habe ihn geschreinert. Dein Vater hat mich gefragt. Zuerst habe ich gedacht, dass ich es nicht könne, dass es mir mit dem Sarg so ergehe wie dem Jör-Hans mit den Fuhren ins Hinterdorf. Dann dachte ich, dass ich es nicht tun dürfe. Das Kind ist vor meiner Werkstatt ums Leben gekommen, und ich habe es nicht verhindert. Schliesslich begriff ich, dass es meine Pflicht war, den Sarg zu machen. Wenn mich dein Vater, der Vater des getöteten Kindes, damit beauftragt, dann hält er mich dazu für ... wie soll ich sagen ... für würdig. Es war der schönste Sarg, den ich je gemacht habe. Weiss und goldig. Die Ecken habe ich mit gedrechselten Stäben verziert, ebenso die Kanten des Deckels. Aus Lindenholz schnitzte ich zwei flache Abbilder des Spielzeugs, das Ruth immer mit sich trug, eine Art Rassel, strich sie goldig an und klebte sie auf die beiden Seitenwände. Auf dem Deckel brachte ich ein mit Laub umwundenes Kreuz an, ebenfalls aus Lindenholz geschnitzt und vergoldet. Das Innere des Sarges hat meine Frau - sie lebte damals noch - mit rosaroter Seide ausgeschlagen und gepolstert. Darauf lag dann das tote Ruthli. Von seinen Verletzungen sah man nichts. Es lag da, mit geschlossenen Augen, als ob es schliefe. Gleich wird es die Augen öffnen und einen erstaunt anschauen. So kam es einem vor.»

43

Ein Polizeiauto stand vor dem Haus des Weissen. Das war ungewöhnlich. Mir kam in den Sinn, was mir der Braune heute Morgen gesagt hatte. Jemand habe dem Studer etwas zu Leide getan. Ich ging ums Haus herum an den Kaninchenställen vorbei. Die Türchen standen alle offen, die Abteile waren leer, kein einziges Tier befand sich darin. Neben den Ställen fand ich eines am Boden liegen, mit eingeschlagenem Kopf.

Hinter dem Haus sah ich den Weissen. Dabei war Werktag! Bei ihm standen zwei Polizisten, die mit ihm redeten. Der Weisse machte ein verärgertes Gesicht. Ein Teil der neuen Holzbeige war eingerissen, die Scheite lagen über den ganzen Platz verstreut. Auf die blanke Stelle der Hauswand hatte jemand mit roter Farbe etwas gepinselt: einen Hammer und eine Sichel, übereinander gekreuzt, und darunter stand etwas geschrieben. Ich blieb stehen und wartete ab, ob der Weisse mich jetzt hier haben wollte. Einer der Polizisten holte aus seiner Tasche eine Kamera und richtete sie gegen die Wandschmiererei. Dabei entdeckte er mich und fuhr mich an: «Was hast du hier verloren?»

«Lassen Sie ihn», reagierte der Weisse unwirsch. «Das ist der Nachbarsjunge. Er kann mich besuchen, wann er will. Der ist willkommen.»

Darauf gab der Polizist mit der Kamera keine Antwort, er beachtete mich nicht weiter und knipste seine Bilder.

Der andere wandte sich an den Weissen: «Man muss halt zur Kenntnis nehmen, dass man Ärger verursacht, wenn man sich in der heutigen Zeit für die Kommunisten einsetzt.»

«Was soll das heissen?!», rief der Weisse wütend, «wollen Sie die etwa verteidigen?!»

«Niemand muss sich hier aufregen», versuchte der Polizist mit der Kamera scheinbar zu beschwichtigen, «wir machen hier unsere Arbeit und nichts anderes. Aber eine Frage hätte ich noch: Wo waren Sie in der Nacht, als das Haus der Flüchtlinge abbrannte?»

Der Weisse starrte ihn an, ohne etwas zu erwidern.

«Die Frage ist so gemeint», sagte der Polizist ohne jegliche Freundlichkeit.

«Was hat das mit dem Vandalenakt hier zu tun?»

«Das lassen Sie unsere Sache sein. Also?»

Der Weisse musterte ihn böse und knurrte dann: «Hier. Zu Haus. Im Bett. Wo denn sonst?»

«Kann das jemand bezeugen?»

«Bezeugen?! Natürlich nicht. Das heisst meine Frau. Sie wohnt auch hier, und auch sie schläft in der Nacht.»

«Sie hören von uns.»

Dann fuhren die beiden mit ihrem Polizeiauto davon.

«Idioten», murmelte der Weisse und schüttelte den Kopf. Dann schaute er mich an und bemühte sich zu lachen. «Eigentlich bin ich zu alt, um mich über solche Idioten zu ärgern. Aber die haben mich auf die Palme gebracht.»

Mit der rechten Hand wedelte er in Richtung der eingerissenen Holzbeige.

«Schau dir an, was man hier angestellt hat! In der Nacht bin ich aufgewacht von dem Rumoren draussen und wollte die Türe öffnen, um nachzusehen, was hier los war. Aber sie ging nicht auf, weil all die Holzscheite davor lagen. Bis ich es endlich geschafft hatte, waren die weg. Verstehst du, was das Geschreibsel soll?»

«Ich kann nicht lesen.»

«Klar, habe ich vergessen. Basel ist überall, steht hier. Verstehe ich nicht. Du?»

Ich schüttelte den Kopf.

«Hammer und Sichel ist mir klar. Damit wollen Sie mich als bösen Kommunisten brandmarken, dem sie es nun gezeigt haben. Aber dass sie sogar auf die Kaninchen losgegangen sind! Was sind das für Menschen?»

«Vielleicht sind nicht alle tot, sondern nur davongerannt. Und kommen dann wieder.»

«Vielleicht. Hoffen wir es.» Aber er schüttelte den Kopf.

«Den ganzen Morgen musste ich warten, bis sich die Polizei endlich hierher bequemte. Wahrscheinlich wird mir das vom Lohn abgezogen.»

44

Ich ging frühzeitig zu Bett. Du wolltest es so, und mir war es recht. Ich fühlte mich nach dem heutigen Tag erschöpft wie nach einer gewaltigen Anstrengung. Aber einschlafen konnte ich trotzdem nicht. Bilder wirbelten in meinem Kopf: Die verkohlten Überbleibsel des leeren Hauses, das Kaninchen mit dem eingeschlagenen Kopf, mein Schwesterchen mit dem unversehrten Kopf, die Polizisten, die mit grimmiger Miene in ihrem Auto sassen, schwarz Vermummte, die mit Hämmern und Sicheln nach mir schlugen. Der Goldige neigte seinen Kopf nahe an mein Ohr und flüsterte etwas, was ich aber nicht verstand. Er redete auch so leise und undeutlich. Vielleicht war es Ungarisch, was er da sprach. Ich hob den Kopf und sah den Weissen, der mich verärgert anstarrte. Er öffnete den Mund und begann zu schreien, aber hören konnte ich nichts. Jetzt fuchtelte er mit beiden Armen, und auch der Goldige hob die Arme. Endlich begriff ich: Die wollten meine Aufmerksamkeit auf etwas hinter meinem Rücken lenken. Ich wandte mich um und sah mich dir gegenüber. Du machtest dein schlimmes Gesicht. Dein Stecknadelblick bohrte sich in meine Augen. Was ist denn los?, wollte ich dich fragen, aber die Worte verliessen meinen Mund nicht, und du tatst nichts als schweigen und mich fixieren. Eine Hitzewelle breitete sich in meinem Körper aus, zuerst im Kopf, dann im Bauch und schliesslich im Hintern. Und jetzt begannst du zu reden, zwar lautlos, aber trotzdem konnte ich alles verstehen: Schäme dich, schäme dich, schäme dich.

Ich schreckte auf. Ich war gar nicht, wie ich gemeint hatte, die ganze Zeit wach gelegen, ich hatte geschlafen. Aber erholt fühlte ich mich nicht. Und jetzt merkte ich, dass ich wieder das Bett genässt hatte. Ich lag da, mit verkrampften Muskeln. Gegen jede Vernunft hoffte ich, ich würde wieder einschlafen, und wenn ich dann erwachte, erwiese sich alles als ein Traum und ich würde in einem trockenen Bett liegen.

Schliesslich begann ich nachzudenken, was ich nun tun sollte. Ich stand auf, zog die nassen Tücher ab und legte sie, zu einem Haufen geknäuelt, neben die Türe. Ich wechselte das

Nachthemd, legte mich auf die Gummimatte im Bett und wartete auf den Morgen.

Sobald ich dich hörte, stand ich mühsam auf, mein Kopf fühlte sich schwer an, und ich berichtete dir, was mir geschehen war.

Du hast nichts gesagt, nicht geschimpft, nicht getröstet, nahmst einfach die nassen Leintücher, warfst sie in den Eimer mit der Schmutzwäsche, bezogst mein Bett neu und hiessest mich frühstücken.

«Du gehst nicht in den Kindergarten", ordnetest du an, „du siehst schlecht aus.»

Wortlos fügte ich mich und legte mich wieder ins Bett. Gerne hätte ich die Grüne gesehen, ihr rundes Gesicht, ihre freundlichen Augen, das hätte mich getröstet. Ich hätte ihr von meiner Schwester erzählt, in einem günstigen Augenblick, wenn die Kinder nicht hätten zuhören können.

Nach einer Weile hörte ich dich das Haus verlassen und schlief ein.

Als ich erwachte, fühlte ich mich frischer. Es war still im Haus. Ich zog mich an und machte mich auf den Weg zu Studers Haus. Ich wusste, dass ich ihn nicht antreffen würde, er war tagsüber an der Arbeit, aber nachschauen wollte ich, ob sich etwas getan hatte, ob er die Beige wieder aufgeschichtet hatte oder ob einige Kaninchen wieder zurückgefunden hatten.

Nichts hatte sich verändert. Alles war noch genau gleich, nur das tote Tier war weggeschafft worden. Frau Studer sah mich durchs Fenster. Sie winkte mir und deutete an, dass ich warten sollte. Gleich kam sie zu mir heraus und teilte mir mit gepresster Stimme mit, dass ihr Mann nicht da sei.

Ich sagte ihr, dass ich das nicht anders erwartet hätte, schliesslich sei ja Werktag.

Nein, die Polizei habe ihn abgeholt. Sie müssten noch einiges von ihm wissen, vieles sei noch unklar.

Frau Studer begann zu weinen und bat mich, noch eine Weile bei ihr zu bleiben. Gemeinsam setzten wir uns auf die Bank. Ich wusste nicht, was ich sagen sollte. Mir war kalt.

Da sassen wir, ohne zu reden. Schliesslich hielt ein Auto vor dem Häuschen, und gleich darauf erschien der älteste Sohn.

«Ich habe hier zu tun gehabt und gedacht, ich komme schnell
vorbei. Was um Himmels Willen ist denn geschehen?»
«Schau», sagte seine Mutter und deutete auf die kahle Hauswand.
Der Sohn betrachtete sich alles ausführlich und murmelte dann
wie sein Vater: «Idioten. Idioten sind das.»
«Verstehst du das mit Basel?»
«Ich glaube schon. Anfang November gab es in Basel eine
Kundgebung zur Unterstützung des ungarischen Aufstands und
gegen die kommunistische Regierung in Budapest. Dabei hat
eine Gruppe von Antikommunisten das Büro der
kommunistischen Partei der Schweiz überfallen und verwüstet.
Offenbar soll dies nun in der ganzen Schweiz nachgeahmt
werden.»
Frau Studer begann wieder zu weinen.
Ihr Sohn setzte sich neben sie und legte ihr den Arm um die
Schultern.
«Das kommt schon gut, Mutter. Aber ich verstehe nicht, warum
sie ihn deshalb mitgenommen haben.»
«Sie haben ihn ja nicht deshalb mitgenommen. Wegen dieser
Sache waren gestern schon zwei hier und haben alles
protokolliert und fotografiert. Sie glauben, er hätte etwas mit
dem Brand zu tun.»
«Was für ein Blödsinn! Warum denn das?»
«Was weiss ich? Vielleicht denken sie, dass er gegen die
Flüchtlinge ist, weil die den Kommunismus abschaffen wollten.
Ich habe keine Ahnung. Die geben einem keine Antwort.»
«Und deshalb soll er das Haus angezündet haben?! Das glaub ich
nicht! Das ist doch völliger Blödsinn!»
Frau Studer zuckte die Schultern.
«In meiner Firma staunt niemand, dass die alte Hütte abgebrannt
ist. Wir mussten, bevor die Flüchtlinge eingezogen sind, die
elektrischen Anschlüsse machen. Nicht ich, ein Kollege von mir.
Er hat mir erzählt, dass er nach einem ersten Augenschein gar
nichts habe anrühren wollen. Die Leitungen seien in einem so
miserablen Zustand, dass es nicht zu verantworten sei, diese
unter Strom zu setzen. Verrottete Isolierungen und so weiter.
Aber in der Gemeindeverwaltung haben sie ihm gesagt, er solle
machen, was von ihm verlangt werde und fertig. Die wollen halt

kein Geld ausgeben. Die Flüchtlinge würden ohnehin nicht lange bleiben. Danach könne man die ganze Musik gleich wieder abhängen. Also, Mutter, ich glaube, du brauchst dir da keine Sorgen zu machen. Der Fall scheint mir ziemlich klar. Brandstiftung! Dass ich nicht lache.»

Frau Studer hatte aufgehört zu weinen, starrte aber mit gerunzelter Stirn vor sich auf den Boden.

«Die Gemeinde wusste also, dass die elektrischen Leitungen miserabel waren?»

«Aber sicher. Das hat ihnen mein Kollege klipp und klar gesagt.»

«Darf man denn das, elektrische Leitungen in einem so schlechten Zustand anschliessen?»

«Eigentlich nicht. Aber es geht hier ja um die Gemeinde. Da hustet doch keiner.»

«Du denkst also, dass das Haus zu brennen anfing, weil die elektrischen Leitungen so schlecht waren?»

«Das ist jedem klar, der etwas davon versteht.»

«Und die Gemeinde wusste es?»

«Genau.»

«Und ist eigentlich verantwortlich für den Brand.»

«Wenn du so willst: ja.»

«Dann ist ihnen ein Sündenbock mehr als willkommen. Ich kann dir eines sagen: Wenn wir da einigermassen heil herauskommen, können wir Gott danken!»

Der junge Studer wirkte nun plötzlich nicht mehr so zuversichtlich. Er versprach, am Abend vorbeizuschauen, dann sei der Vater sicher wieder zu Hause, und fuhr weg.

Ich blieb sitzen, auch wenn die Kälte immer tiefer in mich eindrang. Frau Studer strich mir über die Haare und seufzte.

«Du siehst, wir haben auch unsere Sorgen. Aber wie geht es denn dir, Seppli? Geht's langsam aufwärts?»

Ich schüttelte den Kopf. Ich dachte daran, dass ich heute Nacht wieder das Bett genässt hatte, und die Tränen schossen mir in die Augen.

«Das kommt schon. Manchmal braucht man halt Geduld.»

Sie rückte näher zu mir und tätschelte meinen Arm.

«Mein Mann hat mir gesagt, dass du ihn nach dem Ruthli gefragt hast.»

189

Ich nickte.

«Meine Eltern wollen mir nichts davon erzählen.»

«Ich verstehe das, Seppli. Auch wenn es manchmal besser ist, wenn man über so etwas reden kann.»

«Hast du gesehen, wie das Ruthli überfahren wurde?»

«Nein. Ich war zwar zu Hause, aber gesehen habe ich es nicht. Ich habe erst gemerkt, dass etwas geschehen ist, als ich deine Mutter schreien hörte. Mein Gott, wie sie geschrien hat. Noch nie habe ich jemanden so schreien hören. Ich rannte hinaus. Ich sah den Lastwagen, daneben den Jör-Hans und deine Mutter. Sie lag auf den Knien am Boden und schrie. Erst als ich nahe war, habe ich das Ruthli gesehen, und dann habe ich begriffen, was geschehen ist. Ich versuchte, deine Mutter aufzurichten, ich wollte sie in die Arme nehmen, aber sie liess sich nicht bewegen. Dann kam der Beyeler aus der Werkstatt und sagte, die Polizei und der Arzt seien gleich hier. Es dauerte aber trotzdem noch eine Ewigkeit, bis die endlich kamen. Und deine Mutter schrie die ganze Zeit, lag da auf den Knien, schaute ihr getötetes Kind an und schrie. Der Beyeler und ich, wir waren ganz verzweifelt, wir wussten nicht, wie wir ihr helfen konnten. Mit der Zeit standen immer mehr Leute um die Unfallstelle herum, alle waren gleich hilflos. Der Arzt gab ihr dann eine Spritze und führte sie nach Hause.

Du zitterst ja, Seppli. Hast du kalt?»

Ich nickte.

«Komm, wir gehen hinein.»

Ich setzte mich an den gleichen Platz am Küchentisch wie das letzte Mal.

«Zum Begräbnis kamen viele Leute. Das schreckliche Schicksal deiner Familie hat das ganze Dorf berührt. Du warst nicht dabei, obwohl du schon auf der Welt warst. Kurz nach dem Unfall mit dem Ruthli hat dich deine Grossmutter abgeholt. Dort bliebst du dann für eine lange Zeit. Deiner Mutter ging es so schlecht, dass sie nicht hätte sorgen können für dich.»

Frau Studer hielt inne und schüttelte den Kopf.

«Und dann gab es noch diese blöde Geschichte mit dem Grabstein. Manche Leute lassen auf einem Kindergrab einfach das hölzerne Begräbniskreuz stehen. Nicht so deine Eltern, sie haben gleich einen schönen Grabstein anfertigen lassen. Doch dem Pfarrer passte irgendetwas am Grabspruch nicht. Was da stehe, sei eine Beleidigung Gottes und das könne er auf seinem Friedhof nicht dulden Er machte ein Riesentheater und verlangte, dass er geändert werde.»

«Eine Beleidigung von Gott? Warum?»

«Frag mich nicht. Ich weiss es nicht mehr.»

«Auf dem Grabstein steht: Gott gab dich uns. Gott nahm dich uns. RUTH. Geboren am 6. Januar 1947. Gestorben am 20. Oktober 1949. Hansi hat es mir vorgelesen.»

«Richtig. Jetzt erinnere ich mich wieder. Der Pfarrer behauptete, wenn da einfach stehe, Gott nahm dich uns, dann sei das eine Kritik am Handeln Gottes. Und das sei uns Menschen nicht erlaubt. Deshalb müsse noch eine Ergänzung dazu, so in der Art wie: Gepriesen sei Gott in Ewigkeit. Oder so etwas Ähnliches. Du zitterst immer noch. Ich bringe dir eine Wolldecke.»

Sie ging in ihr Schlafzimmer und holte eine Decke, die sie um mich legte.

«Ich verstehe so etwas nicht. Da erlebt eine Mutter einen so furchtbaren Schicksalsschlag, das kann sich so ein Pfarrer ja gar nicht vorstellen. Und dann macht er ein Affentheater wegen nichts. Wo bleibt da der Respekt vor der Trauer? Deine Mutter aber hat sich geweigert, irgendetwas zu ändern. Hast du langsam warm?»

Ich nickte, obwohl ich immer noch fror.

«Schlimm war dann auch, dass viele Leute begannen, deiner Mutter aus dem Weg zu gehen. Als ob das Schreckliche, das sie erleben musste, ansteckend wäre. Sie wirkte halt auch so versteinert und flösste einem mit ihrem, wie soll ich sagen, gestorbenen Gesicht beinahe Angst ein.»

Sie machte eine Pause, als ob sie ihre nächsten Worte zuerst gut überlegen müsste.

«Ich weiss, wovon ich rede, Seppli. Etwas Ähnliches erlebe ich selbst. Als mein Mann begann, seine politischen Ideen in der Öffentlichkeit zu erzählen, da passierte uns das Gleiche. Nicht nur von ihm hielten sich viele fern, auch von mir. Das ist nicht schön. Das tut weh.»

191

45

Wie du auf den Knien vor deinem toten Kind lagst und schriest, dieses Bild, das wusste ich, würde mich nie mehr loslassen. Es war mir so gegenwärtig, als ob ich selbst dabei gewesen wäre. Ab jetzt teilte ich es mit dem übrigen Hinterdorf, erst ab jetzt. Alle hatten vom Tod meiner Schwester gewusst, selbst Hansi, selbst der Weisse, mit dem kaum jemand sprach. Nur ich nicht. Es war, als ob sie alle miteinander vereinbart hätten: Dem Seppli, dem erzählen wir nichts. Warum denn? War ich in ihren Augen zu dumm, mit diesem Wissen umzugehen? Oder wollten sie mich schonen? Weil sie mich für zu schwach hielten, dieses Wissen zu ertragen?

Als es zu dämmern begann, schlief ich ein, wachte aber bald wieder auf.

Schwere Schritte ertönten im Gang, nebst den leiseren Schritten von Vater und den noch leiseren von dir. Eine Zimmertüre wurde geöffnet, die Türe zur Stube. Besuch in der Stube! Ich stieg aus dem Bett und öffnete meine Zimmertüre einen Spalt. Ich hörte Vater sprechen, aber er war zu leise, als dass ich ihn verstanden hätte.

Nun redete der Besucher, mit lauter, herrischer Stimme. Er müsse mit euch reden, sagte er zu dir und Vater. Ich kannte die Stimme: Es war der Schwarze, der von seinem Hügel herabgestiegen war.

So könne das nicht mehr weitergehen. Euer Bub treibe sich den ganzen Tag irgendwo herum. Die Schulpflege sei der Meinung gewesen, dass er den Kindergarten besuchen und nicht sinnlos die Zeit verträdeln solle. So gefährde er sich und vielleicht auch noch andere. Selbst eurem Kind sei zuzumuten, dass es sich an eine Ordnung halte. Folglich hätte ich regelmässig im Kindergarten zu erscheinen.

Vater begann etwas zu murmeln. Der Schwarze unterbrach ihn sofort in barschem Ton. Er müsse darauf bestehen, dass ihr als Eltern eure Pflicht wahrnehmen würdet. Wenn nicht, müsse er den Fall in der Schulpflege nochmals traktandieren und die notwendigen Massnahmen einleiten.

Wieder murmelte Vater etwas, noch leiser, und wieder kam er nicht weit.

Er wolle euch nur helfen. Selbstverständlich wisse er, dass euer Kind krank sei. Aber darum gehe es ja nicht. Im Gegenteil. Gerade weil ich krank sei, würde ich eine feste väterliche Hand benötigen. Das müsse unbedingt gesagt sein, schloss er und schnaufte hörbar aus.

Darauf schwieg Vater. Und du auch.

Das war offenbar nicht das, was der Schwarze erwartet hatte. Du, und Vater sowieso, ihr hättet ihm beistimmen müssen. Euer Fehlverhalten zugeben und bedauern sollen. Besserung versprechen sollen.

Aber ihr schwiegt einfach. Ich konnte mir die Situation gut vorstellen. Vater hob seinen Blick zu dir, um zu erfahren, wie du reagieren würdest. Du sassest da, schautest mit Stecknadelpupillen geradeaus und schwiegst. Also schwieg er auch.

Der Schwarze setzte wieder ein, und da er offenbar nichts Neues wusste, wiederholte er, was er zuvor schon gesagt hatte, einfach eine Spur lauter.

Und wieder geschah nichts. Du schwiegst, Vater auch.

Am besten sei, befahl nun der Schwarze, dass ihr mich herbeirufen würdet, und er könne mir dann erklären, was von mir erwartet werde.

«Nein», sagtest du, nicht besonders laut, aber bestimmt, «das kommt nicht in Frage. Er schläft jetzt. Er hat den ganzen Tag Kopfschmerzen gehabt. Und dass er jetzt endlich schlafen kann, tut ihm gut. Niemand ruft ihn hierher.»

Wusstest du, dass ich geschlafen hatte? Warst du leise in mein Zimmer gekommen, um nach mir zu sehen, und hattest bemerkt, dass ich schlief? Oder hast du das einfach behauptet?

Der Schwarze aber konnte nicht dulden, dass du, eine Frau, ihn zurechtwiesest. Das war er sich nicht gewohnt, und er hatte auch gar keine Lust, sich an so etwas zu gewöhnen. Aber da er vermutlich Widerspruch von einer Frau kaum je erlebt hatte, wusste er nicht recht, wie er sich in einer solchen Situation verhalten sollte. In seiner Hilflosigkeit kam ihm nichts Besseres in den Sinn, als seine Lautstärke zu erhöhen. Er brüllte schon fast.

Es gehe ihm darum, dass ich den Kindergarten besuche, wiederholte er, nun schon zum dritten Mal, darauf müsse er bestehen, und zwar jeden Tag, ausser wenn ich sehr heftige Kopfschmerzen hätte, natürlich. Das brauche ihm niemand zu erklären, das wisse er selber auch. Aber wenn ihr als Eltern nicht für ein geregeltes Leben des Buben sorgen könntet, dann müsse es halt jemand anders tun.

Der Schwarze polterte. Aber es war ein Poltern, das seine Erfolglosigkeit übertünchen sollte. Ich bewunderte dich.

Darauf wieder du: «Von mir aus hätte er in der Schule bleiben können. Ich habe nicht begriffen, warum das nicht mehr gehen sollte. Der Kindergarten ist freiwillig. Und von uns bezahlt. Ob er nun in den Kindergarten geht oder nicht, darüber müssen wir niemandem Rechenschaft ablegen.»

Anstelle des Schwarzen, der auf deine Zurechtweisung nichts zu erwidern wusste, ergriff zu meinem Erstaunen Vater das Wort, und jetzt so laut und deutlich, dass ich ihn verstand: «Der Kindergarten ist jetzt nicht so wichtig. Wir müssen nun schauen, wie es mit Seppli weitergeht. In zwei Wochen soll er operiert werden. Wir hoffen, dass alles gut geht. Und dann kann er ab dem Frühling wieder in die Schule gehen.» Und etwas leiser fügte er an: «Es ist nicht einfach für uns alle.»

Was das für eine Operation sei, fragte der Schwarze misstrauisch.

«Ihm wird ein Shunt gesetzt», erklärtest du. «Ein Shunt - vielleicht wissen Sie das nicht - ist so etwas wie ein Ablaufröhrchen, durch das die Hirnflüssigkeit abgeleitet wird, die jetzt eben nicht ablaufen kann und ihm die Kopfschmerzen bereitet.»

Ob das etwas Vernünftiges sei. Er habe noch nie von so etwas gehört.

«Es ist die einzige Lösung, die uns bleibt. In der Schweiz kennt man dies noch kaum. In England und Amerika schon. Das Spital musste sich zuerst über die Operation erkundigen und alles Notwendige in England bestellen.»

Dann möge uns Gott beistehen, schloss der Schwarze das Gespräch.

«Ja», sagtest du, «das sollte er.»

Ich hörte, wie die Stühle gerückt wurden. Ich blieb an der Türe und spähte durch den Spalt in den Gang. Der Schwarze stampfte verärgert voraus, hinter ihm folgte Vater und dann du. Bei der Haustüre, die er selbst öffnete, gab er Vater kurz die Hand, dir nicht, murmelte einen Gruss und ging.

46

Ich habe es so erlebt, wie ich es erinnere, und nicht so, wie es mir jemand weismachen will, wie es logisch wäre. Es ist meine Erinnerung, die das formt, was ich als Wirklichkeit, als meine Wirklichkeit, erkenne. Zwischen Erinnerung und Wirklichkeit lässt sich keine Unterscheidung machen. Es wäre Unsinn, meine Erinnerungen korrigieren zu wollen, dann wären es nicht mehr meine Erinnerungen, und somit nicht mehr das, was ich erlebt habe. Die Gesamtheit meines Erlebens schafft mir meine Wirklichkeit, meine persönliche Wirklichkeit, nicht die Wirklichkeit an sich. Es mag neben meiner Wirklichkeit noch andere, sogar unendlich viele andere Wirklichkeiten geben, doch das ändert nichts am Bestand meiner persönlichen Wirklichkeit. Vater war der Meinung, dass das, was ich ihm erzählte, nicht stimmte, gar nicht stimmen konnte, dass ich ihn angelogen hatte. Aber das hatte ich nicht. Im Gegenteil. Ich hatte ihm genau das berichtet, was in meinem Gedächtnis war, auch wenn ich spürte, dass ich ihn enttäuschte.

Ich gondelte über die Landschaft, schwebte wie Lusitan quer über das Tal, von der Lehmgrube bis zum Tonwerk. Die Fahrt dauerte erstaunlich lange, schien gar nicht enden zu wollen. Unter mir erstreckten sich die verschneiten Felder, in die breite Radspuren gezeichnet waren. Die Spuren zielten auf das Dorf, das sich im Grau des diesigen Wintertags undeutlich abzeichnete. Panzer waren hier durchgefahren, vermutete ich, auf ihren riesigen Raupen.

Ich hatte den Weissen besucht, der nicht mehr im Gefängnis war und wieder arbeiten durfte. Er war mehr denn je der Weisse. Sein Bart, der in der Zwischenzeit gewachsen war, hing ihm weiss und lang vom Kinn. Sein Kopfhaar, das unter der weissen Mütze hervorquoll, strahlte weiss. Seine Kleider waren weiss, auch wenn er den feuchten, schmutzigen Lehm verladen musste, auf seiner Kleidung zeigte sich kein einziges Fleckchen.
«Schau da! Der Seppli kommt!», rief er mit strahlenden Augen, als ich den Verladeschuppen betrat. «Komm! Ich setze dich auf

eine Gondel. Dann begibst du dich auf eine wunderbare Fahrt,
wie du es noch nie erlebt hast.»
Er streckte seine Arme aus und hob mich auf eine vollgeladene
Lore.
«Halt dich fest!», rief er mir noch nach, und schon schaukelte die
Lore aus dem Schuppen heraus.
Hansi lief nebenher und schrie: «Spring herunter! Sofort! Mach
nicht einen solchen Blödsinn! Los! Spring! Seppli!»
Aber meine Lore war schnell, er konnte mir nicht mehr folgen,
blieb zurück und schaute mir wortlos nach.

Mit einem Ruck blieb die Lore stehen, schwang noch ein paar
Mal hin und her und hing dann bewegungslos am Tragseil. Auch
die übrigen Loren standen still. Ich liess meinen Blick über die
Landschaft bis zum Dorf schweifen. Kein Licht brannte, nicht in
den Häusern, nicht entlang der Dorfstrassen, auch wenn es
schnell zu dunkeln begann. Unter mir verlief die Landstrasse, die
durch das Tal zum Nachbardorf führte. Sie war verwaist, kein
Auto und kein Fahrrad waren unterwegs.
Jetzt schreckte mich ein Poltern auf. Aber es schien von weit
weg zu stammen und mich auf meiner Gondel nicht zu
bedrohen. Vielleicht rührte das Poltern von den Panzern her, die
das Dorf umfahren hatten und jetzt von der anderen Seite gegen
die Häuser feuerten. Sehen konnte ich das allerdings nichts.
Mich ängstigte, dass die Gondel nicht mehr weiterfuhr. Wie
Lusitan war ich geflogen, über mir der schwarze Wolkenhimmel,
unter mir die dämmerige Schneelandschaft, dazwischen war ich
hinweggeglitten. Jetzt lag ich da, bewegungslos auf dem kalten
Ton, und hatte keine Ahnung, wie lange ich hier in luftiger Höhe
noch ausharren musste. Ich schloss die Augen und murmelte:
«Lusitan!». Mit immer mehr Nachdruck murmelte ich meinen
Namen, immer fester drückte ich die Augen zu. Doch es nützte
nichts, die Gondel blieb reglos hängen, Lusitan hob nicht ab.
Es war kalt, trotzdem fror ich nicht.
Jetzt geschah etwas: Mit hohem Tempo näherte sich auf der
Strasse ein Wagen. Es war ein Citroen TA. Gleich unter mir
scherte er von der Strasse ab, raste durch den Schnee, ohne nur
ein bisschen zu schleudern, beschrieb einen makellos

regelmässigen Kreis und blieb genau unter der Schwebebahn stehen. Zwei Männer stiegen aus und schauten nach oben. Doch dies hatte ich vorausgeahnt und mich flach an die Ladung geschmiegt. Nur als kleine Erhebung zeichnete ich mich ab, nicht zu unterscheiden von dem grauen Lehm unter mir. Ein paar Minuten schauten die Männer hinauf, stiegen schliesslich wieder in ihren Citroen und rasten weg.

Ich wusste nicht, wie lange ich schon in meiner Lore ausgeharrt hatte, als sich die Bahn langsam wieder in Bewegung setzte. Es war längst Nacht geworden. Nichts mehr konnte ich erkennen, nicht die Felder, nicht das Dorf, in dem noch immer kein Licht brannte, alles war in gänzlicher Schwärze versunken. Vielleicht hatten die Panzer alle Häuser zu Ruinen geschossen, in der Dunkelheit war es bloss nicht auszumachen. Lärm war jetzt nicht mehr zu hören, die Panzer waren vermutlich abgezogen.

Ich schwebte in der Finsternis. Nur das Sirren der Stahlseile und das Rütteln beim Passieren eines Mastes verrieten mir, dass meine Lore sich bewegte.

Plötzlich tauchten Lichtstrahlen auf, die sich gegen mich richteten.

«Da ist er!», hörte ich jemand rufen. Und schon rissen mich zwei Arme von der Lore hinunter.

«Der kann von Glück reden, haben wir die Diesel», sagte ein anderer.

Ich wurde zu einem Gebäude geführt. Dort musste ich hineingehen und warten. Es war eine grosse Halle, in der es wunderbar warm war. Erst jetzt begann ich vor Kälte, die mich draussen auf der Lore durchdrungen hatte, zu zittern, meine Nase tropfte.

«Ist dir kalt?», fragte jemand.

Ich nickte.

«Dann bist du hier richtig. Schau mal, das sind die Öfen, in denen wir die Ziegel brennen. Du glaubst nicht, wie heiss es in diesen Öfen ist. Tag und Nacht sind die in Betrieb. Soll ich dir einen öffnen?»

Ich schüttelte den Kopf.

«War nur ein Witz. Dein Vater kommt bald und holt dich ab.»

Ich setzte mich auf den Boden und lehnte mich gegen die Ziegelmauer. Trotz der Wärme in der Halle schlotterte ich. Der Arbeiter war wieder gegangen, ich war allein in der Halle.
Ich wusste nicht, was ich tun sollte, und blieb einfach sitzen.
«Komm, Seppli», sagte Vater, der plötzlich vor mir stand. Ich versuchte mich aufzurappeln, es gelang mir aber nicht.
Vater hob mich hoch und trug mich hinaus. Draussen wickelte er mich in eine Wolldecke und setzte mich in den Anhänger seines Fahrrads. Dann fuhr er fort, aus dem Fabrikareal hinaus, zum dunklen Dorf hinab, an den schwarzen Häusern der Hauptstrasse vorbei ins Hinterdorf. Nichts war beleuchtet, und nichts war zerstört. Die Häuser standen da als Schatten, aber unversehrt. Nur die Lampe an Vaters Velo verbreitete ein schwaches Licht.
«Warum brennen die Strassenlampen nicht?», fragte ich, als Vater mich aus dem Anhänger hob, «alles ist dunkel.»
«Wir haben einen Stromunterbruch, offenbar eine grössere Sache. Aber wie ums Himmels Willen bist du auf die Lore gekommen? Mein Gott, Seppli, was machst du auch?!», rief Vater ärgerlich und besorgt zugleich.
«Der Weisse hat mich hineingetan.»
«Der Weisse? Wer soll das sein?»
«Studer.»
«Studer? Aber der ist doch krank. Der liegt doch schon seit gestern im Bezirksspital!»
Ich begann zu weinen.
«Mein Gott! Seppli! Das begreife ich nicht. Ich bringe dich hinein in die Wärme», sagte Vater und trug mich ins Haus.

47

Vater hatte mich geholt, hatte mich in eine Wolldecke gewickelt, hatte mich durch die Dunkelheit nach Hause gefahren. Vater hatte mich behütet. Ich fühlte mich geborgen. Aber er glaubte mir nicht. Er meinte, ich lüge ihn an. Das tat weh.
Dass ich den Weissen gestern in der Verladestation angetroffen hatte, während er gleichzeitig im Spital lag, war verwirrend, und Verwirrendes scheute ich. Etwas Schlimmes war es aber nicht. Ich verstand es bloss nicht. Es gab vieles, was ich nicht verstand. Auch die Geschichte mit dem brennenden, unversehrten Pfarrhaus konnte ich mir nicht erklären.
Heute lege ich die pfarrhöfliche Brandstiftung und die Reise auf der Lore unter der Kategorie unreale Wirklichkeit ab. Ein Unterschied besteht allerdings schon zwischen den beiden Erlebnissen. Die Fahrt erlebte ich viel intensiver. Jedes Detail prägte sich mir so stark ins Gedächtnis ein, dass ich auch nach all den Jahren die ganze Reise auf der Lore in meinem Kopf wie einen Film abspulen kann, mit jeder einzelnen Sinneswahrnehmung und jeder einzelnen Gefühlsregung.
Es gibt Teile meines Erlebnisses, die Vater nicht bestritten hätte. So fuhr ich zweifelsfrei auf der Lore bis zum Ziegelwerk, wo mich Arbeiter in Empfang genommen und ihm übergeben hatten. Aber dass mich der Weisse auf die Lore hob, das war in seinen Augen gelogen. Und er hatte ja recht! Der Weisse war zu dieser Zeit tatsächlich im Spital. In meinem Erinnern aber gibt es keinen Unterschied zwischen dem Beginn der Fahrt, den ich nach Auffassung meines Vaters falsch schilderte, wahrscheinlich absichtlich, um ihm irgendetwas zu verheimlichen, und dem Ende. Es war nicht so, dass ich den Anfang anders wahrgenommen hätte und heute anders erinnere, was weiss ich: verschwommener? undeutlicher? Für mich ist es ein Erlebnis aus einem Guss.
Ich versuchte mir vorzustellen, dass ich selbst auf die Lore geklettert war. Das wäre durchaus machbar gewesen. Allerlei Kram lag in der Verladestation herum: Werkzeuge, ausrangierte Loren, Metallstangen, Leitern. Es wäre nicht schwierig gewesen, hinauf zu steigen und mich von dort auf eine vorbeifahrende

Lore zu schwingen, zumal die Loren zu Beginn ihrer Fahrt, bevor sie mit dem Zugseil verkoppelt wurden, nur langsam vorwärtsruckelten. Bloss ruft diese Vorstellung in meinem Kopf keinerlei Erinnerung wach.

Ich versuchte mir einzureden, dass es gar nicht der Weisse war, der mich auf die Lore gehoben hatte, sondern irgendein anderer Arbeiter. Ebenfalls vergebens.

Eigentlich hätte Vater bei den Arbeitern der Tongrube nachfragen können, ob sie mich beobachtet hätten, oder Hansi befragen, vielleicht war er ja tatsächlich mit mir zusammen bei der Tongrube gewesen. Vermutlich tat er dies nicht. Was hätte es auch gebracht?

Du hast nie nachgefragt, was an diesem denkwürdigen Tag geschehen war. Hat es dich nicht interessiert? Oder genügte dir, was Vater dir berichtet hatte?

«Du bleibst liegen!», hast du am Morgen darauf angeordnet. «Wenn wir deine Erkältung nicht wegkriegen, können wir die Operation vergessen.»

Also blieb ich im Bett. All die Tage bis zur Operation blieb ich im Bett. Manchmal schaute ich die Würfel an, die der Braune mir geschenkt hatte, aber spielen mochte ich nicht. Ich war zu müde. Zudem war ich aus dem Holzwürfelalter heraus, fand ich.

Die Aussicht auf die Operation löste weder Furcht vor Schmerzen noch Freude auf Genesung in mir aus. Als Kind nahm ich einfach hin, was die Erwachsenen anordneten. Zudem hatte ich bereits Erfahrung mit dem Spital, ich war schon zweimal dort gewesen. Spital war lästig, aber nicht schlimm.

Gerne hätte ich erfahren, ob die Kaninchen des Weissen wieder zurückgefunden hatten. Aber ich getraute mich nicht, dich zu fragen. Du hättest es auch gar nicht gewusst. Woher auch? Auch Vater fragte ich nicht. Alles, was den Weissen betraf, löste Verstimmung aus. Und davor schreckte ich zurück.

Du hast mich verpflichtet, viel Tee zu trinken. «Mit Tee spülst du die Bazillen hinaus, dann bist du die Erkältung los.» Also trank ich Tee. Wobei das Tee-Trinken noch einigermassen erträglich gewesen wäre, schlimm waren die Inhalationen. Du stelltest mir einen Topf hin, gefüllt mit kochend heissem Wasser und einer Handvoll getrockneter Kamillen. Nur schon der

Geruch war abscheulich. Ich musste mich mit meinem Gesicht zum dampfenden Sud hinabbeugen und dann stülptest du über meinen Kopf ein dickes Tuch, das mich völlig einhüllte. Ich fürchtete, unter dem Tuch zu ersticken. Es blieb mir nichts anderes übrig, als den heissen Dampf einzuatmen, der mich schier verbrannte. «Das ist gesund», hast du gesagt. Nach der Prozedur fühlte sich meine Gesichtshaut an, als ob sie sich aufgelöst hätte. Aber ich musste zugeben, dass ich freier atmen konnte.

Oft döste ich vor mich hin, bedusselt von den starken Schmerzmitteln, die die Klinik geschickt hatte. Manchmal tauchten Bilder auf, die mich in Angst versetzten.

Ich sah die Panzer der Kommunisten durch die Stadt rollen und auf Kinder, Frauen und Männer feuern. Schreiend rannten die Ungarn davon und versuchten, irgendwo Schutz zu finden. Vielen gelang es, sich in einem Haus zu verstecken. Aber nicht allen. Diese wurden von den Geschossen getroffen und verbluteten auf der Strasse. Wenn die Panzer niemand vor ihre Kanonen bekamen, schossen sie auf die Häuser, bis diese nur noch Ruinen waren. Unter den Trümmern lagen die Bewohner, festgeklemmt, konnten sich nicht bewegen und erstickten. Einige nicht gleich, dann schrien sie so laut, dass ich es hörte.

Wenn die russischen Panzer endlich verschwanden, tauchten an ihrer Stelle dunkle Gestalten auf. Sie schlichen in der Stadt herum, wo das Krankenhaus war, und auch bei uns im Hinterdorf. Sie hatten sich Kapuzen über den Kopf gezogen und schwarze Tücher vor Mund und Nase gebunden. Nur ihre hasserfüllten Augen konnte ich sehen. Denn feige, wie sie waren, getrauten sie sich nicht, ihr Gesicht zu zeigen. Sie suchten sich einzelne Menschen aus und verfolgten sie, bis sie wussten, wo sie wohnten. Nachts kamen sie wieder und malten auf deren Hauswände Hämmer und Sicheln und schrieben darunter die gleichen Worte, die sie beim Weissen hingeschrieben hatten. Sie rissen die schlafenden Kaninchen aus ihren Ställen, und wenn sie keine Kaninchen fanden, packten sie Katzen, und schlugen ihnen mit einem Hammer auf den Kopf, bis diese starben. Ich sah, wie der Liebegott die Nackten in die Hölle warf, beobachtet von den guten Katholiken, die hoch über ihnen im himmlischen Theater sassen. In den Köpfen der Verdammten hockten die Teufel, die jauchzten, wenn die Nackten in der Glut der Hölle landeten. Den Teufeln machte die Höllenhitze nichts aus, im Gegenteil, es konnte ihnen nicht heiss genug sein. In den Flammen krümmten sich die Nackten vor Schmerzen und schrien. Das aber war dem Liebegott und den guten Katholiken egal. Sie sassen da auf ihren wolkigen Stühlen, sahen dem Leiden zu und lächelten.

Am meisten quälten mich die Bilder vom Stier. In einer sizilianischen Stadt liefen zwei katholische Römer über einen Platz, auf dem eine Statue des Kaisers und ein bronzener Stier standen. Vor dem Abbild des Kaisers brannte ein Feuer, in das die Leute ein paar Körner Weihrauch werfen mussten. Das aber taten die beiden nicht, sie gingen achtlos vorbei an der Statue und an den Soldaten, die bei der Statue Wache hielten. Diese zögerten keine Sekunde, packten die beiden, zwangen sie vor der Statue in die Knie und drückten ihnen Weihrauchkörner in die Hände, die sollten sie für den Kaiser verbrennen und so verkünden, dass der Kaiser göttlich war. Das verweigerten die beiden standhaft, denn für sie war der Kaiser ein Mensch und nur der Liebegott war Gott. Und nun begann der schlimme Teil der Geschichte. Die Soldaten schlugen sie zu Boden, rissen ihnen die Kleider vom Leib und steckten sie in den metallenen Stier. Im Stier drinnen begannen sie zu singen, sie sangen Lieder zum Lob des Liebegotts. Jetzt entfachten die Soldaten ein grosses Feuer unter dem Stier, das diesen allmählich zum Glühen brachte. Der Gesang der Märtyrer verwandelte sich in Schmerzensschreie. Es tönte, als ob der Stier brüllen würde. Das gefiel den Soldaten und all den bösen Menschen, die sich inzwischen auf dem Platz versammelt hatten, um dem Quälen beizuwohnen. Sie lachten und feuerten die Gemarterten an, lauter zu brüllen. Als diese, weil die Schmerzen immer noch schlimmer wurden, tatsächlich lauter schrien, klatschten sie und riefen: Bravo! Bravo!

Aber die Folter gefiel nicht nur den Bösen, sondern auch dem Liebegott. Hätten die beiden Männer der Kaiserstatue geopfert, hätten sie ein schönes Leben gehabt, dafür aber hätte sie der Liebegott nach ihrem Tod in die Hölle verbannt. Nun weigerten sie sich zu opfern und mussten unglaubliche Qualen erleiden. Dafür kamen sie, wenn sie dann endlich gestorben waren, gleich in den Himmel.

Ich hatte es begriffen: Ohne schreckliche Schmerzen ging es nicht. Mich verfolgte eine dumpfe Angst, ich könnte auch einmal in meinem Leben in eine solche Lage geraten wie die zwei Männer in Sizilien. Dass ich mich so standhaft wie die beiden verhalten würde, glaubte ich nicht. Man musste unglaublich mutig sein, um ein guter Katholik zu sein. Ich fürchtete, dass ich das nicht war. Ich war kein Märtyrer. Ich würde dem Kaiser opfern und danach jeden Tag sterben vor Angst, dass ich nach meinem Tod in der Hölle leiden müsste.

Ich nahm mir vor, ja nichts zu tun, was den Liebegott in irgendeiner Weise verärgern könnte. Denn in seinem Ärger würde er mich in eine Versuchung führen und schon hatte ich verloren. Am besten wäre, der Liebegott würde mich gar nicht wahrnehmen, so klein und unbedeutend wie ich war. Aber es war eine schwache Hoffnung, denn der Liebegott war allwissend. In meinem Kopf formte sich eine Frage, von der ich nicht wusste, ob ich sie überhaupt denken durfte, oder ob sie bereits ein Vergehen darstellte: Warum bloss wollte der katholische Liebegott, dass so viel gelitten wurde? Er hätte ja eingreifen und das Feuer löschen und die zwei Gequälten aus dem Stier befreien können. Er könnte den Sündigen in der Hölle verzeihen und ihr Leiden beenden. Nichts Dergleichen tat er. Warum nur, wenn er doch alle Menschen liebte?

Einmal besuchte mich die Grüne. Ich war überrascht, ich hatte nicht erwartet, dass mich jemand besuchen kam. Umso mehr freute ich mich, sie zu sehen. Sie setzte sich wie damals in ihrem Zimmer auf einen Stuhl neben mein Bett. Da sass sie, sprach wenig, schaute mich an, und ich spürte ihre Wärme. Vermutlich betete sie. Zum Liebegott? War das der gleiche Liebegott, der die Nackten in die Hölle schickte und dem Schreien der Märtyrer im glühenden Stier zuhörte? Oder war das ein anderer? Einer, der wollte, dass ich von meiner Krankheit geheilt würde und es schön hätte. Schon jetzt, bevor ich einmal sterben würde.

«Will der Liebegott, dass ich gesund werde?»

«Sicher. Er hat alle Menschen gern.»

Wer Menschen gern hat, schickt sie nicht in die Hölle, und schon gar nicht für die Ewigkeit. Vielleicht glaubte die Grüne gar nicht an den katholischen Liebegott.

Du brachtest mir die nächste Portion Medikamente, und sie verabschiedete sich. Bevor sie ging, sagte sie: «Weißt du was, Josef? Wenn du deine Operation hinter dir hast und dich gut erholt hast, dann musst du einmal zu uns in den Kindergarten kommen und uns erzählen, wie du es im Spital gehabt hast. Die Kinder möchten das gerne wissen. Und ich auch.»

Ich hatte dir nichts von diesen Bildern erzählt. Es gehörte halt nicht zu unseren Gewohnheiten, über solche Dinge zu sprechen. Was hätten wir darüber auch reden können? Aus deiner Wahrnehmung waren das blosse Wahnvorstellungen, sinnlose Gespinste, die man am besten so schnell wie möglich vergass. Dachte ich. Befürchtete ich. Unterstellte ich.

Vergessen habe ich sie bis heute nicht. Ich sehe sie noch genauso vor mir, wie sie mich als Kind umzingelten und bedrängten. Die Höllenangst hat mich bis weit in mein Erwachsenenleben hinein verfolgt, bis es mir endlich gelang, sie nach und nach zu überwinden.

Heute verspüre ich sogar Stolz, dass mein achtjähriges Hirn diese Bilder produzierte. Es war das Bemühen des Kindes, wahrzunehmen und einzuordnen, was es bedrängte. Stolz war allerdings das letzte, was ich damals empfand. Angst und das Gefühl von Verlassenheit beherrschten mich. Einsam kämpfte ich dagegen an, versuchte zu verstehen, die Ängste zu überwinden. Aber allein konnte mir dies nicht gelingen. Ich vermisste das Gespräch mit jemand. Mit dir.

Du warst spät von deiner Arbeit in der Gärtnerei zurückgekommen und bereitetest ein schnelles Abendessen. Ich zog meine Kleider an und schlurfte in den Finken durch den Gang, vorbei an dem Kreuz, das im Gang hing. Tausend Mal war ich schon an diesem Kreuz und an vielen weiteren Kreuzen vorbeigegangen, denn die katholische Welt, in der ich aufwuchs, war voll von Kreuzen: im Kindergarten, in der Schule, an den Hauswänden, in den Wohnungen (beim Weissen nicht), auf dem Friedhof, an den Wegrändern, auf den Hügeln, überall standen und hingen Kreuze. Aber erst jetzt, unter dem Eindruck meiner fiebrigen Bilder, wurde mir bewusst, was ich da eigentlich sah. Mit drei riesigen Nägeln war der gequälte Mann an zwei Balken geheftet worden, einer durchbohrte die übereinandergelegten Füsse, zwei weitere die Hände, ein Kranz aus Zweigen mit langen Dornen hatte man auf seinen Kopf gedrückt, in seiner Brust klaffte eine breite Wunde. Ich konnte nur hoffen, dass Jesus so schnell wie möglich gestorben war. Aber der Schwarze hatte uns erzählt, dass er lange leiden musste. All die Kreuze verkündeten die schrecklichen Qualen, an die die Katholiken glaubten.

Ich ass kaum etwas.

Ich fragte Vater, ob in der Zeitung nichts mehr über die Ungarn stehe. Nein, sagte er, der Aufstand sei von den Russen niedergewalzt, die Flüchtlinge seien in der Schweiz und in anderen Ländern angekommen, und schon falle alles wieder der Vergessenheit anheim. Aber das sei falsch, meinte er, nie dürfe man vergessen, zu welchen Taten die Kommunisten fähig seien.

Ich versprach ihm, dass ich nicht vergessen werde.

«Geh wieder ins Bett, wenn du nicht essen magst», hast du gesagt.

Das war mir recht.

«Was machst du auch den lieben langen Tag?», fragte Vater.

Ich zuckte die Schultern.

«Ist dir nicht langweilig?»

Ich war müde, ich war verängstigt, aber langweilig war mir nicht. «Ich sehe Bilder und denke über sie nach», antwortete ich nicht, weil ich mich nicht getraute.

«Die Medikamente machen mich müde. Ich mag gar nichts tun», sagte ich stattdessen.

Ich sah dich, wie du auf den Knien lagst, wie du schriest, wie du dein getötetes Ruthli anstarrtest, wie du nie aufhörtest, zu schreien und dein Ruthli anzustarren, wie du dich weigertest, dich hochheben und wegführen zu lassen. Ich sah dich, wie du auf dem Friedhof standst und mit versteinertem Gesicht zuschautest, wie dein Kind in dem wunderschönen Sarg, den der Braune gefertigt hatte, in die Erde hinabsank. Kein Trost drang vor zu dir, bis heute nicht.

Das war es, was mich noch mehr bedrängte als die kommunistischen Panzer und die vermummten Schläger und das Höllenfeuer und der brüllende Stier: dein Glaube an das Unglück. Du hast dich ihm mit Haut und Haaren verschrieben. Hartnäckig und inbrünstig hingst du deinem Glauben an. Du tatst zwar so, als ob dir der katholische Glauben wichtig sei, aber das stimmte nicht. Das war deine Tarnung. Dein Glauben galt einzig und allein deinem Unglück. Nichts durfte und konnte dich davon abbringen, nicht deine Mutter, nicht Vater, nicht ich, niemand und nichts.

Nachdem ich endlich herausgefunden hatte, welcher Schicksalsschlag dich getroffen hatte, verstand ich gut, dass der Tod meiner Schwester dich und Vater und auch Grossmutter, sogar das ganze Hinterdorf erschütterte. Aber ich verstand nicht, mit welcher Beharrlichkeit du dich am Unglück festkralltest. Alle und alles, was dich von deinem Unglück wegführen wollte, hast du mit Wut, Ärger, Jammer, Kraft, List von dir gewiesen. Dein Unglück war zu deiner Religion geworden.

Ihr brachtet mich in die Stadt. Du hattest den Koffer gepackt, Vater trug ihn. Im Spital musste ich mich gleich ins Bett legen, und ihr habt euch verabschiedet. Ich blieb allein zurück, und ich konnte nicht anders als weinen.

Eine Krankenschwester gab mir eine Tablette zu schlucken. Ich wurde müde, vergass das Weinen, vergass euch, vergass die Operation, die morgen an mir vorgenommen würde. Ich schlief, bis mich jemand weckte und mir in den Finger stach. Gleich darauf stiess mir jemand eine Nadel in den Arm und befestigte daran einen Schlauch, dann wurde ich im Bett weggefahren in einen kalten Saal. Viele Gestalten standen dort, in grünen Gewändern, mit grünen Binden vor dem Mund und grünen Hauben auf dem Kopf, wie Gespenster blickten sie mir entgegen, dann war nichts mehr.

Mein Schalter wurde abgedreht und gleich wieder angedreht. Dass inzwischen ein paar Stunden verstrichen waren, kam in meinem Bewusstsein nicht vor. Ich wachte auf, nahm in meiner Nähe eine schummerige Gestalt wahr, und dann kochte in mir der Schmerz hoch. Ich bestand nur noch aus Schmerz. Ich schrie. Ein paar Sekunden, ein paar Minuten, ein paar Stunden, ich hatte keine Ahnung. Ich schrie, bis ich wieder abtauchte und der Schmerz aufhörte.

Aber im Gegensatz zu der Zeitspanne während der Operation verlor ich nicht jegliches Gefühl für mein Existieren. Ich war da und fühlte mich geborgen. Der Tod näherte sich mir, nicht als lächerlicher Knochenmann, sondern als Verheissung. Er hatte nichts Schreckliches an sich. Im Gegenteil. Er war das Ende aller Schmerzen und aller Ängste. Er war die Erlösung.

Nun tat sich vor mir eine Höhle auf, ausgekleidet mit einer grauen, schleimigen Schicht. Risse jagten durch die graue Masse. Brocken lösten sich und fielen herunter. Ein gewaltiger Sog spülte sie weg. Immer neue Brocken stürzten herab und wurden gleich weggerissen. Spiralförmig wirbelten sie, bis sie durch einen Ablauf weggurgelten, ich wusste nicht wohin, Hauptsache: sie waren fort. Und schon entdeckte ich einzelne Stellen, wo sich die schleimige Schicht gänzlich gelöst hatte und die reine, orange-gelbe Wand zum Vorschein trat. Es dauerte nicht lange, bis die letzten schmierigen Brocken weggespült waren. Die Höhle schimmerte jetzt sanft. Ich befand mich in meinem Kopf.

Als ich dich viel später in deinem Sarg liegen sah, dachte ich, dass du den Tod auf die gleiche Weise erlebt hast wie ich. Nur hatte er es sich bei mir nochmals überlegt.
Deine Gesichtszüge waren glatt. Dein Gesicht war so entspannt, wie ich es nie zuvor gesehen hatte. Ob du immer noch deinen Stechblick hattest, konnte ich nicht nachprüfen, deine Augen waren geschlossen. Aber ich vermutete, dass der Tod auch deinen Blick besänftigt hatte.
Ich staunte, wie klein du warst. Ich hatte immer das Gefühl, selbst als Erwachsener, du seist eine grosse Frau, die grosse Mutter über dem kleinen Kind. Jetzt, erst wo du im Sarg lagst, sah ich, dass du das gar nicht warst, zumindest körperlich nicht. Wie ein kleines Mädchen lagst du da.
Ich fragte mich, ob sich dein Körper, wenn ich dich nun umarmen würde, hart oder weich anfühlen würde. In mein Bild von dir passte nichts Weiches, folglich konntest du keinen weichen Körper haben. Du warst mager, auch im Alter. Aber dein Bauch und deine Brüste, waren die hart? Ich nahm an, dass du mich als Baby gestillt hattest. Ich versuchte, mir dies vorzustellen. Es gelang mir nicht.
Zum letzten Mal die Mutter berühren, ich tat es nicht. Unser Leben lang schenkten wir uns kaum je eine Zärtlichkeit. Streicheln, küssen, umarmen, das kam grundsätzlich nicht vor in unserer Beziehung. Du hattest mich aber auch nie geschlagen.
Ich betrachtete die zarte Gestalt im Sarg mit den weichen Gesichtszügen, die in keiner Weise der Mutter glich, die ich als Kind und auch später kannte, und konnte kaum glauben, was ich sah. Dass du jetzt als Gestorbene nicht nur kleiner, sondern auch sanfter warst als mein Bild von dir, erschütterte mich. Ich habe dich offensichtlich all die Jahre nicht richtig wahrgenommen! Nicht als Kind, und auch nicht als Erwachsener! Wie kam das? War meine Wahrnehmung von dir das Produkt meiner Angst gewesen?

Als du Vater geheiratet hattest, der mit seiner knappen Bildung und seiner biederen Art so gar nicht zu dir zu passen schien, warst du da verliebt in ihn? Hattest du ihn zärtlich umschlungen? Ihm Kosewörter ins Ohr geflüstert? Hattest du vor Freude gelacht, wenn er am Abend nach Hause kam? Und als du Ruth zur Welt brachtest und sie zu einem herzigen kleinen Mädchen heranwuchs, warst du da eine gepanzerte Frau? Oder warst du damals eine ganz andere Frau, die wirkliche Frau, die Vater sein Leben lang in Erinnerung hatte und sogar immer wieder erlebte? Nur ich nicht? Nicht als Kind und nicht all die Jahre später als Erwachsener.

Seit ich wusste, dass ich eine Schwester hatte, die als knapp Dreijährige ums Leben kam, war mir klar, dass dieses Ereignis dich verwüstet hatte. Damit glaubte ich, dich begriffen zu haben. Dass in dir trotz deiner Erstarrung ein anderes Wesen verborgen sein könnte, war mir nie in den Sinn gekommen.

Von weit weg rief jemand meinen Namen, immer wieder: Seppli! Seppli! Ich spürte, wie mir jemand die Wangen tätschelte und meine Hände rieb. Schliesslich öffnete ich die Augen, rings um mich standen scherenschnittartige Wesen. Eines der Wesen entwickelte sich zu einer Krankenschwester, die sich zu mir herabbeugte.

«Gott sei Dank!», sagte sie, als sie bemerkte, dass ich sie ansah. «Ich glaube, er ist über den Berg.»

<u>Anmerkung</u>
Die Zeitungsausschnitte erschienen im Herbst 1956 im
«Aargauer Tagblatt» und im «Fricktal-Bote».

Zeitfracht Medien GmbH
Ferdinand-Jühlke-Straße 7
99095 Erfurt, Deutschland
produktsicherheit@kolibri360.de